Himmelstürmer
Verlag

Bisher erschienen:

Barkarole 1 ISBN print 9783863619336
Barkarole 2 ISBN print 9783863619428
Auch als Ebook

Himmelstürmer Verlag, 31619 Binnen
www.himmelstuermer.de
E-Mail: info@himmelstuermer.de
Originalausgabe, Februar 2022
© Himmelstürmer Verlag
Nachdruck, auch auszugsweise, nur mit Genehmigung des
Verlages. Zuwiderhandeln wird strafrechtlich verfolgt
Rechtschreibung nach Duden, 24. Auflage
Umschlaggestaltung:
Juliana von Farbenmelodie
https://julianafabula.de/grafikdesign/

ISBN print 978-3-86361-945-9
ISBN e-pub 978-3-86361-946-6
ISBN pdf   978-3-86361-947-3

Yavanna Franck

Barkarole 3

-Zu jung zum Sterben-

Himmelstürmer
Verlag

„Auf weinfarbenem Meer segelnd zu anderen Menschen"

Zitat aus Homers „Odyssee"

Was bisher geschah ...

„Zu jung zum Sterben" ist der Abschluss der Barkarole-Trilogie nach „Die Grenzen der Freiheit" und „Licht über dem Abgrund".

Im Herbst 1970 floh der damals zwölfjährige Hannes vor seinem gewalttätigen Vater, Hans Friedrich. In Frankfurt begegnete er Lukas, Kopf einer kriminellen Bande. Zwischen beiden entwickelte sich im Laufe der Monate eine zarte Romanze inmitten des alltäglichen Überlebenskampfes, mit teils drastischen Erfahrungen. Vier Jahre später erkrankte Hannes lebensbedrohlich. Der Preis für die Rettung durch Luka' Eltern war die Aufgabe des Straßenlebens. Hannes blieb allein auf der Straße zurück, jedoch konnte Lukas sein Versprechen, weiterhin für den Geliebten da zu sein, nicht halten. Hannes misslang der Ausstieg aus der Szene, er wurde beim Dealen geschnappt und verhaftet. Reuther, sein Pflichtverteidiger, begegnete Lukas und gemeinsam gelang es ihnen, Licht in Hannes' Herkunft zu bringen. Sie stießen bei ihren Recherchen nicht nur auf Beweise für den jahrelangen Missbrauch an dem Jungen, sondern auch auf die SS-Vergangenheit von Hans Friedrich. Sie fanden heraus, dass der Makler Albrecht Kolbe Friedrich gedeckt hat. Als Reuther ihn damit konfrontierte, traf er im Haus des alten Mannes dessen Tochter, die in ihm den Vater ihres angeblich totgeborenen Kindes erkannte. Reuther erfuhr, dass Gloria und er die Eltern von Hannes waren und er somit eine Mitschuld an dessen Tragödie trägt. Als er Hannes die Wahrheit über seine Herkunft mitteilte, brach der zusammen und wurde in die geschlossene Psychiatrie eingewiesen. Statt jedoch die erwartete Hilfe bei der Bewältigung seiner Vergangenheit zu bekommen, ging es ihm dort immer schlechter; jemandem Einflussreichen stand er im Weg.

Seine Mutter Gloria war in ihrer arrangierten Ehe gefangen und konnte sich nur unter Schwierigkeiten mit Reuther treffen, um dem Verdacht nachzugehen, den beide gegen ihren Vater hegten. In seiner Not entführte Lukas den Freund, um ihn dem Zugriff des Schuldigen zu entziehen. Es stellte sich jedoch heraus, dass nicht Kolbe, sondern dessen langjähriger Freund der Drahtzieher hinter den Vorkommnissen war, da dieser Hannes' Ansprüche auf das Familienerbe als Glorias Erstgeborenem ausschließen wollte. Lukas und Hannes konnten ihren Traum vom „normalen" Leben nun endlich leben, was für Lukas den erfolgreichen Abschluss seines Medizinstudiums bedeutete. Hannes fand in seinem Großvater einen engen Vertrauten. Gloria verließ ihren Ehemann und zog zurück in das Haus ihres Vaters, wo sie mit Reuther zusammenlebte.

Crescendo

Lukas, Frankfurt Niederrad, Oktober 1986

Lukas schnippte die Asche auf den Boden und drückte die Kippe in den übervollen Aschenbecher, der neben einer leeren Zigarettenpackung auf dem Nachtschrank gleich am Kopfende des Doppelbettes stand. Er stieß dabei an das noch halbvolle Colaglas und der klebrige Rest seines letzten Cola-Wodkas ergoss sich über die fleckige Glasplatte. Lukas fluchte verhalten und schwang die Beine aus dem Bett. Hinter seiner Stirn pochte unangenehm pulsierender Schmerz und sein Magen erschien ihm wie eine Ansammlung verknoteter Gedärme, die sämtliche Inhalte entgegen ihrer natürlichen Ausrichtung entsorgen wollten. Er schluckte den bitteren Geschmack und rieb sich mit den Fingerknöcheln den Schlaf aus den Augen. Beim Aufstehen kickte sein rechter Fuß gegen die leere Wodkaflasche, die daraufhin laut scheppernd über den Boden rollte. Er konnte sich nicht erinnern, sie ausgetrunken zu haben, aber zumindest erklärte das sein körperliches Befinden.

Seine Brille fand er auf dem Fensterbrett neben einer weiteren, fast leeren Zigarettenpackung. Er schob die Brille ins Gesicht und ratschte mit zittrigen Fingern ein Streichholz an. Tief inhalierte er den Rauch der Filterlosen und blickte durch das schlierige Fenster auf den trüben Oktoberhimmel. Das Zittern seiner Hände ließ etwas nach und auch die Übelkeit verschwand allmählich.

Ein kurzer Blick auf die roten Leuchtziffern des digitalen Weckers auf der anderen Zimmerseite zeigte ihm die zwölfte Stunde, Siegfried war schon seit dem Morgen in der Uniklinik. Sein erstes Semester in der Vollzeitpromotion, einem langen Weg zu seiner klinischen Dissertation.

Lukas schüttelte verständnislos den Kopf. Acht Jahre allein bis zur Approbation und nun noch mindestens ein Semester mehr Aufwand, in dem kein Geld ins Haus kam. Ein halbes Jahr, in dem er weiterhin ohne finanzielle Unterstützung durch den Freund für das Auto, Lebensmittel, Getränke, ja selbst für ihre gemeinsamen Trips in Bars und Diskotheken aufkommen musste. Obwohl insbesondere Letztere inzwischen recht selten geworden waren.

Er hatte nicht mal zwölf Semester gebraucht, Promovierung eingeschlossen. Lukas seufzte laut, als ob dies an der Tatsache etwas ändern würde, dass Siegfrieds mangelhaftes Leistungsvermögen ihm wahnsinnig auf die Nerven ging.

Er zerrte eine frische Unterhose aus dem Berg der zwar gewaschenen, aber nicht zusammengelegten Wäsche, die sich seit Tagen auf dem Sessel stapelte. Auch wieder so eine Sache, wegen der er mit Siegfried haderte.

Seine zweiundsiebzig Stunden Schichten banden ihn jedes Mal tagelang an die Klinik. Zeit, in der Siegfried in der Wohnung nichts auf die Reihe bekam und am Ende sämtliche Hausarbeit an ihm hängen blieb, was den Frust darüber genauso ins Unermessliche steigerte, wie seinen Konsum von Zigaretten und Alkohol. Er hasste den ganzen Haushaltsscheiß und entsprechend sah die Bude meist auch aus. Oft nahm er sich vor, endlich aufzuräumen und mal zu putzen. Häufig blieb es jedoch bei den Plänen und so türmte sich in der Küche das benutzte Geschirr neben den verkrusteten Pfannen und Töpfen mit angetrockneten Nudeln und Resten weiß bepelzter Tomatensauce. Im Flur stand ein Wäscheständer mit seit Tagen trockener Wäsche, und der Korb mit der schmutzigen Kleidung war dauervoll.

Auch jetzt ignorierte er den Klamottenberg und das Hindernis im Flur und stapfte missmutig ins Bad.

Die heiße Dusche tat seinem verschwitzten Körper gut. Die Spannung im Kopf ließ nach und der Knoten im Magen wich einem angenehmen Appetit mit Lust auf Kaffee.

Hoffentlich war noch welcher da.

Er ließ gleich eine ganze Kanne durchlaufen und schob zwei Scheiben Brot in den Toaster. Die Butter war alle, aber das störte ihn nicht. Stattdessen legte er einen Streifen Schinken zusätzlich auf sein Sandwich. Einkaufen würde er wohl auch wieder müssen.

Erst am Sonntag musste er in der Klinik sein, zwei entspannte freie Tage, von denen er allerdings den ersten schon fast verschlafen hatte.

Egal. Das Auto stand vor der Tür, der nächste Penny-Markt war nur wenige Minuten entfernt.

Brot, Aufschnitt, Butter, Wodka, Zigaretten, Kaffee. Ein Päckchen Filtertüten und Kloreiniger. Lukas fuhr sich mit den Fingern durch das kurze Blondhaar. War es das? Am Süßwarenregal verharrte er einen Moment. Gummibären. Ob Luca noch immer so verrückt danach war? Siegfried jedenfalls nicht und er selbst machte sich nichts aus dem Süßkram. Dafür wanderten eine Packung Chips und gesalzene Kräcker in den

8

Einkaufswagen. Bezahlen und raus.

In der Wohnung angekommen stellte er die Einkäufe zunächst in der Küche ab und fläzte sich bequem in den einzig noch freien Wohnzimmersessel. Die Beine lang ausgestreckt, eine Zigarette zwischen den Fingern und durchatmen.

War es das? Das, was man Leben nennt? Er zählte zweiunddreißig Jahre, noch weitere zwei Jahre, bis er endlich seinen Abschluss als Facharzt für Chirurgie haben würde. Jede Woche arbeitete er bis zum Umfallen, um auf möglichst viele Anrechnungszeiten zu kommen. Viel zu selten hatte er frei und wenn, dann versank er in Alkohol, um überhaupt komplett abschalten und trotz der unmenschlichen Müdigkeit schlafen zu können.

Die Beziehung mit Siegfried war schon lange nicht mehr das, was er sich für den Rest seines Lebens vorstellen wollte. Dazu kam das Zerwürfnis mit seinen Eltern, welches, obwohl er die beiden mittlerweile fast vier Jahre nicht gesehen hatte, ihn noch immer belastete. Sie hatten so verdammt viel getan und dafür lediglich erwartet, dass er in ihre Kleinstadtpraxis einstieg. Nicht mal ein Jahr hatte er es dort ausgehalten. Jeden Tag das Gelaber alter Leute, vereiterte Furunkel, eingewachsene Zehennägel ... am Ende der große Bruch. Ein Streit, der alles veränderte.

Mit seinem überdurchschnittlichen Abschluss war es leicht gewesen, den Job an der DRK-Klinik zu bekommen. Die Bude in Niederrad dagegen schon schwieriger, sie kostete ihn ein Drittel seines Einkommens, doch das ließ sich aushalten, er verdiente, inzwischen als Assistenzarzt, akzeptabel und kam, zumindest in der Anfangszeit, meistens halbwegs klar. Den Job war er allerdings vier Monate später schon wieder los. Zu oft zu spät gekommen, Stress mit dem Chefarzt, Streitereien mit den Kollegen ... von wegen nicht teamfähig! Er ließ sich nun mal ungern ausfragen und nur, weil die anderen Ärzte länger da waren und etwas schon immer so getan haben, musste das ja nicht so bleiben. Wozu schließlich war Innovation gut? Lukas war froh, dort nicht mehr hinzumüssen.

In der chirurgischen Privatpraxis waren es sogar nur drei Wochen, der Chef mochte es nicht, dass Lukas Einiges besser wusste als er, dabei war der Typ ein alter Sack und seine Arbeitsmethoden stammten gefühlt aus dem letzten Jahrhundert. Die gesamte Praxis war antiquiert wie die Ausrüstung eines mittelalterlichen Baders und seine Forderung vom Umgang untereinander entsprach eher höfischem Gebaren, inklusive Unterwürfigkeit und Ehrerbietung.

Bei seiner Bewerbung beim Uniklinikum hatte er diese Zeiten einfach weggelassen und sich vorgenommen, diesmal häufiger den Mund zu halten, wenn ihm etwas nicht passte, und sein Temperament, so gut es ging, zurückzufahren.

Es fiel ihm schwerer als gedacht, den lästigen Fragen und den anbiedernden Kennenlernversuchen der Kollegen auszuweichen, ohne auszuticken oder unhöflich zu sein.

Da er ohnehin ein Einzelgänger war, störte ihn das aus seiner Ablehnung resultierende distanzierte Verhalten der Kollegen am Anfang wenig. Sie sollten ihn schlicht in Ruhe lassen. Doch dass sie ihn auch aus ihren dienstlichen Gesprächen ausgrenzten, nervte schon sehr. Dadurch fehlten ihm Informationen, die er sich aufwendig selbst erarbeiten musste.

Die heimlichen Spitzen und das Gerede der anderen Assistenzärzte hinter dem Rücken, wegen seines angeblich arroganten Verhaltens, nahm er sehr wohl wahr. Insbesondere Dr. Melchior stach aus dieser Gruppe heraus. Er war zeitgleich mit Lukas fertig geworden, hatte aber vier Semester länger gebraucht und eine ganze Note schlechter abgeschlossen. Diese Tatsachen machten Lukas offensichtlich zu seinem persönlichen Feind und Lukas vermutete, dass er hinter den missgünstigen Redereien steckte, die über ihn auf der Station grassierten. Die Gerüchte bezogen sich mit feiner Regelmäßigkeit auf unlauteres Verhalten und Annährungsversuche den Schwestern gegenüber. Darüber war Lukas erhaben, aber es ärgerte ihn beträchtlich, da er sich kaum zu verteidigen vermochte, ohne mehr von sich preis zu geben, als ihm recht war.

Viel zu oft staute sich Wut in seiner Brust. Wut, die er hinunterschlucken musste, die sich in seinem Inneren wie ein Stein anfühlte. Niemand aus dem ganzen Kollegium verstand offensichtlich, dass er kein Interesse an privaten Ärztezimmergesprächen oder Schwesterngeschwafel hatte. Einzig die Oberschwester verhielt sich ihm gegenüber normal.

Professor Hohenheim, Chefarzt der chirurgischen Station, ignorierte ihn sowieso.

Siegfried sollte eine Gelegenheitsaffäre bleiben, neben der lockeren Beziehung zu Luca.

Doch der Jugendfreund hatte im Laufe der Wochen mehr und mehr an Bedeutung für ihn verloren. Zu groß waren am Ende die Unterschiede. Mit Luca verband ihn zweifellos eine bewegte Vergangenheit, die einer emotionalen Achterbahnfahrt gleichkam. Zudem war er der süßeste Kerl, den er je im Bett hatte. Aber seine Naivität und grenzenlose Lebensuntauglichkeit hatten Lukas schlicht die letzten Nerven gekostet.

Mit Siegfried war es dagegen komplett anders. Sie konnten über alles reden. Über ihre Träume und Vorstellungen vom idealen Job und über den besten Weg, erfolgreich durch das Studium zu kommen. Sie liebten es, über Gott und die Welt zu philosophieren, zusammen auszugehen, Spaß zu haben. Jeder Club stand ihnen offen, keiner sah Siegfried scheel an, weil er eben kein szenebekannter Stricher war.

Sigi war irgendwann nach dem Bruch mit den Eltern bei ihm eingezogen und die Beziehung schien in Ordnung zu sein. Doch machte sich Lukas nichts vor. Der Anblick des Freundes erregte ihn längst nicht mehr, denn aus dem schüchternen Erstsemester war ein gestandener Mann geworden. Männer jedoch hatten es Lukas noch nie angetan und mittlerweile hatte der Alltag den Rest ihrer zarten Liebe verschlungen. Was sie weiterhin zusammenhielt, war die Angst. Angst vor der neuen Seuche, die Monat für Monat mehr Opfer forderte und die die schwule Welt wie im Schock erstarren ließ. Wer wollte sich da schon noch freiwillig in das Abenteuer Lust stürzen? Selbst die jungen Kerle in der Stricherbar, wenn überhaupt welche nach seinem Geschmack dabei waren, ließen niemand ohne Gummi ran.

Verbittert sog Lukas an seiner Zigarette und stand endlich auf. Die Lebensmittel mussten in den Kühlschrank. Er kam sich entsetzlich spießig dabei vor, als er Salami, Butter und den Schnaps einsortierte und anschließend tatsächlich begann, den Wäschehimalaya abzubauen und zu geordneten und schrankfeinen Stapeln zusammen zu legen.

Und dann lag da bereits seit etlichen Monaten dieser Stapel ungeöffneter Post im untersten Fach der Flurkommode. Papierkram, mit dem er eigentlich nie etwas zu tun haben wollte. Rechnungen, Mahnungen, Briefe von der Bank, Finanzamt, dem Vermieter ...? Wann war seine letzte Mietzahlung? Er wusste es nicht und hatte null Bock, sich mit dem Inhalt all der garantiert unangenehmen Schreiben jetzt zu beschäftigen, morgen würde er sich darum kümmern, ganz bestimmt.

Die Hausarbeit empfand er als extrem entwürdigend, wenn er später über mehr Einkommen verfügen würde, musste eine Putzkraft her. Doch noch war die Zeit dafür noch nicht reif. Das Geld war immer knapp und da niemand diesen beschissenen Job übernahm, blieb ihm nichts anderes übrig, als es selbst zu erledigen. So weit war es nun schon gekommen!

Es hätte Luca's Job sein sollen. Merkwürdig, dass er ausgerechnet jetzt wieder öfter an ihn dachte. Dabei hatte Luca nie einen Sinn für Ordnung oder gar Aufräumen gehabt. Wozu auch? In ihrem alten Leben herrschte das absolute Chaos und in seiner neuen Welt hatte er eine Mutter und das Hauspersonal, die sich um alles kümmerten. Luca hatte es am Ende ziemlich gut getroffen, fand Lukas. Ein eigenes Zimmer in der Riesenvilla seines Großvaters, keinen Job, keine Pflichten, jeder Wunsch wurde ihm erfüllt. Dafür sorgte schon das schlechte Gewissen seiner Familie.

Ob er das Lesen und Schreiben am Ende wohl gelernt hatte? Lukas' Kontakt zu den Reuthers hatte nicht lange genug angehalten, um die Entwicklung des ewigen Jungen weiter zu verfolgen. Und eigentlich war es inzwischen auch egal. Die Familie war ihm zu stressig. Mit der Scheidung und dem ganzen ätzenden Sorgerechtsstreit um Glorias merkwürdige, wie dressiert wirkende Kinder, wollte er nichts zu tun haben.

Der Streit um das Sorgerecht endete so unverhofft, wie er zuvor heftig geführt wurde. Kolbe hatte ihn mit einer Zahlung an Edgar Harder beigelegt und die Kinder wünschten scheinbar keinen weiteren Kontakt zu ihrem leiblichen Vater.

Vincent fand durch seinen neuen Job bei Rottleb & Partner, einer dieser Nobel-Kanzleien, die für den alten Kolbe arbeiteten, kaum noch Zeit für seinen jüngeren Freund und wenn sie miteinander sprachen, gab es für sie keine gemeinsamen Themen mehr.

Lukas hatte nur die Anfänge mitbekommen und das war schon mehr, als er zu ertragen bereit gewesen war. Der liebenswürdig-charmante und völlig verpeilte Vincent, der nur einen Anzug besessen und mehr Zeit in Gerardos Restaurant, als in seiner verkramten, ewig qualmigen Bude verbracht hatte, war unter der Last der neuen Verantwortung verschwunden. Der neue Vincent war ein anderer Mensch, ausgetauscht mit einem Modell geschniegelter Gleichförmigkeit, mit Brillantine gegen die wüsten, wilden Locken und einem sorgfältig rasierten Kinn.

Lukas war einfach nicht mehr hingegangen.

Hilflos drehte er sich im Zimmer um. Früher Freitagnachmittag und ihm fiel nichts Besseres ein, als Hausarbeit und Grübeleien! So weit war es mit ihm inzwischen bergab gegangen.

Angekommen im alltäglichen Leben, von dem er in der Jugend so sehnsuchtsvoll geträumt, das er während bitterkalter und klammer Nächte in vergammelten Buden ersehnt hatte: ein sicheres, warmes Zuhause, genug zu essen, Alkohol wann immer er Lust draufhatte, keine lebensgefährlichen Scheißjobs, ausreichend Geld, ein schnelles Auto, ein cooles Motorrad. Warum also war er nicht glücklich? War er früher glücklich? Was hatte er früher an einem vergleichbaren Tag unternommen?

Es gab keine vergleichbaren Tage, resümierte er bitter. Und er war doppelt so alt wie damals, als alles begann. Vielleicht wäre dies jetzt ein guter Zeitpunkt, um nach fast sechs Jahren mal wieder nach Luca zu sehen. Doch auch darauf verspürte er keine Lust. Was hätte er dem ehemaligen Freund schon zu sagen außer: Ja, ich bin Arzt, aber es ist nicht so, wie ich es mir vorgestellt habe. Der Chefarzt ist ein ignorantes Arschloch und die ganzen Klinikhierarchien nerven mich. Wenn man klüger ist als andere, macht man sich keine Freunde und die vorgesetzten alten Säcke wissen sowieso alles besser und lassen sich nicht kritisieren oder nehmen gar Ratschläge an, zumindest nicht von einem popligen Assistenzarzt wie ihm. Und für neue Vorschläge oder Ideen sind die erst recht nicht offen.

Lukas ordnete sich ungern unter, er hasste all die einengenden Vorschriften, die eingefahrenen zwanghaften Routinen, die, Zwangsneurosen gleich, im ewigen Trott den Arbeitsalltag bestimmten. Und Teamarbeit lag ihm erst recht nicht, aber in der Klinik blieb ihm nichts anderes übrig, wenn er den Job behalten wollte. Und den brauchte er, um seinen Facharzt zu bekommen, um Karriere zu machen, um selbst eines Tages Chef zu sein und eigene Wege zu gehen. Er konnte nicht schon wieder hinschmeißen.

Lukas seufzte schwer, dann nahm er resigniert die Jacke vom Haken, schnappte den Autoschlüssel und trat vor die Tür.

Ein leichter Nieselregen hatte eingesetzt. Der Himmel war spätoktobergrau bezogen, raschelndes, braungelbes Herbstlaub von Linden und Kastanien lag auf den Wegen, die Menschen versteckten sich unter tropfenden Regenschirmen und huschten gebeugt, wie um der alles durchkriechenden Feuchtigkeit zu entkommen, durch die nassglänzenden Straßen.

Lukas reckte das Gesicht nach oben und spürte die sanften Tropfen auf der Stirn und der Nase. Die Brille erblindete, dicke Rinnen sammelten sich am Gestell und suchten sich einen Weg in die Tiefe, über die Wangen, durch stacheliges Dreitagebartgestrüpp. Seine Zunge schmeckte das weiche Wasser auf den Lippen. Für einen Moment schloss er die Augen, dann atmete er tief durch und steckte die Autoschlüssel in die Hosentasche.

Wie von selbst wählten seine Füße den Weg zum Krankenhaus. Es war ein langer Weg, so ohne Auto oder Motorrad. Knapp eine Stunde, schätzungsweise.

Trotzdem entschied er sich für einen zusätzlichen Abstecher. Der menschendurchflutete Stadtteil mit all seinen Bewohnern, die ihren freitäglichen Wochenendbesorgungen nachgingen, entsprach nicht seinem Bedürfnis nach Abgeschiedenheit. Er nahm stattdessen die Melibocusstraße, um dann über das Mainfeld an das Niederräder Ufer zu gelangen. Er beabsichtigte in Sichtweite des Flusses zu laufen. Der Main, behäbig und stetig, voller Erinnerungen an gute und schlechte Zeiten, wirkte auf ihn wie ein Anker in der wilden See. Er vermittelte Lukas die Beständigkeit, welche er selbst nicht besaß, und gab Zuversicht, wo er keine zu erkennen vermochte. Er war in seiner Verlässlichkeit immer da, konnte jedoch ebenso Gefahr bedeuten und mit Unberechenbarkeit überraschen. Lukas liebte es, dem Fluss nahe zu sein.

In Höhe der Deutschordenstraße konnte er endlich die Straßenseite wechseln, um dann die letzten paar Meter fast direkt am Strom entlangzuschlendern.

Die Nähe zum träge dahin strömenden Main gab ihm Ruhe. Kurz hinter der Eisenbahnbrücke, schon in Sichtweite des Klinikums, blieb er stehen. Warum war er hier? Siegfried musste bald Feierabend haben, er würde es merkwürdig finden, dass Lukas ihn ohne Auto abholte, sollte er es also wirklich durchziehen?

Ja, dachte er kurz entschlossen. Er würde Sigi jetzt abholen und hinterher würden sie in die Innenstadt fahren, gemeinsam essen und dann noch irgendwo hingehen. In den E-Kinos lief seit dem sechzehnten „Der Name der Rose". Er hatte die Ankündigung dazu gesehen. Sean Connery und ein wirklich schnuckeliger Christian Slater. Das Buch war der Hammer und wenn der Film nur halb so gut war, sollte sich der Kinobesuch lohnen.

An der Straßenbahnhaltestelle setzte er sich ins Wartehäuschen mit Blick auf den Krankenhauseingang, um den Freund nicht zu verpassen. Er griff automatisch in die Jacke, als ob seine Hände eine Beschäftigung suchten. Die vorhin gekaufte Zigarettenschachtel war fast leer, hatte er wirklich schon so viel geraucht heute?

Dass Siegfried so unglaublich pünktlich Feierabend hatte, kam ihm wie eine Verarschung seiner selbst vor. Mehr jedoch wurmte ihn, dass er nicht allein aus der Klinik kam. Der Typ an seiner Seite war ein Stationsarzt von

14

der Inneren, Brehmer, Lukas kannte sein schmalziges Gesicht aus den letzten Wochen seines praktischen Jahres. So ein verdammter Scheißkerl, damals hatte der Idiot ihn angebaggert und nun der gleiche Mist mit Siegfried? Er hoffte, nein, er betete, dass Sigi genug Verstand beisammenhatte, um den Dreckskerl links liegen zu lassen. Doch den Grips hatte Siegfried anscheinend in der Garderobe vergessen, ging er tatsächlich mit dem Schleimer in Richtung des Parkplatzes!

Lukas sackte das Herz in den Magen. Das konnte jetzt nicht wahr sein! Er saß hier in der Haltestelle und kam sich vor, wie der größte Trottel der Nation. Er sprang auf und einen dummen Augenblick lang überlegte er, Siegfried nachzulaufen, doch schon im nächsten Moment schalt er sich für diese wahrhaft blöde Idee. Er würde Sigi nicht aufhalten können und vor Brehmer konnte er sich unmöglich derart die Blöße geben. So stand er immer noch aufgeschreckt, die Hände ziellos greifend von sich gestreckt, als eine einfahrende Bahn ihm die Sicht verdeckte und die brennende Zigarette seine Fingerkuppe ansengte.

„Eh, was stehst du hier so im Weg rum!", blaffte ihn ein älterer Mann von der Seite an. Eine dunstige Wolke Alkoholatem, gemischt mit Zwiebeln, waberte in Lukas' Nase.

Angewidert drehte er sich um. „Ach, fick dich, Drecksack!", pöbelte er zurück. Er schnippte die Kippe unter die Bahn, stopfte wütend die Fäuste in die Hosentaschen, damit sie nicht im Gesicht des gammligen Typens landeten, und stapfte Richtung Main davon.

Der Knoten in seinen Gedärmen war wieder da. Lukas stand am Ufer, den Blick leer auf das graubraune Wasser gerichtet, dafür den Kopf voller wirrer Gedanken. Zu wissen, dass ihre Beziehung nicht gut lief und mit Sicherheit keine Zukunft hatte, war die eine Sache. Etwas anderes war es, Siegfried an der Seite dieses Mannes zu sehen. Er hätte mit ihm schon früher über ihre Situation sprechen sollen, hätte gern gewusst, wie Sigi darüber dachte. Die Probleme auszusprechen, sie zu benennen, half mitunter um eine akzeptable Lösung zu finden, oder auch nur um zu wissen, wie es weitergehen könnte. Sollten sie trotzdem zusammenbleiben oder sich einvernehmlich trennen? Doch das stand jetzt wohl kaum noch zur Debatte.

Lukas hatte keine Ahnung, ob Siegfried heute nach Hause kommen würde und wenn ja, ob Brehmer dann ein Thema war oder er so tun würde, als ob nichts gewesen sei. Er konnte schließlich nicht ahnen, dass Lukas an der Klinik gewartet hatte.

Fraglich war, was er jetzt anstellen sollte. Zurückzugehen in die Einsamkeit seiner Bude klang nicht verlockend. Dort erinnerte zu viel an Siegfried und den Frust über unerledigte Pflichten.

Er wandte sich kurz entschlossen nach Nordosten, lief weiter am Main, den Theo-Stern-Kai entlang, um zur Friedensbrücke zu gelangen. Linkerhand, am anderen Ufer, zog sich der Westhafen mit seinen Kränen, der Kohlebrücke am Westhafenpier und dem nahebei liegenden Kraftwerk schon fast aus dem Blickfeld. Von hier bekam das Uniklinikum seine Fernwärme.

Einen Moment lang blieb er stehen und sah zur anderen Seite hinüber. Der Hafen war vor fast genau hundert Jahren eröffnet worden und genauso sah er auch aus, alt, vom dunklen Staub jahrelanger Kohleverladung geprägt, eine Melange aus Dreck und Lärm. Gern hätte er gewusst, wie es hier früher mal war, als sich an dieser Stelle noch der Winterhafen befand, ein Ort, an dem Schiffe vor den zermalmenden Kräften des Eises Schutz fanden. Winterhafen klang nach friedlicher, weißer Idylle, nach heißem Apfelwein an einem wärmenden Feuer. Lukas lächelte in sich hinein. Apfelwein hatte er schon lange nicht mehr getrunken, heißen erst recht nicht. Obgleich der jetzt nicht schlecht wäre, denn es nieselte immer noch und durch das Stehen war ihm kalt geworden. Er schlenderte weiter. Es fühlte sich merkwürdig an, einfach so draufloszulaufen, aber ebenso tief vertraut, obwohl die Zeit längst vergangen, in der er tagtäglich durch die Straßen seiner Stadt gestromert war, um das Leben in sich aufzusaugen.

Von der Brücke war es nicht mehr weit bis zum Hauptbahnhof. Wann war er zum letzten Mal zu Fuß hier gewesen, in diesem Moloch? Er konnte sich nicht erinnern. Seit Jahren lief er nie weiter als dahin, wo sein Auto stand.

Der Bahnhof war in einem elenden Zustand, genau wie das ganze Bahnhofsviertel, erdrückend verkommen und trist. Die Drogenszene und auch die Prostitution waren hier schon immer zu Hause, er hatte selbst lange damit gelebt. Aber er konnte sich nicht entsinnen, dass damals beides so intensiv und in aller Öffentlichkeit stattfand wie heute. Ein Junkie, komplett dicht, lag am hellen Tage im Regen auf dem Gehweg in der Kaiserstraße und kaum einer scherte sich darum. Auch Lukas nicht. Es war sinnlos.

Er folgte aggressivem Stimmengewirr in der Moselstraße. Ein Zuhälter lieferte sich einen heftigen Streit mit einem unverhohlen betrunkenen Freier. Irgendwo vom Hinterhof hörte er eine Frau schreien und jammern.

Lukas überlief eine Gänsehaut und er beschleunigte seine Schritte.

Es war bedrückend, den allgegenwärtigen Schmutz und die herunter gekommenen Häuser zu sehen. Er wusste um die menschlichen Wracks darin, voller zerstörter Hoffnungen, die nicht zu übersehende Ausbeutung der Prostituierten in Dreck und Elend. Lukas schluckte heftig. Was war nur aus seiner Stadt geworden?

Der Regen hatte inzwischen die Stärke eines kräftigen Sommergewitters angenommen. Lukas stellte sich schutzsuchend in einen nach Urin und frischem Erbrochenen stinkenden Hauseingang an der Ecke Baseler Straße. Als er den Bus ankommen sah, mit dem er bis zur Konstabler Wache durchfahren konnte, legte er einen entschlossenen Sprint in die Münchener Straße ein und erreichte die Haltestelle fast zeitgleich mit dem Fahrzeug. Mitten in der drangvollen Enge des überfüllten Wagens fiel ihm wieder ein, warum er die Öffentlichen so hasste: Gedränge, miese Luft und Kindergeplärre.

Gleich beim übernächsten Halt am Theaterplatz stieg er wieder aus; der Regen hatte endlich aufgehört.

Erschöpft von dem bisher unbefriedigenden Tag warf er einen langen Blick auf die fleckige, mit Papier und Abfall übersäte Grünfläche der Gallusanlage, um dann entschlossen gleich am Opernhaus die Treppe zur U-Bahn hinabzusteigen. Die Beine schmerzten vom ausgiebigen Gehen und mit der Unterirdischen war er schneller in der Innenstadt als zu Fuß.

Die Idee mit dem Kino hatte ohne Sigis Begleitung seinen Reiz eingebüßt. So schlenderte er über die Zeil bis zur Fressgass und versorgte sich beim erstbesten Imbiss mit Cola und einer Rindswurst im Brötchen. Soweit also sein Plan, gut zu essen. Obwohl die Wurst köstlich schmeckte.

Als der graue Oktoberhimmel erneut eine fein dosierte Ladung alles durchdringenden Sprühregens über seine Brille legte, kapitulierte er vor dem Wetter und floh in das nächste Kaufhaus. Genau wie früher, durchfuhr die Erinnerung seine Gedanken. Ziellos durchstreifte er das Gedränge der Wetterflüchtigen und Kauflustigen.

Das Weihnachtsgeschäft hatte verrückterweise bereits begonnen. Abgeneigt schüttelte er den Kopf über die grünen Kunststofftannen mit den aufdringlichen roten Schleifen und der Kugeldeko. Wenigstens besangen keine Kinderchöre und Knabensoprane die unvermeidliche stille Nacht.

Lukas benötigte weder Kleidung noch Haushaltsgegenstände und er verließ den Kaufhof fluchtartig Richtung Liebfrauenkirche.

An den Auslagen der Carolus-Buchhandlung verharrte er. Diesen Laden gab es seit Urzeiten hier, erinnerte er sich. Das Werk „Der Baader-Meinhof-Komplex" lag im Schaufenster, er hatte es schon lange lesen wollen, also ging er hinein und nahm ein Exemplar. Als er zur Kasse schwenkte, weckte im Regal mit regionaler Literatur ein silberfarbig eingebundenes Buch seine Aufmerksamkeit. Hessische Sagen. Es war nach Regionen unterteilt und Lukas durchblätterte es suchend. Er fand die Geschichte der Kobolde im Berg und dem schwarzen Hund mit den rotglühenden Augen. Hier stand sie in dunklen Lettern auf Weiß gedruckt, er hatte sie nie gelesen und doch kannte er sie genau. Eine Sage, die Hannes ihm vor so vielen Jahren erzählt hatte und die viel später sein erster Lesestoff werden sollte.

Er kaufte beide Bücher und da es für die Clubs ohnehin zu früh war und er eigentlich keine Lust hatte, sich weiter ziellos dahintreiben zu lassen, entschied er kurzerhand, nach Hause zu fahren und sich mal wieder zu betrinken. Allein, da es das Schicksal offensichtlich so verlangte. Er hatte Zigaretten, eine Flasche Wodka im Kühlschrank und genug Frust, die Pulle heute Abend zu leeren.

Draußen klappte er den Kragen seines Mantels hoch, um den stärker eindringenden Regen abzuwehren. Wahrlich kein Wetter, um auf der Straße zu sein. Voll Bitterkeit dachte er an längst vergangene Jahre zurück und er stieg deutlich zufriedener in die Schnellbahn nach Niederrad.

Immerhin hatte er ein zu Hause.

Reuther, Eschersheim, Oktober 1986

Reuther parkte den Wagen auf der Straße vor dem Grundstück und hastete ins Haus. Gloria erwartete ihn bereits und er gab ihr einen Kuss.

„Und, haben sie sich gemeldet? Gibt es Neuigkeiten?"

Sie schüttelte bedauernd den Kopf. Er lehnte seine Stirn an ihre und drückte sie fest an sich. „Verdammt, ich hatte es so sehr gehofft."

Sie löste sich aus seiner Umarmung.

„Schon sechs Wochen, was soll da noch kommen, außer schlechte Nachrichten?"

Sie nahm ihm den Mantel ab und hängte ihn an einen Bügel in der Garderobe. Reuther legte den Seidenschal auf die Kommode daneben und zog den Knoten aus der Krawatte. Dann entdeckte er die Uniformjacke.

„Mario ist da? Wie schön!"

Gloria nickte und ein sanftes Lächeln huschte über ihr Gesicht. „Er hat kurzfristig Urlaub bekommen, zur Klärung einer schwierigen familiären Situation, wie er es genannt hat."

Vincent grinste. „Er ist erfinderisch. An der Situation wird er nichts ändern können, aber ich freue mich über sein Kommen."

Sie fanden den 22-Jährigen im Wohnzimmer neben der Vitrine mit den Familienfotos.

„Hallo, Vater." Mario umarmte ihn kurz und Vincent lief noch immer ein wohliger Schauer über den Rücken, wenn dieser wunderbare Kerl ihn so nannte.

Als wäre es erst gestern gewesen, erinnerte er sich an den unangenehmen Tag vor sieben Jahren. Der Tag, an dem Gloria und er den vier verunsicherten Teenagern erklären mussten, dass es kein Zurück ins Familienhaus am Lerchesberg geben würde und er künftig den Platz ihres Vaters einzunehmen gedachte.

Mario, damals ein schlaksiger Knabe mit pubertären Pickeln im Gesicht, hatte ihn misstrauisch beäugt.

„Kann ja nur besser werden", hatte er dann vorsichtig gesagt. „So wie Mama an deiner Hand klebt, muss sie vor dir scheinbar keine Angst haben."

Vincent hatte den Arm um Glorias Schultern gelegt. „Nein, das muss sie wirklich nicht. Und ihr auch nicht. Ihr könnt mich Vincent nennen, wenn ihr möchtet."

Giulio und die Zwillinge hatten stumm danebengestanden und mit gesenkten Köpfen versucht, ihn nicht anzusehen.

Doch nur wenige Tage später waren die Kinder allmählich offener geworden, da sie intuitiv spürten, dass es ihrer Mutter an seiner Seite besser ging und seine Worte nicht nur leere Versprechungen waren.

Einige Wochen später hatte als erster Mario, wie aus Versehen, Vater zu ihm gesagt und seitdem war Vincent klar, dass sie es schaffen würden, eine Familie zu werden.

Inzwischen war Mario ein vielversprechender, technisch begabter Student an der Marineschule in Flensburg-Mürwik, dem die dunkelblaue Uniform verteufelt gutstand und der zweifellos eine glänzende Offizierskarriere vor sich hatte.

„Willkommen zu Hause, mein Junge!"

Gloria brachte ein Tablett mit Teegläsern und eine bauchige Glaskanne, in der goldbrauner, aromatisch duftender Earl Grey einige entspannende Momente versprach.

„Wo sind Franca und Grazi?", fragte Mario, vorsichtig den heißen Tee schlürfend, in den er sich eine große Portion Kandis gerührt hatte.

„Noch in der Uni", antwortete Gloria. „Franca hat bis 20 Uhr Vorlesung, Graziano zwar nicht, aber er hockt hinterher immer noch mit seinen Kommilitonen zusammen. Sie arbeiten an einem Projekt. Er wird seine Schwester abholen, dann kommen sie gemeinsam nach Hause. Dadurch brauchen sie auch nur ein Auto, was bei der Parkplatzsituation an der Uni nicht die schlechteste Idee ist."

Mario lehnte sich im Sessel zurück. „Nun erzählt doch bitte was, verdammt noch mal, ist nun mit Luca? Er kann doch nicht einfach weg sein?"

Vincent seufzte. „Genauso ist es aber leider."

„Und was habt ihr unternommen?"

Gloria sah ihn voller Trauer an. „Zuerst haben wir ihn gesucht, im Haus, im Garten, in der Umgebung. Wir haben geglaubt, er könnte nicht weit fort sein, da er nichts mitgenommen hat. Nur die Sachen, die er am Körper hatte. Das war noch im September und er trug nur eine leichte Sommerjacke. Am nächsten Morgen haben wir dann die Polizei eingeschaltet."

„Die wollten zunächst nichts unternehmen", ergänzte Vincent. „Luca ist immerhin schon 28 und sollte selbst über seinen Aufenthalt entscheiden können, haben sie gemeint, bis ich ihnen erklärt habe, dass der Junge unter unserer Betreuung steht und ganz und gar nicht auf sich selbst aufpassen kann. Dann wurden sie hektisch. Er wurde zur Fahndung ausgeschrieben, nur leider bisher völlig erfolglos."

„Heute war der zuständige Polizeikommissar hier", fuhr Gloria fort, „Er hat uns über die neueste Entwicklung informiert."

„Und die ist?", fragte Mario.

„Es gibt keinerlei Spuren oder Hinweise auf Luca's Verbleib, er ist wie vom Erdboden verschluckt. Mittlerweile wird in allen Richtungen ermittelt: Entweder ist er einem Verbrechen zum Opfer gefallen, worauf es bisher zum Glück keine Hinweise gibt. Es könnte aber auch sein, dass er die Stadt oder sogar Deutschland längst verlassen hat, ob freiwillig oder nicht, ist unbekannt. Möglicherweise ist er nach Italien gefahren, wie er es vor vielen Jahren in einer vergleichbaren Situation bereits einmal getan hat. Die italienische Polizei wurde daher ebenfalls einbezogen."

„Verdammt", entglitt es Mario, „das hört sich wirklich nicht gut an."

„Ich weiß nicht, was wir noch machen sollen." Vincents Stimme klang verbittert und voller Schmerz. „Ich bin in den letzten sechs Wochen gefühlt durch jede Straße dieser Stadt gefahren, immer in der Hoffnung, den Jungen irgendwo zu finden. Aber wie deine Mutter schon sagte: keine Spur."

Gedankenversunken schwiegen sie sich an.

„Wie lange kannst du bleiben?", fragte Gloria unvermittelt.

„Bis übermorgen, Sonntag, gleich nach dem Frühstück, mache ich mich wieder auf den Weg", antwortete Mario. „Ich habe übrigens vorhin mit Giulio telefoniert, er wird morgen Nachmittag mit Melli vorbeikommen."

„Schön, dass du uns Bescheid gibst", sagte Vincent lachend. „Dann sind wir wenigstens mal wieder alle beisammen. Fast alle", schränkte er ein.

Mario bezog gerade sein ehemaliges Dachgeschosszimmer, als die Zwillinge aus der Uni kamen. Die Begrüßung verlief turbulent und Vincent fühlte sich an die letzten Jahre erinnert, an eine Zeit, in der alle fünf Kinder, zu Hause wohnten.

Gloria hatte wie früher einen großen Topf Nudeln mit Salbeitomaten gekocht und das gemeinsame Essen an dem ausgezogenen Tisch im Speisezimmer war wie eine perfekte Illusion einer längst verblichenen Momentaufnahme.

Auf der Kaffeetafel thronte Mellis selbstgebackener Apfelkuchen, Franca hatte am Vormittag ebenfalls in der Küche gestanden und einen Schokokranz kreiert.

Vincent fühlte sich wehmütig, als er den geschmackvoll gedeckten Tisch bewunderte. Gloria hatte das gute Villeroy & Boch Porzellanservice mit den weißen Rosen aus der Anrichte geholt, dazu die passenden silbernen Leuchter mit schlanken, cremefarbenen Kerzen bestückt und frisch gebügelte Damastservietten kunstvoll arrangiert.

Das hätte Luca gefallen, dachte er, vor allem der Schokoladenkuchen. Wahrscheinlich nur der Schokoladenkuchen, denn weder mit den Geschwistern noch mit einem Zuviel an Lebensstil hatte sein Ältester etwas anfangen können, genauso wenig, wie Glorias Vier mit dem unnahbaren Bruder.

Luca hatte sich in den letzten Monaten häufig völlig inakzeptabel benommen, er hielt sich nicht an Regeln der Familie und ignorierte

Forderungen seiner Eltern. Zu oft hatte sich Vincent über patzige Antworten geärgert und darüber, dass der Junge sein zu Hause scheinbar als Selbstbedienungsladen betrachtete. Der Bengel hatte überhaupt keine Manieren gezeigt, weder bei Tisch noch im Alltag. Meistens war sein Verhalten zu anderen Menschen von schlechter Laune und Unhöflichkeit geprägt. An Umgangsformen gegenüber Frauen mangelte es ihm völlig. Vincent verwunderte dies kaum, denn es hatte in Lucas Leben sehr wenige weibliche Bezugspersonen gegeben und diese wenigen waren aller Wahrscheinlichkeit nach zumeist Huren oder vergleichbare Existenzen.

Und trotzdem erschien es Vincent, als ob der Sohn sich ganz bewusst provokant verhielt – bei den Arnheims in Kelsterbach hatte er sich sehr wohl zu benehmen gewusst. Aber seit er hier bei ihnen lebte und insbesondere seit dem Tod des alten Kolbe, hatte Luca, wie auf Krawall gebürstet, permanent am Rad gedreht.

Giulios Freundin Melli war vor drei Jahren wie ein Engel in die Familie gekommen. Sie kannte Luca nicht und stand ihm völlig unvoreingenommen gegenüber. Sein Ältester hingegen hatte es erschreckend schnell geschafft, das freundliche Mädchen zu verprellen.

Giulio hatte Melli absichtlich damals nicht auf seinen etwas schwierigen Bruder vorbereitet. Daher war ihm als Vater die undankbare Aufgabe zugefallen, ihn zurechtzuweisen, während dieser Mellis schlanke Gestalt mit der vermutlich üppigen Form einer nur ihm bekannten Deborah verglich.

Und doch wünschte er jetzt, Luca wäre hier. Und sei es nur, um den bitteren Blick seiner Augen zu spüren, wenn sich die anderen über Dinge unterhielten, die er nicht verstand oder über Späße lachten, die aus der Sicht des Jungen nicht witzig waren. Ja, es würde ihm schon reichen, einfach nur zu wissen, dass Luca da war.

Aber er war es nicht.

„Hast du eine Vorstellung wie es weitergeht Vater?" Graziano war direkt wie immer.

Wie um seine Hilflosigkeit zu verbergen, nippte Vincent kleine Schlucke seines Kaffees.

„Nein", gestand er dann ein. „Wir haben mehrfach alle Orte aufgesucht von denen wir wissen, dass er gern dort war, einschließlich Opas Grab. Den Rest muss jetzt wohl die Polizei erledigen. Ich weiß nicht, was wir sonst noch tun könnten."

„Was ist mit den Arnheims?", wollte Giulio wissen. „Dort war er doch schon mal untergetaucht, wenn ich mich recht entsinne. Habt ihr sie mal gefragt? Oder Lukas?"

„Lukas ist längst Schnee von gestern", warf Graziano ein. „Er hat sich doch schon seit Jahren nicht mehr bei Luca gemeldet."

„Wir haben es trotzdem versucht", erklärte Gloria ihren Kindern. „Wenn auch der Zufall uns dabei in die Hände gespielt hat. Wir haben Richard und Anna bei der Dippemess getroffen."

„Was?", fuhr Mario auf. „Luca wird vermisst und ihr geht auf ein Volksfest?"

„Ja, eben deshalb doch!" Vincent brauste etwas ungehalten auf.

Gloria legte ihm beschwichtigend die Hand auf den rechten Arm und lächelte ihn an. Dann wandte sie sich wieder der Gästerunde zu. „Wir hatten gehofft, Luca bei dem Fest zu entdecken", erläuterte sie. „Stattdessen haben wir zuerst Kathrin und Matthias gesehen und dann kamen auch ihre Eltern dazu."

„Und, was sagen sie?", begehrte Mario ungeduldig.

„Sie hatten leider auch keine guten Neuigkeiten", sagte Vincent. „Dass Lukas sich mit seinen Eltern zerstritten hatte, wussten wir ja, aber nicht, dass er jeglichen Kontakt zur Familie abgebrochen hat."

„Wie jetzt, Lukas ist auch weg?", fragte Graziano.

„Nein, nein", relativierte der Vater seine Aussage und hob beschwichtigend die Hände. „Lukas hat sich einfach nur eine eigene Wohnung und einen anderen Job gesucht und sich nach dem Auszug nie wieder gemeldet."

„Sieht ihm nicht ähnlich", sinnierte Franca. „Ich denke immer noch ganz gern an damals zurück, die beiden haben 'ne Menge Stimmung in die Bude gebracht und Lukas erschien mir wie ein weiterer großer Bruder und dazu ein guter Kumpel."

„Der Student von damals ist inzwischen ein gestandener Mann und promovierter Arzt", gab Gloria zu bedenken. „Es wird wohl kaum noch etwas von dem verrückten jungen Mann übrig sein."

„Naja", widersprach Vincent. „Das was Richard und Anna uns im Restaurant erzählt haben, klang auch nicht nach leichter Kost."

„Was haben sie denn erzählt?", mischte sich nun auch Melli ein.

„Nun, bei unseren früheren Telefonaten hatten sie ja nur einen Streit erwähnt, wegen dem Lukas am Ende ausgezogen ist. Aber letztendlich hat es sich doch ganz anders abgespielt, als wir geglaubt hatten."

Gloria ergänzte. „Lukas ist offensichtlich nicht so gut mit dem geregelten Alltagsleben klargekommen. Also jeden Tag früh aufstehen, in der Praxis arbeiten, hinterher noch der ganze organisatorische Kram mit Bestellungen, Abrechnungen, Vertreterbesuchen, dazu die Facharztweiterbildung, kaum Freizeit … das war er einfach nicht gewohnt. Es gab nie Verpflichtungen oder Zwänge oder auch nur Regelmäßigkeiten in seinem Leben.

Das Studium ist ihm leichtgefallen, er hat es fast nebenbei gemacht und jedes Praktikum war nur ein Übergang zu einer weiteren Phase mit neuen Herausforderungen und spannenden Aufgaben. Damit kam er klar. Aber als er eigentlich am Ziel war, wurde er unzufrieden, mürrisch und streitsüchtig."

„Natürlich wollte er selbst davon nichts hören und hat seinen Eltern nicht geglaubt, wenn sie mit ihm darüber sprechen wollten. Dann ist der Streit darüber eskaliert. Aber in Wirklichkeit wird er sich im Alltag gelangweilt und in vielerlei Hinsicht auch überfordert gefühlt haben", philosophierte Vincent.

„Lukas war immer ein draufgängerischer Abenteurer, nach dem was ich weiß und selbst erlebt habe." Sein Blick richtete sich in die Ferne, als ob ihn entlegene Erinnerungen einholten. „Doch der Alltag ist kein Abenteuer. Und deswegen ist er daran gescheitert."

„Wissen seine Eltern, wo er jetzt ist?", fragte Melli.

„Er hat es ihnen nicht gesagt", erwiderte Gloria. „Aber Richard hat in einer medizinischen Fachzeitschrift Lukas' Namen im Zusammenhang mit der Uniklinik gelesen. Dort wird er wohl untergekommen sein."

„Ist doch am Ende auch egal", sagte Graziano schlussfolgernd. „Die Jungs haben jedenfalls seit Jahren keinen Kontakt mehr, ergo weiß Lukas auch nicht, wohin unser großer Bruder verschwunden ist."

„So sieht es aus", beendete Vincent das Thema.

Franca schob sich ein Stück Apfelkuchen in den Mund und starrte nachdenklich in das flackernde Kerzenlicht. Ihr gefiel das alles nicht.

Lukas, Universitätsklinikum, Herbst 1986

Erschöpft streifte Lukas die Handschuhe ab und warf sie in den bereitstehenden Eimer. Dann zog er den blutbefleckten Kittel und die Hosen aus und stopfte sie in den Kleidersack daneben.

Er drehte das kalte Wasser auf und schwabbte sich zwei Hände voll ins Gesicht, ehe die Spannung um die Augen endlich nachließ. Es war Montagnacht und er seit fast vierzig Stunden im Dienst, ohne bisher geschlafen zu haben.

Hauptsache, es blieb jetzt für einige Zeit ruhig, dann konnte er vielleicht ein, zwei Stunden Schlaf im Ruheraum finden.

In der Garderobe war sein Stationsarzt, Dr. Weidenbach, soeben mit dem Umziehen fertig.

„Arnheim?"

„Von Arnheim, Doktor."

„Ja, ja, ich weiß." Der Stationsarzt lächelte einvernehmlich. „Das war gut, was Sie da heute im OP geleistet haben, wirklich gut. Ich werde dem Chefarzt davon berichten."

Lukas zog einen frischen Kittel über den Kopf und blickte mit müden Augen zu seinem unmittelbaren Vorgesetzten. „Danke, Doktor, nur glaube ich nicht, dass Professor Hohenheim ein Ohr dafür hat, Sie wissen, dass er mich nicht sonderlich mag."

Weidenbach zuckte mit den Schultern. „Er weiß gute Arbeit zu schätzen und wenn er die Berichte liest, wird er das sehr wohl registrieren. Und nun legen Sie sich hin, Sie sehen furchtbar aus."

Lukas grinste ihn schief an. „Danke, Doktor, für beides."

Am Ende hatte er erholsame fünf Stunden schlafen können, so dass er zur Frühschicht am Dienstagmorgen wieder komplett hergestellt war und sich bereitwillig seinen Pflichten stellte.

Als Hohenheim um acht Uhr auf der Station erschien, saß Lukas über den Patientenakten, neben sich einen Becher Kaffee und protokollierte die Auswertung der morgendlichen Messungen. Der Patient von heute Nacht war vor zwei Stunden von der Aufwachstation heruntergebracht worden und Lukas würde, sobald es seine Zeit erlaubte, nach ihm sehen.

„Sind die Unterlagen für die Visite fertig?"

Lukas sah auf. Der Professor stand an der Tür und beäugte ihn skeptisch.

„Ja, gerade eben."

„Gut, ich will Sie dann heute dabeihaben, klar?"

Lukas nickte. Chefarztvisite! Das war ja mal was Neues, sollte

Weidenbach tatsächlich schon mit ihm gesprochen haben? Bei all den Problemen, die er momentan hatte, war das mal eine angenehm positive Wendung. Und die konnte er nach dem letzten Wochenende wirklich gebrauchen.

Seine Erinnerung schweifte zu seinen freien Tagen zurück. Siegfried war am Freitag nicht mehr heimgekommen, doch die Flasche im Kühlschrank hatte Lukas trotzdem nicht angerührt. Er hatte keine Lust, schon wieder betrunken zu sein.

So hatte er sich stattdessen mit den Neuanschaffungen aus der Buchhandlung beschäftigt und war darüber eingeschlafen.

Siegfried kehrte Samstagmittag zurück. Ihn umgab der Geruch fremden Rasierwassers und eine Aura verklärter Verliebtheit. Der Hauch eines schlechten Gewissens hing nur wie eine Andeutung im Raum.

„Ich ziehe aus", hatte er mehr als knapp von sich gegeben und beinahe sofort angefangen, seine Klamotten zusammenzusuchen.

„Zu Brehmer?! Das ist nicht dein Ernst, oder?"

Siegfried hatte ihn erst konsterniert angeschaut und dann wütend zurückgefaucht. „Du spionierst mir also nach? Ich kann mich nicht erinnern, dir von ihm erzählt zu haben!"

„Das war auch nicht nötig", behauptete Lukas, „die halbe Klinik spricht bereits davon." Das war natürlich eine Lüge, doch wusste er, wie sehr dem jungen Mann an seinem guten Ruf gelegen war und insbesondere deshalb verspürte er das dringende Bedürfnis, ihn zu verletzen.

Doch Siegfried hatte ihn durchschaut und nur schnippisch die Luft durch die geschlossenen Lippen gepresst. „Du spinnst. Außerdem habe ich keine Lust mehr auf deine ewigen Nörgeleien von wegen, ich mache zu wenig und alles bleibt an dir hängen und ich solle gefälligst endlich fertig werden. Ich bin nun mal nicht mit deinen übernatürlichen Geistesgaben gesegnet. Klaus Brehmer weiß meine Qualitäten zu schätzen und für den Haushaltskram kann er sich eine Haushaltshilfe leisten. In seinem Haus ist es sowieso viel schöner, da ist Platz genug für richtige Partys, alles ist großzügig und extravagant ausgestattet, ich brauche nicht aufräumen oder all den Mist mit dem du nervst. Ich muss mir deine Launen nicht länger anhören.

Und außerdem", er hob arrogant die Nase in die Luft, „läuft es im Bett mit ihm deutlich besser. Du kriegst ohne Alkohol nicht mal mehr einen hoch!"

Die ersten Beleidigungen hatte Lukas noch geschluckt, betroffen, dass ein intelligenter Mensch wie Siegfried auf derartige Bestechungen überhaupt ansprang. Er hätte es doch besser wissen müssen!

Bei dem Rest aber war Lukas augenblicklich ausgerastet und nur die Länge der Sitzgarnitur hatte verhindert, dass seine Fäuste den Weg in das überhebliche Grinsen des anderen fanden. So war nur mit einem lauten Krachen der Fernseher zu Boden gegangen, als Siegfried bei seiner Flucht vor dem nachsetzenden Exfreund dagegen fiel.

Der Lärm hatte Lukas auf Anhieb geerdet. Das verdammte Gerät hatte über tausend Mark gekostet! Er hätte heulen können; Wut, Hilflosigkeit und das abstoßende Gefühl völlig missverstanden und verletzt zu sein, ließen das Interesse an Siegfrieds provokanten und doch so leerem Gerede wie Sand zwischen den Fingern zerrinnen. Er wusste, dass die Trennung unvermeidlich gewesen war, nur hätte er sie sehr viel lieber nach seinem eigenen Drehbuch inszeniert.

Resigniert hatte er sich dann wartend in den Sessel gesetzt, betäubt, bis das Scheppern eines hingeworfenen Schlüsselbundes und das Klappen der Tür von der Endgültigkeit Siegfrieds Entscheidung zeugte.

Ich muss mich zusammenreißen, dachte sich Lukas, der Macht der Erinnerung entkommen, ich habe hier einen Job zu erledigen!

Er raffte die Unterlagen und sortierte die der Privatpatienten auf einen gesonderten Stapel. Beschäftigen musste er sich mit den Inhalten nicht mehr, er kannte sie auswendig. Dann schnappte er sich die Papiere und folgte Hohenheim.

Auf dem Flur kam ihm Dr. Melchior entgegen. Er sah sich vorsichtig um, dann rempelte er Lukas rücksichtslos an.

„Eh, Arnheim, hast dich erfolgreich beim Chefarzt eingeschleimt?"

Die Patientenakten glitten zu Boden. Lukas unterdrückte ein lautes Fluchen und schluckte die Wut hinunter. Er hörte noch Melchiors keckerndes Lachen, als der sich aus dem Staub machte, dann kniete er sich hin und sammelte hastig die Unterlagen zusammen.

Als er aufstand bemerkte er Professor Hohenheim am Ende des Flures stehen. Er hatte nachdenklich eine Braue hochgezogen. Was hatte er mitbekommen?

Als Lukas rund vierundzwanzig Stunden später die Station endlich verließ, fühlte er sich zwar komplett ausgelaugt, doch trotzdem von einer langen nicht dagewesenen Zufriedenheit erfüllt.

Hohenheim hatte keinen Ton der Anerkennung verlauten lassen, sondern dominant wie immer und von oben herab dem Assistenzarzt seine Anweisungen wie Befehle zugebellt. Einzig bei der Arbeit am Patienten war er umgänglicher. Dass er Lukas inzwischen jedoch überhaupt wahrnahm und in seinem engeren Umfeld duldete, musste ihm Auszeichnung genug sein. Lukas war dankbar für die Chance, er hatte lange darum gekämpft.

Das Krankenhausfoyer war vormittäglich gut mit bekittelten Beschäftigten, ambulanten Patienten und frühen Besuchern gefüllt und er sah zu, dass er sich durch die Menschenmassen dem Ausgang entgegen schlängelte.

„Lukas, warte doch mal! Du bist doch Lukas, oder?", irritiert blieb er stehen und sah eine der fremden Besucherinnen auf sich zukommen. Sie erschien ihm weitläufig bekannt, jedoch konnte er den weichen und runden Gesichtszügen nicht spontan einen Namen zuordnen. Sie hatte dunkle, leicht wellige Haare, die ihr locker auf die Schultern fielen, ihre bernsteinfarbenen Augen blickten gespannt zu ihm auf, als sie unmittelbar vor ihm und rasch atmend, wie vom schnellen Lauf, zum Stehen kam.

„Franca?", durchzuckte ihn überraschendes Erkennen. Aus dem sportlich durchtrainierten Teenager von damals war eine unvermutet kräftige, und mit üppig weiblichen Rundungen ausgestattete junge Frau geworden. Das waren eindeutig nicht Glorias Gene, die hier zum Tragen gekommen waren, sinnierte Lukas. Höchstens in der eher geringen Körpergröße entsprach Franca dem Äußeren ihrer grazilen Mutter.

„Ja, bin ich", antwortete er. „Was um alles in der Welt machst du hier, ist jemand aus der Familie krank?"

Franca schüttelte den Kopf. „Nein, niemand ist krank, aber ich habe dich gesucht. Ich muss unbedingt mit dir reden!"

Ein unangenehmes Gefühl beschlich Lukas.

„Naja, du hast mich gefunden, würde ich sagen. Ich hoffe allerdings, dein Anliegen ist nicht allzu dringlich, ich habe gerade eine lange Schicht hinter mir und muss jetzt schlafen, um wieder aufnahmefähig zu sein."

Enttäuschung blitzte in Francas Augen auf. „Verstehe schon, aber kann ich vielleicht mitkommen? Es war verdammt mühselig, dich überhaupt aufzutreiben und ich will dich nicht gleich wieder aus den Augen verlieren."

Lukas zog die linke Braue hoch. „Nicht wirklich, ich meine, ich muss jetzt tatsächlich schlafen und meine Wohnung ist auch nicht gerade im besuchsfähigen Zustand. Also morgen würde es mir deutlich besser passen. Aber ich fahre dich noch an die S-Bahn ran, wenn dir das hilft."

„Blödmann!", fauchte Franca ungehalten und viel zu laut. „Vor der Klinik fahren mehrere Bahnlinien, schon vergessen? Außerdem habe ich selbst ein Auto!"

Als die Leute begannen sich umzudrehen, zog er die aufdringliche junge Frau am Ellenbogen in Richtung Ausgang und verließ mit ihr das Foyer. Allmählich nervte ihn die unerwartete Besucherin.

„Hör zu", sagte er entschieden. „Ich habe keine Ahnung, warum du aus heiterem Himmel einfach so in mein Leben platzt, ich hatte eure Familie eigentlich hinter mir gelassen, zu viel Stress, verstehst du? Du willst mit mir reden, ok, können wir machen, aber nicht jetzt und heute!"

Als er die Verbitterung in Francas Miene sah, lenkte er ein. „Ich gebe dir meine Adresse, ich wohne nicht weit von hier und ich verspreche dir, dass sie echt ist. Dann kannst du morgen zum Frühstück kommen, aber nicht vor zehn. Dann bin ich wieder aufnahmefähig und ich werde dir zuhören. Darauf mein Wort."

„Na gut, ich vertraue dir. Ich gehe dann also mal wieder nicht in die Vorlesung, sondern kaufe Brötchen und komme wohin?"

Sie zog einen Terminplaner aus der Tasche und Lukas krakelte seine Anschrift hinein. Worauf ließ er sich gerade ein?

Franca wirkte erleichtert. Dann sah sie ihn fragend an. „Was ist an unserer Familie so schlimm, dass du dich komplett abkapselst? Ich hatte dich als Freund in Erinnerung. Aber lass gut sein, sonst machst du morgen vielleicht die Tür nicht auf, wenn ich dich weiter nerve. Obwohl ich dann wohl Sturm klingeln würde oder die Fenster einwerfen, egal, aber es ist verdammt noch mal kein Spaß!" Sie drehte sich auf dem Absatz um und stiefelte davon, ohne sich auch nur einmal umzudrehen.

Lukas fühlte, wie die kalten Finger der Angst nach ihm griffen. Was war passiert, dass Franca diese mühselig zerbrochenen Brücken unbedingt wieder aufzurichten versuchte?

Nun, er würde es jetzt nicht erfahren, vermutlich war es besser so. Er spürte die Müdigkeit wie Watte im Kopf und wollte nur noch nach Hause und ausgiebig schlafen. Mit dem positiven Gefühl, das Hohenheim in ihm hinterlassen hatte, sollte es deutlich besser funktionieren als in der letzten Zeit. Immerhin eine Sorge weniger. Nein, sogar zwei, resümierte er. Über Siegfried und dessen Nörgelei würde er sich schließlich auch nicht mehr ärgern müssen, nach dem Aufräumen. Er würde kategorisch und radikal alles rausschmeißen, was an den Ex-Lover erinnerte und seine Wohnung genau so gestalten, wie es ihm gefiel. Als erstes würde die kitschige, ewig staubige Porzellanfigurensammlung rausfliegen, Sigi hatte sie von seiner Oma angeschleppt und ganze Regalfächer damit blockiert. Dort würden jetzt seine Bücher wieder einen Platz finden und die Schallplattensammlung, die noch in Kisten auf dem Schlafzimmerschrank ihr Dasein fristete. Ja, seine neue Freiheit würde ein riesiger Spaß werden. Er brauchte keine Kompromisse mehr eingehen. Es war seine Wohnung und sein Leben, er würde beides frei gestalten, niemand konnte ihm diesen Luxus jetzt noch nehmen. Und wenn die positive Tendenz in der Klinik anhielt, würde er im Handumdrehen seinen Facharzt haben und schon bald zum Stationsarzt aufsteigen. Letztendlich hatte er doch immer bekommen, was er wollte und das sollte schließlich so bleiben.

Lukas lächelte in sich hinein, dann setzte er sich in sein Auto und fuhr nach Niederrad. Er würde sich nie wieder von irgendjemand reinreden lassen.

Bis morgen früh um zehn.

Was gehörte für eine junge Frau wie Franca zu einem guten Frühstück? Lukas hatte keine Ahnung. Ergiebig war das Innenleben seines Kühlschrankes nie gewesen, zumindest, seit er nicht mehr bei den Eltern lebte. Und dort war es auch eher der elterliche Vorratsschrank, der immer so gut sortiert und gefüllt war, dass man sich wegen Überraschungsgästen niemals sorgen brauchte.

Er hätte vermutlich besser gestern frische Lebensmittel einkaufen sollen. Egal, jetzt war es Viertel vor zehn und er schaltete die Kaffeemaschine ein. An Kaffee mangelte es immerhin nicht.

Er fand Butter und Salami und ein geschlossenes Glas Erdbeermarmelade. Das stammte garantiert noch von Siegfried. Rasch stellte er die Pfanne auf die Herdplatte und briet eine große Portion Rührei.

Punkt zehn klingelte es an der Tür.

„Riecht gut", registrierte Franca schnuppernd wie ein Spürhund anstelle einer Begrüßung. Sie drückte ihm eine Einkaufstüte in die Hand, zog Schuhe und Jacke aus und steckte neugierig ihren Kopf in alle Zimmer.

„Schöne Wohnung", sagte sie, als sie nach dem Händewaschen aus dem Bad kam. „Und von wegen Chaos, so chaotisch sieht es nicht aus, kenne ich von Mario schlimmer, der hat es erst beim Bund gelernt und vorher hat Miri, wenn sie kam, immer aufgeräumt."

Lukas seufzte. Das würde ein anstrengender Vormittag werden, Franca plapperte, ohne Atem zu holen.

„Guten Tag, Franca", betonte er die vergessene Begrüßung. „Ich weiß zwar nicht, wer Miri ist, aber ich vermute mal, sie ist Marios Freundin. Und was den Zustand meiner Wohnung angeht, er hat mich viele Stunden meines wertvollen Schlafes gekostet – deinetwegen, sonst hätte ich mir mit dem Aufräumen Zeit gelassen. So und nun halt mal die Klappe, ich habe nämlich Hunger."

„Ich auch", gestand die junge Frau ein. „Ich bin heute extra früher aufgebrochen damit Grazi nicht darauf besteht, dass wir gemeinsam fahren. Dafür habe ich es endlich geschafft, die Bücher in der Unibibliothek zu verlängern, das wollte ich letzte Woche schon machen."

Mit einem erleichterten Schnaufen setzte sie sich an den Tisch, während Lukas Kaffee einschenkte. Wie selbstverständlich schnitt sie ihm ein Brötchen auf.

„Traust du mir den Umgang mit einem Messer nicht zu?", fragte Lukas ironisch.

Franca legte den Kopf schief. „Du arbeitest in der Chirurgie, wie ich herausgefunden habe. Also solltest du das können. Bitte nimm es nicht krumm. Grazi ist immer zu bequem, er reißt die Brötchen mit den Fingern auseinander – wenn Mama nicht dabei ist. Ich hasse das und deswegen mache ich das für ihn."

„Also zum Erhalt der Esskultur, es sei dir verziehen."

„Danke übrigens."

„Wofür?" Lukas kaute sein Rühreibrötchen und auch das Mädchen hatte ordentlich zugelangt. Wenn sie immer so herzhaft und mit Appetit aß, waren ihre runden Wangen nicht verwunderlich.

„Naja, dass ich herkommen durfte. Du hättest mich auch komplett abblitzen lassen können. Schließlich hast du viel Mühe darauf verwandt, deine Spuren zu verwischen."

„Nicht wirklich", gestand Lukas ein, „es hat sich nur einfach so ergeben. Ich hasse eure Familie doch nicht, aber ihr wart mir einfach zu anstrengend. Vincent war eine Zeitlang wirklich ein guter Freund, so eine Art liebevoller Chaot, der jeden Spaß mitmachte. Aber dann kam sein neuer Job, dazu die große Familie; mit Gloria und euch fünfen musste er sehr plötzlich richtig schnell erwachsen werden und Verantwortung übernehmen. Und dann war da immer noch dieses andere Kind von ihm, Dominik glaube ich. Vincent hatte das Bedürfnis, mir von dem superklugen Jungen und dessen Mutter zu erzählen, aber ich wollte das überhaupt nicht alles wissen!

Ich hatte genug mit dem Studium und der Promovierung zu tun. Ihr glaubt wahrscheinlich immer, dass ich nichts dafür tun musste, aber dem ist nicht so. Ich habe das schließlich alles in einem ziemlichen Tempo absolviert und mir hat niemand was geschenkt."

„Und deine Eltern?"

Lukas winkte ab. „Nachdem der Stolz über meinen erfolgreichen Abschluss allmählich Alltag wurde, begannen sie wie früher pausenlos zu nörgeln und ständig Forderungen zu stellen. Lukas tu dies, Junge du musst das, jetzt müsstest du aber mal jenes ... Irgendwann ist mir der Kragen geplatzt, zumal die Kleinstadtpraxis auch nicht in meinen Kram passte."

„Und dann bist du einfach ausgezogen und hast alle Verbindungen gekappt."

Lukas nickte. „Ich brauchte Zeit für mich. Den größten Teil meines Lebens habe ich damit verbracht, mich um andere zu kümmern. Erst waren es die Straßenkinder, dann Luca. Ich habe so viel dafür gegeben, Jahre meines Lebens. Damals habe ich es nicht anders gewollt, heute weiß ich, dass ich früher auf meine Eltern hätte hören sollen, dann hätte ich es heute nicht so schwer."

„Wieso hast du es schwer?", fragte Franca überrascht.

„Hast du dir schon mal Gedanken gemacht, wie mein Lebenslauf aussieht?"

Sie schüttelte den Kopf.

„Schule mit vierzehn abgebrochen. Da ging ich wegen der übersprungenen Schuljahre zwar schon in die Elfte, aber darauf achtet später keiner mehr, dann lange Zeit nichts, erst mit zwanzig aufs Kolleg, Abi nach nur einem Jahr, Studium in sechs Jahren inklusive Promotion. Klingt vielleicht nicht schlecht, aber mancher Kommilitone oder vielleicht später die Kollegen würden sich möglicherweise fragen, ob das mit rechten Dingen zugegangen ist. Also Handtuch des Schweigens drüber, da ich sonst ganz sicher in Erklärungsnot geraten würde und nicht jeder ist bereit zu glauben, dass meine Abschlüsse echt sind. Und um die Fragen nach den Jahren meiner Jugend für die, die sie damals berechtigterweise gestellt haben, überzeugend zu beantworten, war einiges an Erfindungsreichtum und vor allem an Beziehungen und Kohle seitens meiner Eltern erforderlich. Ich kann also über die Wahrheit mit so gut wie niemanden sprechen, weil mir meine

Vergangenheit vermutlich das Genick brechen würde. Ich muss schon wegen des Turbostudiums immer wieder Rede und Antwort stehen, mich beweisen. Mit normalem Lebenslauf und vernünftigen Noten ist das sicher deutlich einfacher. Zum Glück fragt kein Arbeitgeber wie du zum Abi gekommen bist, die interessiert nur die Approbation."

„Das glaube ich gern. Und hat es funktioniert? Mit mehr Zeit für dich?"

Lukas nickte. „Besser als erwartet. Und der Job im Klinikum passt schon sehr viel mehr in meinen Lebensplan.

Dann habe ich den Fehler gemacht, mich fest zu binden. Und schon wieder hatte ich Dauerstress. Ich bin vermutlich nicht beziehungsfähig, kein Wunder, bei meinem Vorleben. Aber das Thema ist jetzt erledigt und ich will meine neue Freiheit genießen und mich voll auf die Arbeit konzentrieren. Als nächstes steht der Facharztabschluss an und irgendwann möchte ich mal Chefarzt sein. Später werde ich vielleicht mal eine eigene chirurgische Praxis haben, das wäre schon ein Ziel, für das sich Anstrengung lohnt."

„Klingt jedenfalls richtig gut." Franca hielt die Kaffeetasse wärmend zwischen den Händen, die Ellenbogen auf den Tisch aufgestützt. Ihre Bernsteinaugen blickten verträumt in die Ferne.

„Und was verpasst du jetzt gerade?"

„Grundlagen der Sozialwissenschaften."

„Du studierst Soziologie?"

Franca nickte. „Ich bin mir noch nicht so sicher, was ich später mal machen will. Wohl irgendwas in Richtung Sozialstruktur, soziale Ungleichheit, Sozialpsychologie oder so. Und mit der Studienrichtung kann ich ziemlich viel anfangen."

„Woher kommt dieses spezielle Interesse bei dir? Ich hätte eher mit Wirtschafts- und Finanzsoziologie gerechnet."

„Vielleicht gab es in meinem Leben schon zu viele Menschen, die nur Geld und wirtschaftliche Interessen im Kopf hatten." Franca blickte Lukas fest und stumm in die Augen.

„Was willst du mir sagen?"

„Luca ist seit fast zwei Monaten verschwunden."

Es fühlte sich an wie ein Tritt in den Magen. Lukas blieb die Luft weg, erst als ihm schwindelig wurde, merkte er, dass er nicht mehr atmete. Er zog heftig Sauerstoff in die schmerzenden Lungen, seine Fäuste krallten sich an der Tischplatte fest, das Blut rauschte laut in den Ohren. Er brauchte einen weiteren Moment, um sich zu fassen und die Sprache wieder zu finden.

„Erzähl mir alles", brachte er heiser hervor.

Franca senkte den Kopf. „Viel gibt es nicht zu erzählen. Er ist vermutlich einfach gegangen." Dann sah sie Lukas mit traurigem Blick an. „Es war ein Freitag, Anfang September, die Eltern waren noch einkaufen, hinterher hat Mama gekocht, Papa war in der Garage und hat an meinem Autoradio die Uhrzeit neu eingestellt. Wir sind dann zum Essen reingegangen, Graziano wollte Luca holen und kam ohne ihn runter. Wir haben uns am Anfang nichts Schlimmes dabei gedacht, Luca hat eigentlich so gut wie nie mit uns zusammen essen wollen. Aber Grazi sagte dann, Luca sei nicht mal im Zimmer gewesen. Also suchten und riefen wir ihn, erst im Garten und den umliegenden Straßen. Er wird schon kommen, glaubten wir.

Mama und Papa haben die ganze Nacht wach gesessen, sind bei jedem Geräusch aufgeschreckt und zum Fenster gerannt. Aber Luca kam nicht und am Morgen haben sie eine Vermisstenanzeige bei der Polizei gestellt."

„Was ist mit eurem Opa? War er nicht da?"

„Opa ist vor einem Jahr gestorben."

„Verdammte Scheiße."

„Ja. Für Luca war das besonders schlimm. Sie hatten ein enges Verhältnis zueinander gefunden. Luca hasste es, allein zu sein, aber er konnte wiederrum auch nicht jeden in seiner Nähe ertragen. Mit Mama tat er sich schwer, sie sind sich nie wirklich nahegekommen und für Papa hatte er eher Respekt als Liebe empfunden, denke ich. Bei Opa war das anders."

„Also war er doch wieder allein."

„In gewisser Weise schon."

„Und dann?"

Franca zuckte mit den Schultern. „Was weiß ich? Endlose Gespräche mit der Polizei. Gebracht hat es bisher nichts, außer, dass wir wissen, dass er praktisch nichts mitgenommen haben kann bis auf die Sachen die er bei sich trug. Es fehlte nichts, außer ein bisschen Geld. Seine Papiere und Klamotten, alles war da."

„Nur Luca nicht."

„Ich habe Angst, Lukas. Diese Unklarheit ist so zermürbend! Er könnte überall sein, vielleicht sogar im Ausland. Aber was, wenn er nicht freiwillig gegangen ist, wenn er irgendwo festgehalten wird und Hilfe braucht?"

Eine eisige Hand griff nach Lukas' Herz. Dabei hatte er geglaubt, all das hinter sich gelassen zu haben: seine Vergangenheit auf der Straße, die

Zeit mit Luca, die lange Ungewissheit, was nach der Trennung aus dem Jungen geworden war. Erst seitdem er wohlbehalten bei seiner Familie angekommen war, hatte der Druck nachgelassen, fühlte sich Lukas in der Lage, loszulassen und sein eigenes Leben zu leben. Von Liebe war da schon lange keine Rede mehr. Seine Eltern hatten, wie so oft, Recht behalten. Erinnerungen und Bettgeschichten allein reichten nicht für eine gemeinsame Perspektive.

Unzählige Bilder drehten sich wie ein Kettenkarussell vor seinem inneren Auge, Momentaufnahmen im Zeitraffer. Immer wieder Luca, sein Lachen, seine Tränen, sein Kummer und das kurze Glück, welches sie gemeinsam erlebt hatten.

Als er, wie aus einer Trance zu sich kam, stand er am Küchenfenster, die Stirn an die kühle Scheibe gelehnt.

Er hörte Francas tiefe Atemzüge und drehte sich, mit dem Rücken am Fenster zu ihr um.

„Haben sie dich zu mir geschickt?"

Sie schreckte aus ihren Gedanken auf und sah ihn mit großen Augen an. „Sie wissen nicht mal, dass ich hier bin", antwortete sie. „Ich bin hier, weil ich glaube, dass du wahrscheinlich der Einzige bist, der Luca aufspüren könnte. Du besuchst andere Orte als Papa oder Graziano und ich. Vielleicht triffst du ihn irgendwo, in einem Club, einer Bar oder, ach keine Ahnung was ihr schwulen Kerle so treibt. Ich meine, wenn du nicht weißt, dass er fort ist, mag es sein, dass du ihn triffst und dann einfach gehen lässt und wir nie davon erfahren, verstehst du?"

„Ja sicher, schon klar. Nur bitte erwarte nicht zu viel."

„Nein, natürlich nicht. Eigentlich erwarte ich gar nichts. Es fühlt sich nur einfach besser an, wenn du Bescheid weißt."

Er sah sie zweifelnd an und schritt langsam zum Tisch zurück. Merkwürdig, er konnte sich nicht mal daran erinnern, aufgestanden zu sein.

Der Kaffee war inzwischen lauwarm. Er goss aus der Kanne nach und trank gedankenversunken und still seine Tasse leer.

Franca ratschte eine Seite aus ihrem Collegeblock. „Hier, das ist unsere Telefonnummer zu Hause und ich schreib dir auch noch den Namen von Papas Kanzlei mit der Nummer auf." Sie legte ihm den eilig beschriebenen Zettel hin. „Ich muss jetzt los, dann schaffe ich es noch zum nächsten Block."

Lukas brachte sie zur Tür und sah ihr nachdenklich hinterher. Was, verdammt noch mal, sollte er jetzt tun? Wie eine klagende Forderung lag das karierte Blatt mit Francas flüchtiger Schrift neben den Überresten des schnellen Frühstücks. Er riss den benutzten Teil des Zettels vom Rest der Seite ab und steckte ihn in die Hosentasche.

Um den Kopf frei zu bekommen, räumte er kurz entschlossen zuerst den Tisch ab und machte sich dann an die Spurenbeseitigung Siegfrieds Existenz in seiner Wohnung. Das Klirren der Porzellanfiguren in der Mülltonne bereitete ihm grimmiges Vergnügen.

Als Nächstes nahm er sich den Schubkasten der Schlafzimmerkommode vor. Siegfried hatte darin immer irgendwelchen angeblich bedeutenden Papierkram aufbewahrt. Lukas hoffte, dass der ihm wichtig genug war, um ihn beim Auszug mitzunehmen, sonst würde er kurzerhand entsorgt werden! Er zog den Kasten heftig aus den Führungsschienen und kippte den Inhalt auf den Boden.

Ein kurzes Scheppern erklang, irgendetwas aus Glas war offenbar zerbrochen. Mit vorsichtigen Bewegungen schob er den Papierberg auseinander und fand die Ursache für das brutale Geräusch. Er hielt einen hölzernen Bilderrahmen mit zersprungener Glasscheibe in den Fingern. Die zwei Bilder darin hatten zuletzt in seinem Schlafzimmer in Kelsterbach gestanden. Luca als Straßenkind.

Lukas sackte zusammen und umklammerte den Holzrahmen fest mit beiden Händen. Das Bett im Rücken saß er zusammengekauert auf dem Boden und ließ den Tränen freien Lauf. Scheiße, verdammte Scheiße, dachte er erneut, dann stand er auf, schnitt sich dabei am Glas und stolperte wie betäubt zum Kühlschrank. Mit der blutigen Linken umkrallte er die Fotos, mit der rechten Hand angelte er die Schnapsflasche aus dem Eisschrank, klemmte sie unter den anderen Arm und drehte hastig den Schraubverschluss ab. Er nahm tiefe und lange Züge in der Hoffnung auf eine schnelle Wirkung gegen den ohnmächtigen Schmerz. Als die Flasche zur Hälfte leer war, schwankte die Küche um ihn herum wie ein Schiff bei heftigem Seegang. Fast kippte er zur Seite, taumelte mit letzter Kraft ins Schlafzimmer und fiel auf sein Bett.

Hannes, Spätherbst 1986

Hannes hörte die Stimmen wie aus weiter Ferne. Er hatte Schmerzen im Magen, außerdem war ihm übel. Kotzübel und er erbrach sich an Ort und Stelle. Schon besser. Er spürte, dass er auf etwas Hartem lag, nackter Boden. Egal. Die Schmerzen im Magen ließen ein klein wenig nach, jedoch der gesamte Körper tat ihm weh. Was für eine Nacht lag hinter ihm? Er versuchte, sich an Details zu erinnern. Aber da war nichts. Er roch das frisch Erbrochene neben seinem Kopf und war trotz des Ekels nicht in der Lage, sich abzuwenden. Zu viele Empfindungen drängten auf ihn ein. Schwindel überkam ihn und er schloss wieder die Augen, drehte sich dann doch unter Qualen auf die andere Seite, weg von dem sauren Gestank. So war es angenehmer, ein wenig. Er spürte viel zu deutlich sein Hinterteil. Es brannte und die Hose klebte verkrustet und spermasteif am Arsch. Er hatte keine Erinnerung, wo er sich befand und wie er hergekommen war, wahrscheinlich besser so.

Die Stimmen klangen jetzt näher und störten sein Wegdämmern. Jemand rüttelte ihn. Er schlug mit der Hand nach dem Störenfried. „Lass mich in Ruhe, will schlafen", nörgelte er mit schwerer Zunge.

„Wach auf, verdammt", forderte die Stimme. Er kannte sie, glaubte er zumindest.

Er erwachte, als er grob hochgezogen wurde. „Komm endlich!" Es war Toni, der Name fiel ihm plötzlich ein. Toni durfte an ihm herumzerren, er hatte ein Recht dazu. Hannes gelang es, die Augen offen zu halten. Für mehr reichte die Kraft nicht. Toni aber war stark, er schaffte es, Hannes' schlaffen Körper vom Boden aufzuheben und fortzutragen.

Beim nächsten Erwachen war die Umgebung weich und warm vom diffusen Tageslicht trüber Scheiben. Hannes spürte, dass er auf etwas Plüschigem lag und wusste, dass er getrost weiterschlafen konnte.

Die Kopfschmerzen beim neuerlichen Wachwerden waren pochend und unerträglich, genau wie der Druck seiner Blase. Er zog seinen verklebten Schwanz aus der Hose und pisste an Ort und Stelle. Die Erleichterung fühlte sich angenehm an. Er lächelte, ignorierte das Hämmern hinter den Schläfen und schloss erneut die Augen. Die Schmerzen seines Körpers hingegen wurden immer fordernder und drängten seinen müden Geist dem endgültigen Erwachen entgegen.

Grell blendete der Lichtschein der nackten Glühbirne an der Decke sein Gesicht. Er wandte sich ab, um der grausamen Helligkeit zu entkommen, keine Chance.

„Mach aus!", forderte er klagend. Seine Zunge lag schwer und pelzig in seinem Mund, die Zähne stumpf. Es funktionierte. Flackernder Kerzenschein verblieb, welch eine Wohltat. Die Augenlider bleiern, doch die Schmerzen an seinen Gliedern trieben ihn hoch.

Er saß mit verschränkten Armen auf dem alten Chaiselongue im Dachgeschoss von Ollis Beauty-Point. Also mal wieder hier, wo auch sonst. Toni war da. Er hielt eine bauchige Flasche mit billigem Rotwein in der Hand.

„Trinken?", fragte er mit rauchiger Stimme.

Hannes nickte und nahm ihm die Pulle ab. Kratzig floss der Wein durch seine Kehle. Wohlige Wärme durchströmte seinen Körper, betäubte kurz den zunehmenden Schmerz.

„Ich brauche Stoff", stöhnte er.

„Nichts mehr da", dröhnte Tonis Stimme zu laut durch seinen Kopf.

„Scheiße, verdammte, ich muss los."

„Hier, trink noch das."

Der nächste Schluck brannte stärker im Hals. Es war Klarer und Hannes trank in gierigen Zügen. Allmählich wurde sein Blick deutlicher, er vermochte seine Umgebung wahrzunehmen. Es war wirklich Ollis alte Hütte, nun nahm er neben dem Geruch nach Pisse und schimmliger Feuchtigkeit auch den Geruch des Sauna-Aufgusses wahr, der Nacht für Nacht das gesamte, baufällige Haus durchwaberte. Im Keller betrieb Olli eine gut gehende, verwinkelte Schwulensauna, darüber, im Erdgeschoss, war eine Nachtbar gelegen. Im Hinterhaus, etwas versteckt, liefen fast rund um die Uhr Pornos und in den Räumen daneben führte der Hausherr ein kleines Bordell.

Hannes war oft hier. Genau genommen immer, er schaffte im Puff oder in der Sauna an. Die Anlage galt als Geheimtipp in der Szene und Hannes konnte zufrieden sein, hier Unterschlupf gefunden zu haben.

„Wo waren wir vorhin?", wollte er von seinem Zuhälter wissen. „Taunusanlage", knurrte Toni widerwillig, „Weiß der Teufel, was dich dahin verschlagen hat. Sei froh, dass ich dich entdeckt habe, bevor die Bullen ihre Runden drehen."

„Ja, ja", nörgelte Hannes. Ihm war es gleichgültig, ob Toni mit ihm sauer war oder nicht. Der alte Mann sorgte für ihn, egal, ob es um Kunden oder Heroin ging. Im Moment war ihm allerdings eher an einem

Nachschub der Droge gelegen.

„Krieg ich noch was?"

„Hab Geduld, Martin ist unterwegs, wenn er kommt, kriegst du, was du brauchst. Nun trink erst einmal."

Hannes setzte die Flasche erneut an den Mund und leerte sie in einem Zug. Er wusste nicht, wie viel zuvor drin gewesen war, spürte aber die wohlige Wirkung des Alkohols. Fast sofort fühlte er sich besser. Die Schmerzen ließen ein wenig nach und sein Blick wurde klar.

„Du solltest runter gehen zum Duschen."

„Sind die Kunden schon weg?"

„Es ist erst 14 Uhr, sie sind noch nicht da."

„Ok, da habe ich wohl ein wenig den Überblick verloren."

Hannes erhob sich mit schweren Gliedern und stieg die Treppen ins Kellergeschoss hinunter. Er hatte Schmerzen im Unterleib und sein Magen rebellierte schon wieder. Unten befand sich ein Klo für das Personal. Es war im Gegensatz zu den Kundenklos stark verkrustet und stank höllisch nach beißendem, Jahre altem Urin, doch das störte ihn nicht. Er steckte einen Finger in den Hals, um sich zu erleichtern. Das Drücken in der Mitte verging davon nicht vollständig, aber wenigstens fühlte er sich nicht mehr ganz so scheiße.

In der Saunagarderobe hingen benutzte Bademäntel. Er nahm sich einen und entledigte sich seiner Hüllen. Die Duschen gehörten ihm allein. Hannes drückte auf alle Knöpfe und aus fünf Brausen sprudelte gleichzeitig das warme Wasser. Er grinste zufrieden.

Plötzlich war Olli neben ihm. Muskulöse, haarige Arme umschlangen seinen Körper. Hannes mochte Olli und gab sich ihm hin. Mit diesem Mann war es immer wieder angenehm. Er drehte sich in seinen Armen, um die Männlichkeit in sich aufzunehmen. Viel zu schnell war es vorbei. Hannes wusch sich den Hintern und schlüpfte in den Bademantel. Dann griff er nach den schmutzigen Klamotten und stieg in das kalte Zimmer unter dem Dach hinauf.

Toni war nicht im Raum und so rollte sich Hannes in den Mantel und legte sich hin. Das Duschen machte echt müde. Oder der Alkohol, wer wusste das schon! Endlich schlafen. Hoffentlich kam Martin bald mit der Lieferung. Ohne Stoff würden sonst die Albträume wiederkehren. Und mit ihnen die Schmerzen und die Erinnerungen. Die Schmerzen ließen sich recht wirksam betäuben, den kreisenden Erinnerungen entkam er selten.

Er sehnte sich nach der Zeit zurück, in der sein Großvater noch gelebt hatte. Opa war, nachdem Lukas erst in immer größeren Abständen, und dann überhaupt nicht mehr kam, sein einziger Halt gewesen. Ein Mann, der wusste, dass das Leben grausam sein konnte. Schließlich saß er, zur Unbeweglichkeit verdammt, seit Jahren im Rollstuhl.

Zwar hatte er mit dem alten Kolbe nicht über den letzten, endgültigen Streit mit Lukas gesprochen, trotzdem fühlte sich das Zusammensein mit ihm richtig an. Denn Opa verstand ohne Erklärungen. Er hatte ihm ein Gefühl von Sicherheit gegeben, er war da, wenn er reden, und auch, wenn er lieber schweigen wollte.

Vater, oder, weitaus schlimmer, seine Mutter, fragten immer zu viel, wollten Erklärungen für alles, was er tat. Und vor allem für das, was er nicht tat.

Ständig nervten sie ihn mit: Was willst du essen, möchtest du lieber dies oder jenes? Hast du einen Wunsch? Geht es dir gut? Dabei hatte er nur seine Ruhe gewollt. Opa gab ihm den Raum, dazusitzen und in die Luft zu starren. Sitzen, atmen, die Stille hören, war genug. Und bei Opa schämte er sich nicht. Der Gedanke, dass alle in der Familie wussten, was ihm in seiner Kindheit widerfahren war, schnürte ihm die Kehle zu, raubte die Luft. Niemals im Leben hatte er darüber sprechen wollen und sich eisern daran geklammert. Wenn er Erinnerungen nicht zuließ, waren sie nicht real. Doch die mitleidigen Blicke der anderen holten alles zurück, ließen ihn sich schmutzig und schuldig fühlen. Er wollte kein Mitleid. Er brauchte es nicht, genauso wenig, wie diese nervenden Menschen um sich herum. Ohne ihn waren sie eine normale Familie, mit ihm eine Katastrophe aus schlechtem Gewissen und Hilflosigkeit. Er sollte nicht dort sein, es fühlte sich falsch an.

Er hatte es gehasst, mit allen zusammen am Tisch zu sitzen. Dabei spürte er sich nicht nur in seiner ungelenken Art bloßgestellt, sondern auch in seiner Unwissenheit. Seine Halbgeschwister und Eltern schienen manchmal eine andere Sprache zu sprechen. Sie verwendeten komplizierte Worte und redeten über Dinge, die er nicht verstand. Er kam sich dadurch dumm und deplatziert vor. Und nachdem Opa eines schrecklichen Morgens nicht mehr aufgewacht war, wurde es noch schlimmer. Alle weinten und lagen sich in den Armen. Wohin aber sollte er mit seinem Schmerz? Anfangs reichten ihm die heimlichen Joints zum Betäuben der Leere in seiner Brust.

Durch den Dealer hatte er Toni kennengelernt. Toni war ein cooler Typ.

Schon sein Äußeres war beeindruckend: komplett tätowiert, bärenstark und ein echter Kumpel. Er war immer freundlich und entgegenkommend, ihm musste man nichts erklären. Die ersten Drinks und Tütchen gab es umsonst. Er lachte viel und verstand, dass Hannes null Bock auf den Familienstress hatte. Das Leben in Tonis Welt hingegen war dem jungen Mann altvertraut, hier kannte er sich aus und niemand stellte blöde Fragen. Als er zu Hause kein Geld mehr für Stoff fand, durfte er stattdessen hin und wieder einem der Freier seinen Arsch hinhalten. Ein akzeptabler Deal. Toni versprach ihm einen sicheren Platz zum Schlafen und keinerlei Verpflichtungen. Er sollte kommen und gehen können, wie er wollte. Doch viel zu schnell hatte die Sucht ihn fest im Griff und die Kosten explodierten genau wie Tonis Forderungen auf Rückzahlung. Seitdem war der Zuhälter nicht mehr so freundlich und Hannes hatte häufig seinen Zorn und seine Fäuste zu spüren bekommen.

Hannes erwachte von lauter, hämmernder Diskomusik aus der Bar und streitenden Stimmen in seiner unmittelbaren Nähe. Jemand stieß polternd gegen den Tisch an seinem Kopfende. Genervt schob sich Hannes in die Senkrechte. Er fühlte sich echt scheiße, die Hände zitterten, sein gesamter Körper ein einziger, schmerzender Schrei, nun auch noch der Lärm!

Toni war gekommen und er hatte endlich den Dealer mitgebracht.

Es war Martin, der den Tisch umgestoßen hatte. Hannes interessierte sich nicht sonderlich für den Streit der beiden, im Gegenteil, er fand es ganz normal, mit Toni aneinanderzugeraten. Nicht umsonst galt dieser als einer der berüchtigtsten Zuhälter im Bahnhofsviertel, einem, dem man es selten recht machen konnte und mit dem man sich am besten nicht erst anlegte, da er schnell in Wut geriet und dann gnadenlos zuschlug. Hannes hatte selbst schon manches an Schlägen einstecken müssen, weil er nicht zügig genug gespurt oder sogar widersprochen hatte. Inzwischen hatte er seine Lektion gelernt und reagierte auf die Worte des Zuhälters wie ein gut dressierter Welpe.

Jetzt stand Toni am Türrahmen gelehnt und wirkte so stämmig und dominant, als ob das marode Dachgeschoss nur deshalb noch hielt, weil er es stützte. Er war tatsächlich eine eindrucksvolle Person, an die zwei Meter groß, mindestens hundert Kilo schwer, jeder Zentimeter seines Körpers bestand aus zuckenden Muskeln, die er gern und oft unter seinen nur halb zugeknöpften Holzfällerhemden zur Schau stellte. Vom Nacken an bis zu den Fingerspitzen beider Arme verliefen Tätowierungen mit blutrünstigen Motiven wild tobender Säbelzahntiger, aggressiver Grizzlys und nackter, vollbusiger Amazonen. Auch auf der blanken Kopfhaut seines kahl rasierten Schädels prangte ein Adler in Angriffshaltung. Hannes wusste, dass die Bilder aus seiner Zeit im Knast stammten. Toni hatte wegen Totschlag und Drogenhandel sechs Jahre eingesessen, zumindest behauptete er das und Hannes war geneigt, seinen Worten Glauben zu schenken.

Das Gesicht des Mannes schien so starr wie eine Maske, nur die graublauen Augen funkelten berechnend und seine sonst wulstigen Lippen über dem vollen, graumelierten Bart waren verbissen aufeinandergepresst. Niemand mit einem Funken Verstand würde sich diesem Mann jetzt in den Weg stellen. Nun, Martin schien genau das getan zu haben und lag deswegen mit blutigem Mund auf dem Boden neben dem umgestoßenen Tisch.

Hannes hielt sich bewusst zurück, obwohl jede Faser seines Körpers nach Heroin verlangte.

Endlich bewegte Toni sich, er warf Martin ein Bündel Geldscheine hin. „Es bleibt beim vereinbarten Preis", knurrte er unwillig. „Und versuche nicht nochmal, mich übers Ohr zu hauen. So und nun verschwinde, ich habe zu tun. Ich rufe dich an, wenn ich dich brauche."

Der Dealer rappelte sich auf, ergriff das Geld und beeilte sich, zur Tür zu kommen. Toni würdigte ihn keines Blickes. Stattdessen blickte er Hannes forschend an. „Du hängst ein wenig durch, was?"

Er lächelte sarkastisch und zog ein handliches Päckchen aus der Hosentasche.

Mit der Linken richtete er den Tisch wieder auf und platzierte die abgestürzte Kerze in der Mitte. Ein Feuerzeug ratschte, dann wickelte er ein Spritzbesteck aus der Plastikfolie.

Fasziniert beobachtete Hannes sein Tun. Seine eigenen Finger, eh ungelenk und unsicher, zitterten viel zu sehr, um sich die Spritze selbst setzen zu können. Toni zog mit routinierter Geschicklichkeit den Stoff vom Löffel in die Kanüle, dann griff seine harte Hand kräftig Hannes' dünnen Oberarm und schnürte ihm dabei das Blut ab. Wulstig traten die Adern an der zerstochenen Ellenbeuge hervor. Geschickt platzierte Toni die Nadel und fand fast auf Anhieb eine brauchbare Stelle, als sei er in einem früheren Leben ein erfahrener Arzt gewesen.

Die Wirkung setzte fast augenblicklich ein. Hannes atmete tief und befreit ein, keine Schmerzen plagten ihn mehr, der Kopf wurde klar und wunderbar leicht.

„Was für ein geiles Gefühl, immer noch!", grinste er zufrieden. „Jetzt kann ich endlich wieder raus aus dem stickigen Loch hier."

„Vergiss es", entgegnete Toni. „Olli will dich für ein paar Stunden hinten im Bordell haben, Freddie und Kai sind ausgefallen, dürfte also genug zu tun sein für dich. Gegen Mitternacht kommt Ersatz, dann kannst du meinetwegen ab eins noch draußen die Piste abgrasen. Aber nicht jetzt. Sie zu, dass du genügend Umsatz machst, du schuldest mir noch einiges mehr nach deinem Theater gestern. Ich kann schließlich nicht jeden Tag die ganze Anlage nach dir absuchen."

Hannes zog schuldbewusst den Kopf ein. Ihm fehlte zwar jegliche Erinnerung an den gestrigen Tag, aber es war mit Sicherheit nicht Tonis Aufgabe, seine Prostituierten in der ganzen Stadt einzusammeln.

„Dass mit gestern tut mir leid", argumentierte er reumütig. „Aber du hattest mir versprochen, mich nicht in einem Puff festzuhalten, sondern dass ich draußen anschaffen kann."

„Da habe ich dich aber nicht unter Kontrolle!", antwortete Toni genervt. „Außerdem bist du unzuverlässig und unberechenbar, unterschlägst mir mit Sicherheit Geld und ich will meine Ausgaben, die ich deinetwegen habe, wieder reinkriegen, bevor dich bald keiner mehr will. Vermutlich lässt du dir draußen dann auch gepanschtes Zeug andrehen, weil du keine Ahnung hast, dann bist du sowieso schon bald am Ende. So und nun Schluss mit deinen ewigen Diskussionen. Noch ein Wort und du fängst dir was ein, weiß nicht, warum ich mir dein Gelaber immer noch so geduldig anhöre!" Brüsk drehte sich der Zuhälter um und verließ die Dachkammer. An der Tür blieb er noch mal kurz stehen und wandte sich um. „Wenn du später unterwegs bist, ich bin drüben bei den Mädels, nur falls was ist", erklärte der bullige Mann.

Hannes nickte verstehend. Das Etablissement mit den Frauen im pulsierenden Zentrum des Bahnhofsviertels, knapp zehn Fußminuten von hier, war Tonis Haupteinnahmequelle.

Das Geschäft mit den wenigen, von ihm und dem Heroin abhängigen jungen Männern war lediglich die lukrative Nebeneinnahme eines cleveren Geschäftsmannes, der jede Nische zu nutzen verstand und dabei selbst nur Verachtung für die Bedürfnisse der schwulen Kundschaft empfand.

Hannes hasste ihn dafür und wünschte zum ungezählten Male, das alles vorher geahnt zu haben, bevor er sich auf Toni eingelassen hatte. Nichts war so gekommen, wie die Vorstellungen in seinem Kopf und Tonis Versprechungen ihm vorgegaukelt hatten. Dabei wollte er doch nur sein altes Leben zurückhaben, das, in dem er sich auskannte und in dem er sich zurechtfand: die Freiheit der Straße gepaart mit einem sicheren Zufluchtsort. Ein Ort, ohne die verfluchte Verwandtschaft, die ihn ständig nervte und die sich in sein Leben einmischte. Diese Menschen, die ihn und seine Bedürfnisse nach Unabhängigkeit und seine Sehnsucht nach wahren Gefühlen, so wie er sie damals bei Lukas gefunden hatte, jedoch nicht zu verstehen vermochten. Wie sie ihn entsetzt ansahen, wenn er zugekifft auf dem Fußboden lag! Dabei wollte er nur seine Ruhe haben vor dieser verfluchten Zwangsharmonie namens Familie mit all den Regeln, festen Zeiten und steifen Vorschriften. Niemand von ihnen sollte dumme Fragen stellen, wenn er, von Albträumen geplagt, schreiend in der Nacht erwachte, oder sich in unerklärlichen Schmerzen wand. Nur seinen inneren Frieden suchte er wiederzufinden.

Aber auch das Dasein auf der Straße hatte sich verändert, die käufliche Liebe hatte sich verändert. Die Männer starrten ihn häufig nur an und wirkten verunsichert und es gab längst nicht mehr genügend Freier, um davon halbwegs vernünftig leben zu können. Und ohne den Zuhälter hätte er nicht mal gewusst, wo er nach dem Anschaffen zu ein wenig Ruhe und Schlaf kam.

Schuld an allem war diese beschissene neue Krankheit, die den Männern Gesundheit, Hoffnung und am Ende das Leben raubte. Wie sollte er unter diesen Bedingungen eine neue Liebe finden?

Voller Verbitterung dachte er an die letzten Monate mit Lukas zurück. Das beklemmende Gefühl der Eifersucht hatte sich nach den anfänglich häufigen Besuchen des Freundes in seinem Innersten festgesaugt wie ein Parasit und ihn wütend und hilflos zurückgelassen. Das gewöhnliche Leben, einst so ersehnt, hatte ihm den Geliebten weggenommen. Schuld waren all die Menschen, die so anders waren als er selbst, die mit dem Alltag souverän klarkamen, mit denen Lukas lachen und reden konnte über Dinge, die für Hannes zu kompliziert, zu fremd waren.

Kein Wunder, dass eines Tages alles vorbei war und trotzdem verstand er nicht, wieso Lukas nach dem Streit ohne ein letztes Wort des Abschieds gegangen war. Er hatte ihn verletzt mit seinem Verhalten und es vermutlich nicht einmal bemerkt. Er hingegen hatte den Geliebten angebrüllt, mit den Fäusten auf seine Brust gehämmert und ihm Vorwürfe gemacht. Aber

Lukas hatte sich wortlos abgewandt.

Bedeuteten ihm die gemeinsamen Jahre, ihre Träume, ihr gefundenes Glück und die überstandenen Probleme und gebrochenen Versprechen denn gar nichts mehr? Er wusste, dass Lukas einen anderen jungen Mann kennengelernt hatte, jemanden, mit dem er eine Zukunft haben würde, die ihnen beiden verwehrt war. Irgendein Scheißkerl, genauso gebildet wie der Freund, mit dem er sich vor niemanden zu schämen brauchte. So wie offensichtlich für ihn.

Warum nur fiel es Hannes so schwer, all die Erinnerungen aus seinem Kopf zu verbannen? Warum hörten die Gefühle für Lukas nicht einfach auf wie die Wirkung des Heroins? Er wollte doch nur, dass alles so war wie früher: Einen Freund, der für ihn da war und Entscheidungen traf und ihm ansonsten jegliche Freiheiten ließ.

Resigniert stapfte er die Treppe hinab und fand Olli im Hinterzimmer der Bar mit irgendwelchen Papieren hantierend.

„Was ist mit Kai und Freddie?"

Olli schaute kurz hoch und musterte Hannes durchdringend mit seinen haselnussbraunen Augen.

„Was soll schon sein?", sagte er viel zu knapp angebunden. „Das, was sie jetzt alle haben. Kai hat Kaposi-Sarkome im Gesicht, so kann er nicht mehr arbeiten, sieht ja schließlich jeder. Freddie hat daraufhin das große Heulen gekriegt, ein reines Nervenbündel, der Typ. Ich kann keinen von ihnen hier brauchen. Vertreibt am Ende noch die letzten Kunden, wo das Geschäft sowieso schon nicht mehr gut läuft. Seit Jahren geht das nun bereits so und kein Ende in Sicht!"

Hannes spürte die Verbitterung in seinen Worten. Er wusste, dass Olli Recht hatte. Wenn die Mediziner nicht schnell ein Heilmittel fanden, würden sie alle sterben. Er schloss sich selbst dabei nicht aus.

„Geh jetzt hinter und mache dich fertig. Wenn nicht genug zu tun ist, kannst du auch in der Sauna arbeiten, na du weißt ja Bescheid."

Wenigstens war Olli immer freundlich zu ihm und er hatte ihn bisher noch nie geschlagen, so wie Toni.

Er würde garantiert nicht in die Sauna gehen! Die Arbeit in den engen, heißen Kabinen hasste Hannes mehr als jeden anderen Job, er fühlte sich dort so eingeengt, dass er Angst hatte, keine Luft mehr zu bekommen und zu ersticken. Bereits der Gedanke an das eingesperrt sein mit irgendeinem fremden alten Kerl bereitete ihm Unbehagen, die schnell einer Panik weichen würde. Nein, lieber saß er mit ein oder zwei jungen Männern halb-nackt, nur mit einer weiten Shorts bekleidet, im „Wohnzimmer" und war-tete darauf, ausgewählt zu werden.

Von dem Geld sah er in keinem Falle etwas, die Freier bezahlten bei Olli und der rechnete mit Toni ab. Er wusste nicht mal, wie viele Schulden er bei dem Zuhälter noch hatte, weniger würden es trotz allen Anschaffens mit Sicherheit nicht werden, dafür sorgte schon das Heroin. Es würde ihn dazu zwingen, ewig so weiterzumachen, solange er konnte. Eine Alternative gab es nicht.

In der Bar holte er sich eine große Cola-Wodka, dann huschte er durch den zugigen und dämmrigen Flur ins Hinterhaus. Ein neuer Arbeitstag be-gann.

Lukas

Nicht mal vierundzwanzig Stunden blieben Lukas für eine Entscheidung, ehe der Mahlstrom im Krankenhaus ihn wieder für Tage verschlingen würde.

Franca hatte gesagt, dass niemand etwas von ihm erwarten würde. Ihre Eltern nicht, weil sie nichts von dem Besuch wussten und Franca selbst ebenfalls nicht, weil sie auf einen Zufall hoffte.

Warum fiel es ihm schwer, die Situation zu akzeptieren?

Wenn Luca ihm so viel bedeuten würde wie damals, während der ge-meinsamen Zeit auf der Straße, hätte er vor vier Jahren doch einfach nur weitermachen müssen! Aber es hatte nicht funktioniert. Luca's geistige Un-beweglichkeit, sein Desinteresse für das eigene Umfeld und seine Unge-schicklichkeit hatten ihn mehr und mehr auf die Palme gebracht und das nicht erst, seitdem er Siegfried gut genug kannte, um dessen Charme zu er-liegen. Mit Luca gab es keine weiterführenden Gesprächsthemen, seit er bei seiner Familie lebte. Die Vergangenheit war erschöpft und Lukas' Zukunft hatte nichts mit der des ewigen Jungen gemein. Er wollte sich nicht länger um jemanden kümmern, oder fürsorglich umsorgen müssen. Er brauchte einen gleichwertigen Partner, mit dem er über alles reden konnte, der ange-messen gescheit war, seine Interessen teilte und der nicht ständig nachts schreiend aufwachte, weil Albträume ihn plagten.

Lukas hatte das alte Leben unabänderlich hinter sich lassen wollen.

Dass der Rest der Familie ihn zusätzlich höllisch nervte, gab am Ende den Ausschlag.

Aber mit Luca über die endgültige Trennung zu sprechen, fühlte sich selbst in seiner Erinnerung noch verflucht mies an. Denn der hatte ihn nicht verstanden. Für ihn hätte es immer so weiter gehen können: nie wieder Sorgen um Essen, einen Schlafplatz oder das schnöde Geld. Jeder Wunsch, den er gegenüber seinen Eltern oder dem Großvater äußerte, wurde erfüllt. Alle paar Tage Sex mit dem vertrauten Freund. Warum also einen Schlussstrich ziehen unter der angenehmen Situation? Schließlich war es doch genauso gekommen, wie sie es sich in den wilden Jahren auf der Straße gewünscht hatten.

Lukas seufzte. Es war ihm damals nicht gelungen, Luca seine innere Zerrissenheit zu vermitteln. Seine Sehnsucht nach einem Partner, der ihm vom Intellekt und Zukunftsvisionen ebenbürtig war, jemandem, der ihn nicht Tag um Tag wie ein Fluch an die bitteren Jahre seiner Jugend erinnern würde. Ein Mensch, mit dem es bei jedem Erwachen ein weiteres Morgen im Alltag geben konnte. Luca hatte ihn verständnislos angeschaut, ihn dann verletzt und wütend angeschrien, seine letzten Worte waren voller Schmerz. „Ich hasse dich!" Niemals würde er die Tränen in den schwarzen Augen vergessen, die diese Worte Lügen straften.

Deprimiert saß Lukas in Pyjamahosen auf der Bettkante und stützte das Kinn auf die Fäuste. Der Rausch war verflogen, die Scherben fortgeräumt. Jedoch nur die aus Glas. Sein Innerstes fühlte sich noch immer genauso zerbrochen an. Was blieb, waren zwei verblasste Farbfotos neben ihm auf dem Nachtschrank. Zwei schlichte Stücken Papier, die ihn am Vormittag heftig aus der Bahn geworfen hatten. Inzwischen verstand er sich selbst nicht mehr.

Eines allerdings hatte er im Laufe der letzten Jahre allmählich kapiert. Als er sein Elternhaus endgültig verließ und sich in das Abenteuer Siegfried stürzte, wusste er, dass es im Chaos enden würde. Weil Sigi, so begehrenswert er ihn auch anfangs fand, seine Bedürfnisse nicht dauerhaft erfüllen konnte, weil er mit ihm nicht mal darüber sprechen konnte, weil er mit niemandem darüber sprechen konnte. Außer mit seinen Eltern. Nur die verfluchten, geliebten, nervenden Eltern kannten seine wahre Situation. Sie hatten Verständnis für ihn gezeigt, ihn unterstützt, ihm geholfen, so gut es ging. Nun waren sie nicht mehr für ihn da und niemand trug die Schuld daran, nur er selbst. Er war allein. Genauso allein wie damals, als er sechzehn Jahre alt war und die Last der Straße mit der Verantwortung für die Kindergang seine Schultern zu zerbrechen drohte. Seine Angst und die Unsicherheit hatte er hinter Gewalt und großspurigem Gehabe versteckt. Bis zu jenem Tag im September 1970, an dem Hannes aufgetaucht war. Auf einmal gab es jemand, der genauso einsam und ängstlich war wie er, jemand, dessen Seele genauso verletzt war wie die des großkotzigen Raufbolds. Da erst hatte Lukas verstanden, warum er den Jungen damals zu sich genommen hatte.

Und schon war wieder einer seiner kostbaren freien Tage verstrichen, ohne dass er die Zeit für sich genutzt oder etwas Sinnvolles geschafft hatte! Was, verdammt noch mal, war bloß los mit ihm? Er lebte hier und jetzt und verspürte eine grimmige Lust auf Leben, heute würde er es mal richtig krachen lassen. Scheiß auf das knappe Geld, auf die unbezahlte Miete. Heute sollte es mindestens Gras sein, vielleicht ergab sich sogar die Gelegenheit für was Stärkeres. Konsequenzen fürchtete er nicht. Er war früher schon mit gelegentlichem Drogenkonsum klargekommen und so würde er es wieder hinkriegen. Der Trick bestand nur darin, es bei dem einen Mal zu belassen. Nun, das Risiko war überschaubar, schließlich rief der Job in knapp zwei Tagen. Aber daran wollte er jetzt nicht denken. Nur daran, sich in einer netten Umgebung mit einem zarten Jugendlichen eine Nacht lang zu vergnügen. Kurzentschlossen zog er den Schlafanzug aus, stand kurz nackt vor dem Kleiderschrank und entschied sich für eine Kombi aus Jeans, Oberhemd und Sakko. Es war Mittwoch und erst am Freitag rief die Arbeit, was kostete die Welt?

Er schwang sich in sein Cabrio und düste Richtung Innenstadt davon.

Das Parkhaus in der Heiligkreuzgasse war voll, also lenkte er den Wagen zur Brönner Straße. In diesem war noch ausreichend Platz. Lukas lächelte zufrieden. Von hier aus ließen sich alle Bars in der City zu Fuß ansteuern. Er checkte sein Bargeld, für den Abend sollte er über die Runden kommen. Dann zog er los.

Im Heavens-Angel war erwartungsgemäß nur wenig Publikum, kein Wunder in einer Mittwochnacht. An der Bar und den Tischen saßen hauptsächlich ältere Männer, die ihn und überhaupt jeden der wenigen Eintretenden erwartungsvoll musterten. Lukas setzte sich kurzentschlossen seitlich an den Tresen, auf den letzten der hochbeinigen Hocker ganz am Rand, so konnte er gemütlich an der Wand lehnen und dabei das gesamte Lokal überblicken. Vom anderen Ende des Tresens starrte ihn ein arabisch aussehender Typ permanent an. Irgendwann im Laufe der Vergangenheit hatte er den schon mal irgendwo gesehen und für uninteressant befunden: mindestens zwanzig Jahre zu alt, äußerst maskulin, nicht sein Fall. Hier im Angel kannte er heute überhaupt nur den Barkeeper. Karsten sah ihn fragend an. „Cola? Bier?"

„Cola", entschied Lukas knapp.

„Ihr habt euch getrennt", sagte der Mann mehr feststellend als fragend und schob das Glas über die von der jahrelangen Nutzung blankgescheuerte Holzplatte.

Lukas sah kurz von dem dargereichten Getränk auf. „Woher weißt du das schon wieder?"

Karsten lachte laut ein kumpelhaft verschlagenes Lachen. „Ist mein Job, alles zu wissen. Wenig Betrieb, da merkt man sich schon, wer kommt und vor allem, wer mit wem geht." Er zwinkerte Lukas verschwörerisch zu. „Aber ohne Quatsch. Er war hier, erst gestern. Hat rumgeheult wie ein kleiner Junge."

Lukas verstand die Welt nicht mehr. „Er hat sich aufgeführt wie ein Arsch und außerdem hat er sich einen Stationsarzt als Lover gekrallt. Wieso also das große Heulen oder übertreibst du mal wieder maßlos?"

„Kein bisschen", beteuerte der. „Wenn ich ihn richtig verstanden habe, war die große Liebe ein Missverständnis und der Typ nur an einem Abenteuer interessiert. Jetzt musste er wohl oder übel wieder bei Muttern einziehen, da du ihn ja wohl kaum zurückhaben möchtest?"

„Im Leben nicht!" Lukas schüttelte heftig den Kopf.

„Naja, ein so schlechter Kerl ist er nun auch nicht. Außerdem sieht er dazu doch wirklich gut aus."

Der Angesprochene zog nur skeptisch die rechte Augenbraue hoch. „Lassen wir das Thema, ok?" Dann trank er das Glas leer.

„Schon gut!", wehrte Karsten übertrieben gestikulierend ab. „Hab es nicht so gemeint." Er lehnte sich verschwörerisch über den Tresen, näher an Lukas heran. „Hast du schon was Neues an der Angel?"

Lukas rückte ebenfalls ein Stück dichter, obwohl ihm das Theater reichlich albern vorkam. Trotzdem spielte er mit, er brauchte Karsten und der liebte dramatische Darstellungen.

„Nein, das nicht. Ehrlich gesagt bin ich sogar auf der Suche nach einem alten Jugendfreund und dazu brauch ich deine Hilfe."

Karsten zuckte theatralisch zurück. „Der unnahbare Einzelgänger hatte einen Jugendfreund? Du überraschst mich! Du lässt doch nie jemand auch nur auf Schwanzlänge an dich heran."

„Übertreib nicht, so schlimm wie du es darstellst, kann ich nicht sein." Karsten nahm lächelnd Lukas' leeres Glas und schob unaufgefordert eine neue Cola rüber.

„Nun mach es nicht so spannend. Wie heißt er, wie sieht er aus, besondere Kennzeichen?"

Lukas zögerte kurz, was sollte er ihm offenbaren? Sicher nur das Nötigste. Der Mann kannte sich in der Szene zwar überraschend gut aus, war aber auch ein Schwätzer. Und Lukas durfte keinesfalls seinen schwer verdienten seriösen Ruf riskieren, nicht wegen dummen Geredes oder gar Gerüchten über alte Zeiten.

„Er heißt Luca, dunkles, welliges Haar, schwarzbraune Augen, schlank, nicht sehr groß."

„Das passt auf mindestens die Hälfte der italienischen Gastarbeiter hier in Frankfurt, oder zumindest deren Söhne, ist kaum hilfreich", konterte Karsten.

Lukas atmete laut schnaufend aus. „Er ist kein Gastarbeiter und auch kein Italiener, auch wenn er Luca heißt und entsprechend aussieht. Ich bin blond und trotzdem kein Fischkopf, verstehst du? Und nein, es gibt keine besonderen Merkmale. Er sieht nur ziemlich jung aus, obwohl er fast mein Alter hat."

Karsten grinste. „Passt auch auf Siegfried."

Lukas überlegte. „Nein, Siegfried hat blaue Augen und einen kräftigen Bartwuchs, Luca hat praktisch keinen."

„Also doch ein besonderes Kennzeichen."

„Nun ja, so gesehen schon."

Der Barkeeper legte nachdenklich die Stirn in Falten. „Also auf Anhieb fällt mir niemand ein, auf den die Beschreibung passt. Soll ich ihn ansprechen, falls ich ihn sehe?"

Jetzt war es an Lukas, nachdenklich dreinzublicken. „Wir haben uns vor Jahren nicht gerade in Freundschaft getrennt. Vielleicht ist es besser, ihn nicht in Bezug auf mich anzusprechen, er könnte verbittert oder noch wütend sein. Vielleicht ist es sogar noch besser, ihn nicht einmal anzusprechen. Du bist doch schlau, du findest doch trotzdem raus, wo ich ihn dann finden kann, oder?"

Geschmeichelt offenbarte Karsten ein breites Lächeln. „Worauf du dich verlassen kannst. Ich nehme an, das bleibt unser kleines Geheimnis?" Lukas schob einen Zwanziger über den Tresen.

„Ich sehe, wir verstehen uns. Rest ist Trinkgeld."

Er trank die zweite Cola aus, klopfte zum Gruß auf den Tisch und verließ die Kneipe. Der Köder war ausgelegt, würde er Luca dadurch auf die Spur kommen?

Tief, und ein Stück weit erleichtert, atmete er die kalte Nachtluft ein. Sie war feucht und eisig und biss auf der nackten Gesichtshaut. Letzten Samstag hatte der November Einzug gehalten und mit ihm ein grauer, trostloser Spätherbst, schon bald drohten die ersten Nachtfröste. Lukas fröstelte und zog die Jacke enger um die Schultern. Es wurde Zeit, dass er irgendwo einkehrte. Auf laute Musik und Tanzen verspürte er allerdings nicht die geringste Lust, eher auf ein gepflegtes Glas Wein und ein attraktives Gegenüber für ein ausführliches Gespräch und ein wenig Spaß, ohne sich länger, als bis zum Frühstück, zu verpflichten. Also in die Nachtbar, das Boots, Pink Elephant oder Chez Nous? Am besten als erstes rüber in die Bleichstraße, schließlich befand er sich bereits im Bermudadreieck der Szene, auch wenn diese Bezeichnung mittlerweile einen bitteren Nebengeschmack bekommen hatte. Bedeutete es früher, unter einer Vielzahl von Lokalitäten auswählen und darin untertauchen und Spaß haben zu können, waren es inzwischen die Bars selbst, die von der Bildfläche verschwanden. Die Klubs schlossen unverhofft und öffneten nie wieder, weil der Besitzer verstarb.

Es gab neuerdings auch wieder vermehrt Überfälle und Verfolgungen, Schwulenklatschen wurde in rechten Kreisen regelrecht als „Sport" betrieben. Und in Klappen, Saunas oder Parks wurden Razzien durchgezogen. Was war los in diesem Land? Seit AIDS nicht nur im fernen Amerika grassierte, herrschte in ganz Deutschland ein Klima der Angst und Ausgrenzung. Offen schwul zu sein war noch nie sehr angenehm, im Moment aber völlig unmöglich. Lukas war froh, dass niemand auf der Arbeit sein Geheimnis kannte. Er würde noch vorsichtiger sein müssen. Was würde die Nacht ihm bringen?

Kopfschmerzen ohne Ende resümierte Lukas verbittert, als er am späten Vormittag sein Auto aus dem Parkhaus holte. Aus dem geplanten Glas Wein waren zwei ganze Flaschen geworden und er hatte ein Taxi nehmen müssen.

Die teuren Parkhausgebühren verdarben seine Laune erheblich und Spaß hatte es gestern gar keinen gegeben. Zumindest nicht in sexueller Hinsicht. Aber dafür jede Menge Aha-Effekte. Der Grund hieß Nikol, obwohl das nicht mal stimmte. Der Typ hatte einen unaussprechlichen Namen, den Lukas in dem Moment vergessen hatte, nachdem der etwas ältere Mann ihn ihm nannte. Der Alkohol war sicher nicht unschuldig daran. Nikol stammte aus Syrien und hatte ihn bereits im Angel angestarrt. Und seiner Erinnerung nach auch vor vielen Jahren in irgendeinem Frankfurter Café.

Nikol war vor fünfzehn Jahren zum Psychologiestudium nach Deutschland gekommen und im Anschluss dauerhaft in der Stadt geblieben. Er hatte eine Anstellung in der Psychiatrie im Klinikum Höchst und engagierte sich nebenher, was Lukas wesentlich spannender fand, als Ehrenamtler bei der AIDS-Hilfe in Frankfurt.

Diese neue, erst Ende letzten Jahres gegründete Organisation kannte Lukas bisher nur aus den Medien und natürlich hatte er auch schon deren Geschäftsstelle in der Eschersheimer Landstraße gesehen. Angesichts der rasanten dramatischen Entwicklung von Erkrankungen und dem viel zu frühen Sterben rundum in der schwulen Szene, weckte Nikols Nebenjob Lukas' stets unstillbaren Wissensdurst nach ungeschönten und ehrlichen Worten jenseits von Statistiken und Presseartikeln. Dabei war Nikol zuerst aus völlig anderen Gründen auf ihn zugekommen. Die Fronten jedoch konnte Lukas schnell klären, als Partner war er ihm schlicht zu alt.

Obwohl er eine herbe Abfuhr einkassiert hatte, blieb der freundliche Syrer am Tisch sitzen und sie waren trotz Lukas' anfänglicher Abwehrhaltung ins Gespräch gekommen.

Nikol sah genau so aus, wie sich Lukas einen arabischstämmigen Mann immer klischeehaft vorgestellt hatte: dichtes schwarzes Haar, ein kurzer gepflegter Bart, Augen von der Farbe wie Ebenholz, dunkler Teint, schlanke Statur, annähernd die gleiche Größe wie er selbst.

Sein Lachen wirkte niemals aufgesetzt, sondern offen und ehrlich und Lukas konnte nicht mal vor sich selbst leugnen, dass seine Abendbekanntschaft äußerst sympathisch und von einnehmendem Wesen war.

Nikol war vier Jahre älter als Lukas, in Damaskus geboren und in einer Akademikerfamilie großgeworden, die dem älteren ihrer zwei Söhne das Studium im Ausland ermöglichte. Wegen seiner Homosexualität kehrte er nach dem Abschluss nicht in die muslimische Heimat zurück, sondern blieb dauerhaft in Deutschland.

Nikol hatte ihm von seinen Einsätzen erzählt und Lukas gestand sich ein, dass seine Vorstellungen über die AIDS-Hilfe bisher eher von vorabendserienträchtigen Notfalleinsätzen bei suizidgefährdeten Personen geprägt waren. Dabei ging es offensichtlich um sehr viel mehr, es galt, Strategien zu einer vernunftgeleiteten Aufklärung zu entwickeln, um der verunsichernden Desinformation der Menschen entgegenzuwirken. Es war nach Nikols Worten alles andere als leicht, gerade medizinische Themen in klare, einfache und allgemeinverständliche Texte zu fassen, was Lukas in Erinnerung an den Anfang seines Studiums sehr gut nachvollziehen konnte.

Besonderen Respekt empfand Lukas, der nie gern über sich selbst und seine Sexualität gesprochen hatte, für Nikols souveränen Umgang mit den klaren Ansagen zu sexuellen Praktiken, um auf die unterschiedlichen Übertragungswege hinzuweisen. Auch eine Art der Prävention, fand Lukas.

„Das ist wirklich krass", sagte er, „du gehst da raus in die Szene und verteilst Gummis an Stricher und Nutten, erzählst ihnen, was sie besser lassen sollten und was gefährlich für sie ist."

Nikol nickte. „Gelegentlich, ja, bin kein Streetworker, aber mit draußen war ich allein schon deshalb, um zu wissen, worüber ich rede. Sehr viel häufiger sitze ich am Telefon und mache anonyme Beratung. Oder ich bin bei den Selbsthilfegruppen dabei und leiste psychologische Unterstützung oder agiere als Mediator. Du musst dir vorstellen, dass die Menschen durch den Ausbruch der Krankheit in ihrer Lebenswelt stark verunsichert sind. Was sollen sie glauben, auf wen hören, woher Hoffnung beziehen? Sie brauchen Selbststärkung und dazu gibt es die Selbsthilfegruppen. Es ist ein Zusammenkommen von zum Beispiel HIV-positiven Männern, die der Vereinsamung einzelner Betroffener entgegenwirken kann. Allein bist du schwach und angreifbar, Gemeinsamkeit aber macht die Menschen stark und es hilft zu erfahren, dass du mit deinen Nöten und Problemen nicht allein bist. Und was da besprochen wird, geht weit über reine Selbsthilfe hinaus. Eben weil du dich zwangsläufig auch mit angrenzenden Themen auseinandersetzen musst, wie dem schwulen Selbstverständnis, den verschiedenen Süchten, mit der Prostitution und vor allem mit unserer Subkultur, den Saunen, Cruising Areals und Klappen. Und deswegen sprechen wir auch unterschiedliche Zielgruppen an. Wir haben übrigens nicht nur eine Positiven Selbsthilfegruppe, es gibt auch Gesprächsrunden für Kranke und deren Angehörige oder Freunde, Frauengruppen, Safer-Sex-Kreise und so, also ziemlich breit gefächert."

An dieser Stelle war Nikol nachdenklich geworden.

„Ich weiß nicht, ob du je im Stadtbad Mitte auf der warmen Bank mit anderen Schwulen gesessen hast, gesehen habe ich dich dort nie. Aber ich kann dir versichern, dass die Reihen sich erschreckend gelichtet haben. So viele sind infiziert oder bereits erkrankt! Und die Gesellschaft reagiert in einer einzig großen Hysterie. Es wird Hilfe für die Betroffenen und ihre Angehörigen gebraucht und das nicht mit dem moralisch erhobenen Finger, sondern mit vernünftiger Auseinandersetzung und es muss politische Lobbyarbeit geleistet werden, damit es keine Ausgrenzung im großen Stil, sondern umfassende Integration gibt. Und genau das ist die Stelle, wo die AIDS-Hilfe ansetzt. Mich überzeugt das komplett und deshalb bin ich aktiv dabei."

Nikols Augen sprühten von einem begeisterten Feuer, welches Lukas überraschte. Er hatte sich nie derartig für eine Sache begeistern können.

Andere Menschen, deren einzige Gemeinsamkeit zu ihm bestenfalls in der Tatsache bestand, ebenfalls schwul zu sein, bei Lebenskrisen zu helfen oder zu begleiten war für Lukas unvorstellbar. Ihm war klar, dass Vereinsamung im Krankheitsfall kein Einzelschicksal darstellte, er hatte zu viele einsame Patienten im Krankenhaus erlebt. Jedoch war ihm dieser Fakt selten nahegegangen, noch hatte er ihn inspiriert, sich für andere zu engagieren. In seinem Job tat er das schließlich berufsmäßig, seine Freizeit aber gehörte ausschließlich ihm.

Was Lukas an Nikols Erzählungen am meisten überraschte war die Feststellung, dass die AIDS-Hilfe für wirklich alle als Ansprechpartner offen war, egal ob besorgte Eltern, schwule Männer, ängstliche Heteros, Drogenabhängige oder Prostituierte. Er hatte mit einer ausnahmslos schwulen Klientel gerechnet. Schließlich wurde AIDS zumeist auch als Schwulenseuche bezeichnet. Schon deswegen konnte er sich keine Situation vorstellen, in der er von sich aus in solch eine Einrichtung gegangen wäre. Er hatte sich immer lieber in aller Stille mit einem Thema befasst und sämtliche Schwierigkeiten weitgehend mit sich allein ausgemacht.

Lukas erinnerte sich an seine Jugendzeit. In den Siebzigern hatte sich niemand für die Jungs interessiert, außer der Polizei, wenn man nicht aufpasste, und natürlich den Freiern. Aber damals hatte es auch noch kein AIDS gegeben.

Einen Moment lang hatte Lukas erwogen, Nikol wegen Luca anzusprechen. Immerhin schien der Mann über einige Kontakte zu verfügen. Er hatte es dann aber doch gelassen, kannte ihn ja kaum ein paar Stunden und seine Zeit mit dem Jungen auf der Straße ging nun wirklich niemanden etwas an. Wahrscheinlich würde Nikols Interesse an ihm schlagartig erlöschen, wenn er erfuhr, dass sich Lukas in Wahrheit nicht zu Männern hingezogen fühlte. Zumindest nicht zu welchen mit Bart und einem Körper, der für Herren jenseits der Volljährigkeit üblich war.

Nikols Telefonnummer steckte auf einer Visitenkarte der Aids-Hilfe tief versteckt im Portemonnaie. Aber Lukas war sich nicht sicher, ob er die Nummer jemals wählen würde, wenigstens warf er sie nicht fort, wie bei ihrer ersten Begegnung. Der Typ war trotz allem ein angenehmer Kerl, mit dem er sich unter Umständen eine Freundschaft vorstellen konnte.

Reuther

Endlich Feierabend. Reuther saß im Auto und drehte seinen Kopf abwechselnd nach links und rechts, um den verspannten Nacken aufzulockern. Es half allerdings nicht wirklich und der Schmerz zog vom Hinterkopf hinauf bis zur Stirn. Hinter den Augen erreichte er pulsierend sein Ziel. Eine Schmerztablette wäre jetzt nicht schlecht, dachte er. Ein Blick auf die Uhr verriet ihm die zwanzigste Stunde, zu spät für die Apotheke. Seufzend steckte er den Schlüssel ins Schloss. Rasch ab nach Hause, Gloria würde sowieso schon ungeduldig sein. Außerdem hatte er Hunger, ein Teller Pasta bei Gerardo wäre jetzt passend, dann müsste Gloria nicht extra für ihn noch mal was aufwärmen. Andererseits hatte sie garantiert bereits sein Abendessen vorbereitet.

Als ob er einer Zwangsneurose folgte, nahm Reuther nicht den kürzeren Weg über Bockenheim, durch die alte Heimat, um nach Eschersheim zu gelangen, sondern wählte wie an allen anderen Arbeitstagen der letzten Wochen den Umweg durch das Bahnhofsviertel. Jedes Mal einen alternativen Schleichweg durch die verdreckten Nebenstraßen, willkommene, doch eigentlich erzwungene Schleifen wegen zahlloser Einbahnstraßen verlängerten den Heimweg zusätzlich. Seine Augen aber richteten sich nur wie nebensächlich auf den dichten und schleppenden Straßenverkehr, irrten eher durch die Fußgänger, immer auf der Suche, nervös, hoffnungsvoll, ängstlich.

Jeden Tag fürchtete er sich erneut davor, die Flussstraßen jenseits der

Kaiserstraße zu benutzen. An diesem unwirtlichen Ort, der Heimat der Prostitution, lagen seine größte Hoffnung und seine größte Angst verborgen. Zwar hatte er keine Ahnung, wo die Jungen sich anboten, für jemanden wie ihn erschloss sich der Straßenstrich mit seinen Lokalitäten nicht, aber irgendwo musste der Bengel doch sein! Wo, wenn nicht im Rotlichtviertel?

Welche Chance bestand, falls er die Stadt tatsächlich längst verlassen hatte, so wie es die ermittelnden Polizeibeamten vermuteten? In diesem Fall wäre jede Suche vergebens und alles Bangen umsonst.

Doch noch immer klammerte er sich an die unrealistische Vorstellung, den Sohn wie einst, per Zufall, wiederzufinden.

In der Niddastraße kam der Autofluss fast vollständig zum Erliegen, nicht mal Schritttempo. Reuther betrachtete die zerlumpten Gestalten auf dem Gehweg und ihn überzog eine Gänsehaut bei dem Gedanken, dass Luca sich in dieser Gegend irgendwo aufhielt.

Jetzt im November versank die Stadt um diese Uhrzeit natürlich längst in der alles verschlingenden und gnädigen Dunkelheit, durchzogen nur vom aufdringlich blinkenden Rot der Leuchtreklamen. Aber selbst im Sommer, wenn es lange hell war, lagen die Junkies hier völlig zugedröhnt auf der offenen Straße in ihrem Elend, verwahrlost und vergessen, kaum jemand scherte sich darum.

Reuther wurde bei dem Anblick übel, sein Herz zog sich zusammen und sein Magen erstarrte zu einem schweren Klumpen. Wenn es einen Gott gibt, betete er, dann mach, dass Luca in Sicherheit ist und nicht in Dreck und Abschaum des Bahnhofsviertels versinkt.

Als es endlich weiterging, gab er heftig Gas, so dass der Wagen einen Satz nach vorn sprang und der Motor aufheulte. Es war genug, er wollte weg hier.

Doch schon an der nächsten Kreuzung stockte der Verkehr erneut. Ein Notarztwagen, ein dunkler Kastenwagen und zwei Polizeifahrzeuge standen am Straßenrand. Eine abgedeckte Trage wurde aus einem Hausflur getragen.

Reuther spürte, wie Übelkeit in ihm aufwallte. Einen kurzen Moment schloss er die Augen. Als die Ampel endlich auf Grün schaltete, schoss er davon.

Gloria hatte eine göttliche Calzone zubereitet und Reuther lächelte zufrieden in sich hinein. Die Kopfschmerzen reduzierten sich dank Schmerztablette auf ein akzeptables Minimum und eigentlich könnte das Leben wirklich schön sein.

„Wie lief es heute in der Kanzlei?"

„Viel zu tun, wie immer, die Verhandlung am Vormittag ist zu unseren Gunsten ausgegangen."

„Das freut mich", sagte Gloria sanft in einem Ton, von dem Reuther wusste, dass ihr seine Worte eigentlich egal waren. Seit seinem Einstieg bei Rottleb stand er beruflich endlich auf der Gewinnerseite. Ohne das Zutun des Schwiegervaters wäre ihm diese Gunst vermutlich lebenslang verwehrt geblieben. Doch an so manchem Moment überlegte er, ob die häufigen Sechzehn-Stunden Tage den Erfolg und das Geld wert waren. Er sah Gloria oder die Zwillinge viel zu selten. Und mit Luca hatte er bis zu dessen Verschwinden noch weniger Zeit verbringen können als mit den anderen. Der Junge war allerdings auch sehr sparsam in seinen Äußerungen über Wünsche und Bedürfnisse. Er hatte in all den Monaten nie die Nähe zu den Eltern gesucht und Reuther war sich inzwischen nicht mal mehr sicher, dass ihm das Familienleben überhaupt gefiel. Wenn er als Vater Zeit für ihn erübrigte, war es in Ordnung. Doch hörte Reuther nie eine Klage von Luca's Lippen, falls er, wie viel zu häufig, nur flüchtige Worte für ihn fand.

Anders hingegen Dominik, seine monatlichen Wochenend-Besuche waren mittels Terminplan fest in den Lebenslauf seines Erzeugers integriert. Und im Gegensatz zum Zusammensein mit Luca, genoss Reuther die Zeit mit dem Jüngsten bis zur letzten Minute. Dominik war ein aufgewecktes Kind mit einem hellen Köpfchen, der seinem Vater witzige Dialoge und kreative Spielideen bot. Für einen Achtjährigen war er erstaunlich weltoffen und schlagfertig und selbst Gloria konnte sich dessen Charme nicht entziehen. Reuther kam nicht umhin, Stolz für diesen Sohn zu empfinden. Hatte er jemals Stolz für Luca empfunden? Was hatte er jemals für Luca empfunden?

In der Kanzlei war Luca ein Tabu. Er war das behinderte Kind, von dem die Kollegen wussten, aber über das man niemals sprach. Insgeheim schämte sich Reuther dafür und trotzdem war er dankbar, dass andere das Unausgesprochene nie erwähnten, keine Fragen stellten, dass er Luca's Vergangenheit und seine eigenen Schuldgefühle hinter der vermuteten angeborenen Behinderung verstecken konnte.

Nur wenn er zu Hause war, in der Tür des verwaisten und unberührten

Zimmers seines Ältesten stand, übermannten ihn Gefühle des Zorns, der Hilflosigkeit und der Scham. Und zum ungezählten Male wurde ihm sein Versagen bewusst. Was war aus all seinen hochtrabenden Plänen geworden, sich immer um Luca zu kümmern, für ihn da zu sein, seiner Verantwortung gerecht zu werden? Nichts, resümierte er. Sein Schwiegervater hatte sich des Jungen angenommen und ihn als Vater der lästigen Pflicht enthoben. Willkommen, um im neuen Job und der neuen Familie Fuß zu fassen. Willkommen, da das Zusammensein im Alltag mit Luca sich als so viel schwieriger erwiesen, als es am Anfang den Anschein hatte. Luca war nicht der einfache, unproblematische Junge, der offen für alles war und sich über jedes Entgegenkommen freute. Ganz im Gegenteil. Er verhielt sich unangepasst, ja aufsässig und seine häufigsten Worte waren „nein" und „ich will nicht". Schon beim Frühstück entzog er sich der Familie. Die Gesellschaft am Morgen mit Eltern und Geschwistern behagte ihm nicht. Sein Biorhythmus erwachte irgendwann am Mittag, offensichtlich hatten das auch die Monate im Krankenhaus oder die Wochen bei den Arnheims nicht ändern können. Der alte Kolbe hatte für alles Verständnis und für jede von Luca's Eventualitäten und Sonderwünsche eine Entschuldigung, liebevolle, geduldige Worte und immer einen Notfallplan.

Reuther hatte den nicht. Als sein Schwiegervater vor knapp einem Jahr starb, hätte eigentlich alles einfach so weiterlaufen sollen, wie bisher. Im Großen und Ganzen tat es das auch, außer Luca.

Die alten Probleme mit der Widerspenstigkeit des Jungen änderten sich keineswegs. Luca integrierte sich nicht in die Familie, er zog sich höchstens noch weiter in sich zurück und wenn Reuther ihn ansprach, reagierte er aggressiv, unhöflich oder mit unflätigen, wütenden Verbal-Attacken, denen er als Vater hilflos gegenüberstand. Gloria wagte sich schon bald nicht mehr an den Jungen heran. Dabei hatte, vor allem sie, auch ohne Lucas Ausbrüche bereits genug Kummer. Der Tod ihres eigenen Vaters schmerzte unsäglich und doch musste sie den anderen Kindern Trost und Kraft spenden und trotzdem weiter funktionieren.

Luca hingegen hielt sich inzwischen an keine Regeln mehr, er tat, was er wollte, nahm ungefragt die Zigaretten des Vaters, plünderte die Hausbar und mit dem im Haus gefundenen Geld kaufte er sich Joints. Ihn zur Rede zu stellen, blieb durchgängig erfolglos. Seit dem Tod seines Großvaters respektierte er nichts und niemanden.

Er wollte fast nie zu den Mahlzeiten mit der Familie essen, sondern immer nur dann, wenn es ihm gefiel oder Pommes oder Schokoladenkuchen auf der Tafel standen.

Und falls er mal mit am Tisch saß, war es wahrscheinlich, dass er unverhofft aufstand und einfach verschwand.

Doch Luca würde auch ohne gemeinsame Mahlzeiten sicher nicht verhungern, schließlich war genug zu essen im Haus vorhanden, beschlossen die Reuthers kapitulierend.

Zigaretten und Alkohol lagen inzwischen in abschließbaren Schränken und die Zwillinge und ebenso die Eltern achteten genau darauf, kein Geld offen liegen zu lassen und die Portemonnaies sicher wegzupacken. Wofür Luca hingegen sein äußerst üppiges Taschengeld ausgab, vermochten und wollten sie nicht kontrollieren.

Wochen später hatten sie als Eltern aufgegeben, dem Sohn gerecht zu werden.

Nach Monaten der erfolglosen Versuche, Luca ohne die Unterstützung des Großvaters in die Familie einzubinden, ließen sie ihn schlicht in Ruhe. Vielleicht brauchte er einzig und allein etwas mehr Zeit, um den Tod seines Opas zu verarbeiten.

Doch anstelle der Annäherung, distanzierte sich der Junge noch weiter. Und eines verfluchten Freitagabends im September war er einfach nicht mehr da.

Reuther wurde sich bewusst, dass er den Rest seiner Calzone gedankenversunken auf dem Teller erkalten ließ. Rasch nahm er die letzten Bissen, um Gloria nicht zu kränken.

Zum Glück hantierte sie gerade am Herd, um ihm seinen geliebten Espresso zuzubereiten. Diese Feierabendtradition liebte er ungemein. Mit einer doppelten Portion, heiß und süß, beendete er endgültig den langen Arbeitstag.

„Papa?"

Reuther drehte sich zu der Stimme um. Franca stand im Türrahmen und sah ihn fragend an.

„Kann ich mit dir sprechen?"

Ihn beschlich, ohne es begründen zu können, ein unangenehmes Gefühl.

„Natürlich, komm, setz dich zu uns. Willst du Kaffee?"

Franca schüttelte den Kopf. „Ich will heute Nacht noch schlafen können", argumentierte sie.

Reuther beobachtete seine Tochter, die sich ungewöhnlich umständlich, als ob ein schlechtes Gewissen sie plagte, setzte.

„Ich war bei Lukas", fiel sie mit der Tür ins Haus.

Vincent entglitten die Gesichtszüge. „Wir hatten uns geeinigt, ihn da nicht mit hineinzuziehen!"

„Ich weiß, aber ich dachte, er sollte wenigstens Bescheid wissen. Ich habe nicht gesagt, dass er was machen soll, sondern ihn nur gebeten, die Augen offen zu halten."

Er lehnte sich seufzend zurück.

„Du setzt zu viel Hoffnung in ihn", schloss sich Gloria dem Gespräch an. „Er hat Luca doch längst hinter sich gelassen und das ist auch richtig so."

Reuther nickte wie ergänzend. „Lukas hat für deinen Bruder schon viel zu viel getan, er muss jetzt in erster Linie an sich selbst denken. Er ist ein verdammt kluger Kopf, der seine Talente nicht länger in eine beendete Beziehung verschwenden, sondern an seine Karriere denken sollte."

„Ich weiß." Franca klang ein wenig genervt. „Aber trotzdem, oder vielleicht gerade deshalb. Wer soll Luca denn sonst finden, wenn nicht er?"

Gloria und Vincent sahen sich an.

„Dafür gibt es die Polizei, die kümmert sich darum."

„Bisher nur nicht sehr erfolgreich. Wie geht es weiter, Papa?", fragte Franca.

„Ich weiß es nicht", gab Reuther unumwunden zu. „Wahrscheinlich müssen wir nur einfach geduldig sein."

„Verändert das irgendetwas?" Gloria lag im Schlafzimmer in Vincents Armen und sah ihn von unten her fragend an.

„Nur ein wenig", räumte er ein. „Ich werde Lukas anrufen und ihm sagen, dass Franca etwas über das Ziel hinausgeschossen ist. Er darf sich um keinen Preis wieder da reinhängen!"

Seine Miene hatte sich verfinstert und Gloria entdeckte einen harten Zug, der seine Mundwinkel umspielte.

„Aber was, wenn Franca recht hat?"

Vincent richtete sich abrupt auf. „Du weißt nicht, was du da sagst, Gloria, du hast Lukas nicht so kennengelernt wie ich!"

„Was befürchtest du?"

„Luca ist *unser* Sohn. Wir, nein, in erster Linie ich, habe kläglich versagt. Ich habe den Jungen der Obhut deines Vaters überlassen, anstatt mich selbst um ihn zu kümmern. Dass er jetzt verschwunden ist, ist ganz allein meine Schuld, ich trage die Verantwortung dafür, weil es mir nicht gelungen ist, Luca in die Familie einzubinden. Er fühlte sich fremd und unwillkommen und ich habe die Augen vor seinen Signalen verschlossen. Lukas hat unzählige eigene Probleme. Du siehst ihn nur als attraktiven und erfolgreichen Mann, der stets erreicht, was er will. Ein begnadeter Intellekt mit glänzendem Abschluss, vor ihm liegt offensichtlich eine steile Karriere, möchte man meinen. Doch ihm wurde nichts geschenkt, sein Weg war hart und von vielen Untiefen gezeichnet. Luca hat mir genug aus der gemeinsamen Vergangenheit erzählt, um das zu erkennen. Diese Zeit hat Lukas stark geprägt."

Vincents Blick richtete sich nach innen, als ob er dort bitteren Erinnerungen nachging. Sein Mund presste sich zu einem schmalen Strich, der nicht zu den strahlenförmigen, seine Augen umkränzenden Lachfältchen passte.

„Gloria, Lukas ist kein sanfter und empathischer Mensch. Er ist impulsiv, egozentrisch, mutig, arrogant und draufgängerisch bis zum Leichtsinn. Seinen Eltern ist es mit unendlicher Geduld und viel unerwiderter Liebe gelungen, ihren Sohn wieder auf den Weg zu bringen. Dass sie sich mit ihm zerstritten haben, gefällt mir überhaupt nicht, denn Lukas ist in sozialer Hinsicht ein einzelkämpferischer Sturkopf, er hat keine Freunde, die ihm Halt geben oder ihm mal sagen, wo es langgeht. Niemand, der ihm deutlich macht, das ist jetzt Scheiße, was du da abziehst oder lass die Finger davon, auch wenn er darauf vermutlich nicht hören würde ...

Wenn er sich jetzt wieder auf Luca fokussiert, befürchte ich das Schlimmste, dass das, was seine Eltern mit viel Mühe repariert haben, wieder auseinanderbricht."

Er stütze seinen Kopf auf den angewinkelten Arm und sah seine Frau mit zusammengezogenen Brauen an.

„Gloria, ich will nicht auch noch für das Schicksal dieses Mannes verantwortlich sein, verstehst du?"

„Ein wenig", gestand Gloria ein, „obwohl ich keine Vorstellung davon habe, wovor genau du solche Angst hast."

„Ich auch nicht, Gloria, ich auch nicht."

Nikol

Niqur Ibn Ismail al Said wurde seit seiner Ankunft in Deutschland von allen stets nur Nikol genannt und das waren jetzt bereits fünfzehn Jahre. Zeit genug, um sich an einen neuen Namen zu gewöhnen, der ihm genauso gut gefiel, wie das Leben in dieser ungewöhnlichen und faszinierenden Stadt.

Faszinierend vor allem deshalb, weil der Glauben hier eine unvorstellbar untergeordnete Rolle im Arbeitsalltag der Menschen spielte. In der Heimat gehörte Nikols Familie der religiösen Minderheit der ismailitischen Schiiten, den Nizari an. Schon allein als Schiit war das Leben in Syrien von Ausgrenzung geprägt, als Nizari war er vom religiösen Alltag der wenigen anderen Schiiten ausgeschlossen und als Häretiker gebrandmarkt.

Die al Saids tauchten in der namenlosen Menge am Stadtrand von Damaskus unter, führten angepasst an die sunnitische Mehrheit ein verstecktes Doppelleben und praktizierten ihren wahren Glauben im Geheimen.

Nikols jüngerer Bruder Sabir hatte die Angepasstheit so weit verinnerlicht, dass Nikol häufig Zweifel an dessen Authentizität aufkam. Doch war es nicht an ihm, Sabir etwas vorzuwerfen. Sein eigenes Geheimnis ging nicht nur weit über die Grenzen des Glaubens hinaus, sondern widersprach ihm zutiefst. In seiner Jugend hatte er dadurch unendlich unter Selbstzweifel gelitten und Selbstkasteiung bis zur Grenze des Erträglichen betrieben. Die breiten Narben auf seinem Rücken brannten jedes Mal wie frisch geschlagen, wenn die Erinnerungen ihn zu erdrücken drohten. Er wusste bis heute nicht, ob seine Eltern den wahren Hintergrund für seine Geißelungen kannten und hoffte, dass sie es für tiefe Gläubigkeit hielten.

Alles änderte sich, als die Familie beschloss, den ältesten Sohn zum Fortsetzen des Studiums nach Deutschland zu schicken.

Seine Angst vor dem Neuen und Unbekannten war einem beinahe kindlichen Staunen gewichen. In diesem Land war er in erster Linie ein syrischer Mann, dann erst Moslem. Den Unterschied zwischen Sunniten und Schiiten kannte die durchschnittliche Masse der zumeist christlich geprägten Menschen hier nicht einmal, es interessierte schlicht niemanden, woran Nikol glaubte. Selbst das Christentum wurde aus seiner Sicht nur von einer gefühlten Minderheit wirklich gelebt.

Er war in dieses neue Leben eingetaucht und fasst ertrunken: eine Universität ohne die umfassend reglementierende Schia! Und im Verlauf der nächsten Wochen entdeckte er immer mehr schockierende und wundervolle Geheimnisse einer verrückten Welt: Bars und Lokale, Diskotheken und zahlreiche Orte, die nur für männerliebende Kerle existierten! Das Frankfurt der Siebziger besaß eine unergründliche schwule Subkultur, die Nikol fast den Verstand und viele Stunden seines nächtlichen Schlafes kosteten.

Anfangs vermisste er den Halt der Familie, die heimlichen Gebete und die geflüsterten Erzählungen über den Aga-Khan. Das Oberhaupt der ismailitischen Nizariten lebte im Norden von Paris und war auf einmal nicht mehr unerreichbare tausende Kilometer entfernt, sondern fast schon ein Nachbar. Und doch verlor diese Tatsache, als Nikol nun auf sich allein gestellt in einem fremden Land weilte, allmählich an Bedeutung. Diese faszinierende Welt hatte ihn willkommen geheißen mit einer Offenheit, die er nicht erwartet hatte.

An der Uni fiel er durch sein entgegenkommendes und freundliches Wesen auf und fand schnell Anschluss und Freunde. Dass er als Ausländer zum Studieren und nicht als Gastarbeiter ins Land gekommen war, schien seine Kommilitonen positiv zu überraschen und Nikol fühlte sich angenommen und passte sich mehr und mehr den Gegebenheiten des christlichen Abendlandes an.

Als Moslem bezeichnete er sich nach all den Jahren des turbulenten Auslebens seiner Gefühle noch immer, jedoch pulsierte das Leben in der neuen Heimat in einem gegensätzlichen Rhythmus, der nicht mehr zu den alten Mustern passte. Seine Vergangenheit fühlte sich an wie das geliebte Kleidungsstück eines Jungen, der plötzlich feststellte, ein Mann zu sein.

Er wusste, dass es auch hier in dieser Stadt schiitische Gemeinden gab, doch nach anderen Nizariten hatte er nie gesucht, noch hatte er mit Verlassen der Universität den Kontakt zu seiner Familie aufrechterhalten. Sie hätten ihn nicht verstanden.

Nach dem Studium, welches er mit Nebenjobs als Kellner finanziert hatte, setzte sich sein positives Lebensgefühl mit Erfolg fort. Erst erkämpfte er eine unbeschränkte Aufenthaltserlaubnis, wenig später die deutsche Staatsbürgerschaft.

Bereits im zweiten Anlauf seiner Bewerbungsaktion ergatterte er einen Posten im Klinikum Höchst, einen Job, bei dem er es mittlerweile zum Stationsarzt gebracht hatte.

Nikol besaß eine kleine Wohnung in Schwanheim, einen inzwischen fünf Jahre alten, weinroten Benz und den Optimismus, seine Kraft und

Lebensfreude in der AIDS-Hilfe seiner quirligen und geliebten Wahlheimat einzubringen.

Und seit gestern gab es da einen Mann, für den er sich ernsthaft interessierte, das erste Mal im Leben überhaupt erwog er, sich auf eine feste Beziehung einzulassen. Dieser Lukas war wahnsinnig faszinierend, äußerst intelligent, verdammt gutaussehend und unglaublich geheimnisvoll. Nikol hoffte, trotz der heftigen Abfuhr bei ihm noch landen zu können. Warum, wenn nicht aus Einsamkeit oder Sehnsucht, sollte ein attraktiver Mann sonst in der Szene unterwegs sein? Aber auch falls das nichts werden würde, ein Freund in solch unsicheren Zeiten war wichtiger als eine schnelllebige Beziehung, allein auf Sex begründet.

Beschwingt von den angenehmen Erinnerungen und Vorstellungen packte Nikol seinen Rucksack. Eine Wasserflasche, ein paar belegte Brote, Äpfel, seine Strickjacke, mehr brauchte er nicht für die kurzweiligen Stunden am Telefon, während der er namenlosen Anrufern an seinem Wissen über für sie schier unaussprechliche Fakten teilhaben ließ. Dinge, für die die Menschen an der anderen Seite oftmals nur durch die Anonymität der Telefonberatung überhaupt Worte fanden: AIDS, Angst, Verunsicherung, Einsamkeit, nie zu stellen gewagte Fragen über Sexualpraktiken und Ansteckungsrisiken.

Anfangs war Nikol überrascht, wie wenig trotz der Aufklärungsaktionen von Gesundheitsamt und AIDS-Hilfe über die neue Krankheit und deren Übertragungswege bekannt war. Selbst bei Schwulen, die doch neben den Drogenabhängigen als Hauptbetroffene galten.

Eine weitere, überraschende Erkenntnis war, dass sogar in Deutschland nicht jeder, so wie er, das Glück hatte, schwules Leben in Reinkultur zu erfahren, sondern dass dies fast ausnahmslos als eine privilegierte Großstadterfahrung den Jungen und Attraktiven vorbehalten blieb. Und entsprechend unterschiedlich erlebte er auch die Fragen und Reaktionen der anrufenden Menschen. Manchmal überraschten ihn Naivität und Ahnungslosigkeit, ein anderes Mal erschütterten die Abgeklärtheit und die Endgültigkeiten eines Schicksals sein Herz.

Aus den Erzählungen seiner Teamkollegen lernte er, dass es vielen Männern, meist aus kleinen Ortschaften, kaum anders erging, als es ihm selbst in seiner Jugend ergangen war: Heimlichkeit, verstecken, verleumden, Doppelmoral. Gefangen in einem Leben ohne wirkliche Alternativen.

In Kombination mit der neuen Bedrohung durch die Krankheit eine unheilvolle Spirale depressiver Hoffnungslosigkeit, gegen die es sich zu wappnen galt.

Nikol schulterte den Rucksack, heute war sein freier Tag, frei vom Klinikalltag. Er würde ihn in der AIDS-Hilfe verbringen, das Leben war es wert.

Dann lief er zur Straßenbahn. Einen Moment lang überlegte er, in Niederrad in die S-Bahn umzusteigen, entschied sich aber dagegen. Die Fahrt mit der Tram dauerte zwar länger als mit der S-Bahn, aber dies war seine Lesezeit, Zeit, in der er abschalten konnte und sich den Kopf von fremden Problemen freihielt. So konnte er gemütlich sitzen bleiben, von Schwanheim über Niederrad rumpeln, einen Blick auf das Uniklinikum und den Main werfen, um bis in die Innenstadt zu zuckeln und sich dabei in die neuen Artikel aus seiner Fachzeitschrift vertiefen. Zeit hatte er genug.

Als sich Melibocusstraße ein fremder Kerl dicht neben ihn setzte, wollte Nikol einen kurzen Moment aufbegehren. So viele leere Plätze, warum dann diese Nähe?

Seine empörte Miene wich einem freudigen Lächeln. „Ich habe nicht erwartet, dich so bald wieder zu sehen."

Lukas zwinkerte ihm zu. „Dem Zufall sei es gedankt. Mein Auto ist in der Werkstatt zur Durchsicht, daher muss ich die Bahn nehmen."

„Wohin bist du unterwegs?"

„Zur Arbeit. Du erinnerst dich, Uniklinik."

Nikol nickte. „Ist schon merkwürdig. Ich fahre häufig diese Strecke, habe dich jedoch nie zuvor wahrgenommen. Dabei verlaufen unsere Wege auf lange Entfernung parallel."

Lukas zuckte mit den Schultern. „Ich fahre eher selten mit den Öffentlichen. Aber selbst wenn, wir kannten uns nicht. Warum also wundern?"

„Du wärest mir aufgefallen", erwiderte Nikol. „Ich habe dich seit unserer zufälligen Begegnung vor all den Jahren im Café nie vergessen können. Du siehst einfach zu gut aus, um dein Bild aus meinem Kopf zu verbannen."

Lukas schoss die Röte ins Gesicht. Es war lange her, dass ein Mann ihn so massiv angebaggert hatte. „Du lässt dich wohl niemals so einfach von jemandem entmutigen, oder?"

„Du interessierst mich. Dass ich scheinbar nicht so ganz dein Typ bin, habe ich schon verstanden. Aber warum nicht einfach Freunde sein? Mir hat unsere Unterhaltung letztens gut gefallen. Meist treffe ich in der Szene nur Kerle, die auf Spaß aus sind. Das ist grundsätzlich schon in Ordnung, häufig ist das ja auch für mich genug. Gegen ein gutes Gespräch hin und wieder habe ich aber ganz und gar nichts einzuwenden. Was meinst du, treffen wir uns in deiner nächsten Freischicht im Mozart, wie damals?"

Lukas fiel kein Argument dagegen ein, doch Nikol sprach schon weiter. „Ich wollte auch ganz gern zu der Buchausstellung des deutsch-französischen Kulturgipfels gehen. Magst du Bücher? Dann komm doch einfach mit."

„Können wir machen", sagte Lukas schmunzelnd über das feurige Engagement des Syrers. „Ich lese ziemlich gern, habe es aber bisher noch nicht mal in die neue Bibliothek in der Bockenheimer Warte geschafft. Dabei sollte sich das bei 2000 Quadratmetern Fläche durchaus lohnen."

„Kenne ich auch noch nicht, wo soll das dort sein?"

„In der B-Ebene des Bahnhofs. Der ist ebenfalls noch neu. Es ist schon beeindruckend, was in Sachen Nahverkehr in jüngster Zeit so alles passiert ist. Immerhin die dritte U-Bahn Linie."

„Du meinst die U6 und U7, richtig? Nur schade, dass deswegen die ganzen Straßenbahnlinien eingestellt werden."

Nikol nickte wie zur Bestätigung der eigenen Frage. „Falls dich die Stadt und ihre Geschichte interessiert, in Nied ist vor ein paar Tagen ein Museum vom Heimatverein eröffnet worden. Ich war bei der Eröffnungsfeier dabei, ist ja nicht so weit von meiner Arbeit in Höchst."

Lukas sprang unverhofft auf und schüttelte im Davoneilen erstaunt lächelnd den Kopf „Ich muss raus, wegen dir verpasse ich glatt noch die Haltestelle. Ich rufe dich an, wegen Mozart."

Nikol lächelte glückselig in sich hinein. Sein Leben war soeben ein großes Stück reicher geworden.

Aufgewühlt wie ein Kind vor dem Fest des Fastenbrechens warf Nikol seinen Rucksack auf die Flurgarderobe. Die Neuigkeiten waren auch wirklich zu genial! Es war eine Idee aus der letzten Teambesprechung gewesen: aufsuchende Sozialarbeit. Sie würden demnach nicht mehr nur in den Büros und Beratungsräumen sitzen, sondern hinaus gehen, dorthin, wo diejenigen lebten, welche über die bisherigen Wege nicht erreichbar waren: auf die Straße.

Dort würden sie auf Drogenabhängige und Prostituierte zugehen können, Zielgruppen, die sonst eher selten den Weg in die Beratungsstelle fanden. Weil sie weder wussten, dass es sie gab, oder den Aufwand, aus welchem Grund auch immer, nicht auf sich nehmen mochten. Dies hier war eine neue Chance und Nikol begeisterte sich zunehmend dafür. Klar gab es noch viel zu bedenken.

Die klassische Drogenhilfe würde es möglicherweise als Einmischung empfinden, wenn jetzt zusätzlich Streetworker der AIDS-Hilfe in den Quartieren aufkreuzten. Andererseits gab es gerade im Bahnhofsviertel, in der Taunusanlage oder dem Kaisersack leider mehr als genug Menschen, die auf Unterstützung angewiesen waren.

Sie würden dort Spritzentausch anbieten, kostenlosen Kuchen, Sandwiches und Getränke verteilen und dabei ihre Botschaften an den Mann und an die Frau bringen können.

Am liebsten hätte sich Nikol sofort in die Küche gestellt und Marouk gebacken, natürlich mit Dattelfüllung, so wie er die süße Leckerei aus seiner Kindheit liebte, aber das war im Moment unsinnig. Dies hier war Deutschland und da ging nichts von heute auf morgen und das raffinierte Ramadanbrot kannte erst recht niemand.

Da Spritzbestecke und Lebensmittel die Transportkapazitäten eines Rucksackes überschritten, würden sie also ein Fahrzeug benötigten. Am besten einen Bus, in den man sich zu einem Gespräch zurückziehen konnte.

Demnach musste ein Bus besorgt werden und garantiert erforderte dies zusätzlich eine Genehmigung, um sich damit überhaupt auf den Gehweg zu stellen und aktiv werden zu dürfen. Auch das war anders als in der Heimat, dort brauchte man etwas nur beherrschen, um es zu tun, hier bedurfte es für jedes Handeln einen Nachweis auf Papier, am besten mit Stempel oder Siegel. Wie perfekt man das Nachgewiesene dann wirklich meisterte, spielte später keine Rolle mehr, der Schein war Beweis genug, welch ein Irrsinn! Selbst für solch profane Alltäglichkeiten wie das Schirme reparieren wurde in diesem Land ein Berufsabschluss verlangt. Und wenn man als Ausländer einen derartigen Nachweis aus der Heimat erbrachte, war es nicht garantiert, dass er in diesem Teil der Welt auch anerkannt wurde. Nun, Nikol war froh, dass er seine Promotion und Approbation in Deutschland erhalten hatte.

Er seufzte. Sich um die organisatorischen Belange der AIDS-Hilfe zu kümmern, war nicht seine Aufgabe, das übernahmen die Leute aus dem Büro, aber mit vor Ort sein, wenn es endlich soweit war, wollte er unbedingt. Jedoch war Geduld nicht seine größte Tugend.

Morgen musste er zunächst wieder in der Klinik sein und die

darauffolgenden Tage ebenso. Bei nächster Gelegenheit würde er sich im Bahnhofsviertel mal umsehen, mit den Augen eines Streetworkers und nicht mit denen eines zufälligen, eiligen Passanten, wie er es sonst immer gehalten hatte. Das Bahnhofsviertel und ebenso die Taunusanlagen waren stadtweit verrufene Orte, Lokalitäten, wo man besser nicht verweilte, jedenfalls nicht, wenn man Ruhe finden oder die Landschaft genießen wollte. Beides gab es dort nicht, aber dafür käufliche Liebe oder den schnellen Kick. Nikol mochte weder das eine, noch das andere, denn sie waren ḥarām, verbotene Handlungen, und daher hatte er bisher diese gewissen Gegenden seiner Stadt weitgehend vermieden.

Dass ein großer Teil seines Lebens ebenfalls ḥarām war, ignorierte er bewusst und konsequent. Es hätte ihn sonst zerrissen.

Franca

Franca saß im Hörsaal und malte Strichmännchen auf das Deckblatt ihres Schnellhefters. Die Vorlesung langweilte sie, von den Freundinnen, mit denen sie sich die Zeit hätte vertreiben können, war an diesem Montagvormittag keine gekommen. Den Mädels steckte wohl das durchgetanzte Wochenende in den Beinen. Und der Prof mit seiner elanfreien und einschläfernden Sprechweise vermochte die anwesenden Studenten weder zu motivieren noch beim Thema zu halten. Wobei „methodische Grundlagen der Soziologie" auch nicht wirkliche Spannung versprach. Manchmal wünschte sie, doch dieselbe Studienrichtung wie Grazi gewählt zu haben, dann wäre sie jetzt zumindest nicht allein hier. Aber Sport auf Lehramt war nun erst recht nicht ihr Ding. Die Zeiten, in denen sie mit Graziano und seinen Freunden Fußball spielte, waren schon lange vorbei.

Statt dem Dozenten zu lauschen, dessen ermüdender Sermon sie an die Predigten zu Christi Himmelfahrt erinnerte, dachte sie zum ungezählten Male über die Familie nach.

Geduldig sein, Geduld haben, immer nur Geduld! Papas Worte brannten sich in ihrem Kopf ein, wie Lieder einer gesprungenen Schallplatte: Wir müssen geduldig sein-knack, wir müssen geduldig sein-knack ...

Geduldig sein hieß, sich Zeit zu nehmen. Was aber, wenn die Zeit nicht mehr vorhanden war? Was, wenn für Luca die Zeit knapp wurde, wenn sie ihm samt seinem Leben davonlief, so wie er selbst vor der Familie davongelaufen war?

Das Verschwinden des Bruders hatte eine Leere in ihrem Herzen hinterlassen, die sie selbst nicht verstand. Luca und sie hatten sich in den wenigen Jahren des Zusammenlebens in der Familie nie sonderlich nahegestanden.

Sie erinnerte sich an die einstigen erklärenden Worte ihrer Eltern, zu seinem früheren Schicksal. Und sie erinnerte sich an den Schock in ihrem Innersten, den diese Worte damals verursachten. Noch immer erfüllten Fassungslosigkeit und Unglaube ihr Herz. Gruben wie heißglühende Krallen Spuren in ihre Seele, die sie wieder und wieder in der Erinnerung fühlen konnte, wenn sie an Luca dachte. Und nun war er erneut allein da draußen, mittellos, ohne feste Bleibe oder eine sichere Zuflucht. Vor allem aber haltlos und genau das war es, was Franca am meisten ängstigte.

Dabei wollte sie nie wieder Angst haben, jedenfalls nicht so sehr, wie in den schwierigen Jahren ihrer Kindheit, als der übermächtige Vater seine Dominanz an den Kindern auslebte. Und doch gehörten auch diese unangenehmen Erinnerungen zu ihrer Vergangenheit dazu, denn Mama, ihre Brüder und sie hatten trotz allem immer fest zusammengehalten, ihre Mutter gab ihnen ein zu Hause, vermittelte Schutz und Geborgenheit.

Bis zu jenen katastrophalen Geschehnissen, als Opa Theo starb.

Es folgten Wochen gravierender Änderungen in ihrem jugendlichen Leben: Das Zerbrechen der elterlichen Ehe, der neue Mann an Mamas Seite, ein unbekannter Bruder, der trotz seiner jungen Jahre so viele Leben hinter sich hatte.

Und doch hatte sie diese anstrengende Zeit auch wie eine Befreiung empfunden, befreiend von den oft unbarmherzigen Forderungen ihres leiblichen Vaters nach Folgsamkeit und absolutem Gehorsam. Wie sehr hatte sie das Strammstehen am Tisch gehasst! Sie erinnerte sich an Nächte mit knurrendem Magen, weil Vater sie zur Strafe für unbedachte Worte ohne Essen zu Bett geschickt hatte. Und an die erniedrigenden Praktiken seiner Schläge mit dem Rohrstock auf ihr nacktes Gesäß, während die Brüder danebenstehen und zusehen mussten.

Zu oft hatten die Zwillinge sich tröstend und weinend in den Armen gelegen und Rachegedanken geschmiedet. Wie hoffnungslos, wie hilflos sie gewesen waren!

Vincent Reuther, ihr neuer Vater, war wie ein rettender Engel in ihr Leben gekommen, unerwartet und fröhlich wie strahlender Sonnenschein an einem trüben Wintertag, wenn der Wetterbericht vor weiteren Schneestürmen warnte.

Zum Anfang war ihr die Zeit bei Opa wie ein langer Traum vorgekommen, unvorstellbar, dass er nicht mehr enden, dass es kein Zurück in das elterliche Haus am Lerchesberg geben würde.

Mama lächelte seither viel häufiger, wirkte jung und unbeschwert und allmählich verlor sich Francas Angst, da die Freundlichkeit des neuen Vaters, der nur wenige Wochen später bei ihnen einzog, keine aufgesetzte Maske, sondern gelebte Wirklichkeit war. Zwanghafte Tischgebete, autoritäre Kleiderordnung, schweigende Mahlzeiten wichen einer Fröhlichkeit, die die Kinder sonst nur aus den streng reglementierten Sendungen des Kinderfernsehens kannten.

Und die unerbittlichen Prügelstrafen gehörten endlich der Vergangenheit an.

Alle vier wetteiferten erfolgreich um die Aufmerksamkeit eines Mannes, der wie ein Wirbelsturm in ihr Leben eingefallen war: anfangs zerstörerisch und doch am Ende heilsam wie das reinigende Feuer in einem dicht zugewucherten Wald. Und er hatte sie nie enttäuscht.

Luca war erst nach vielen Wochen dazu gestoßen, als Papa längst als neues Familienmitglied akzeptiert wurde. Die Eltern hatten vorher häufig über den unbekannten Bruder gesprochen und Luca war zwei Mal gemeinsam mit den von Arnheims zu Besuchen in Eschersheim.

Doch nichts hatte Franca und ihre Familie auf die Wirklichkeit mit dem Halbbruder vorbereitet. Ohne Opa, das wusste Franca inzwischen, wäre Luca von Beginn an verloren gewesen. Denn Opa hatte sich seines ältesten Enkels geduldig angenommen und damit die gesamte Familie überrascht, am meisten jedoch seine einzige Tochter.

Mama besaß aus ihrer eigenen Kindheit nämlich völlig andere Erinnerungen an ihren Vater: Darin war er ein mürrischer, ernsthafter und äußerst strenger Mann, für den die Firma noch vor den Söhnen, und erst recht vor Frau und Tochter stets an erster Stelle rangierte. Und der die Familie und das Unternehmen mit harter Hand und hierarchisch harschen Regeln führte.

Franca hingegen erlebte ihren Opa Zeit ihres Lebens als das Gegenteil: Wenn seine Enkel zu Besuch kamen, dann wurde der einst herrische alte Mann weich wie Butter in der Sonne.

Onkel Heinrich und Onkel Wilhelm, Mamas Brüder, hatten bei

Familienfeiern häufig den Mund vor Staunen nicht zu bekommen, wenn sie ihren Vater bei fast ausgelassenem Spiel mit den Kindern erlebten. So war er gemäß ihren Worten früher nie gewesen.

Erst nach seinem Schlaganfall nahm Franca im Gesicht des Großvaters einen bitteren Zug wahr, seine Spiele mit den Enkeln wurden beschaulicher und wichen Gesprächen, die den Kindern häufig zu ernst erschienen.

Diese Bitterkeit verschwand erst wieder, als Luca in die Familie kam. Opa ließ den Bruder in sein Herz hinein, er hörte ihm stundenlang zu, wenn er reden wollte, blieb aber auch stumm an seiner Seite, wenn sein Enkel lieber schwieg.

Franca glaubte, dass es an Luca's Augen lag. Wenn ihm das passende Wort nicht einfiel, oder ihm einfach alles zu viel war, wenn die Anforderungen des Familienlebens ihn nervten oder er wieder an seinen unerklärlichen Schmerzen litt, dann reichte ein Blick zu Opa und Opa verstand. Der alte Mann war genau das, was Luca am meisten brauchte. Eine Bezugsperson, der er vertrauen konnte. Mit dem Leben in der Familie, ja mit der Familie selbst, wusste er hingegen nichts anzufangen. Es hatte in seinem Dasein niemals eine richtige Familie gegeben, zu der er sich zugehörig fühlte, in der er bedingungslos geliebt und akzeptiert wurde. Aufgewachsen bei einem sadistischen, pädophilen Mann, war Luca's Kindheit eine Hölle aus Missbrauch und Gewalt gewesen, die er ohne seine Flucht wahrscheinlich nicht lange überlebt hätte. Einfach, weil sein Körper den zarten Jahren entwuchs und Hans Friedrich befürchten musste, dass sein Handeln durch das Heranwachsen des Jungen nicht länger unentdeckt bleiben würde, da er ihn nicht mehr permanent unter Kontrolle halten konnte.

Franca dachte verbittert an die Ungerechtigkeit, die ihrem Bruder widerfahren war. Und sie hoffte, dass sein Peiniger unendliche Qualen in der Hölle erlitt. Der irdischen Gerechtigkeit hatte er sich durch Suizid entzogen, welch ein Feigling!

Aber zu allem Unglück hatte sich Luca in seinem neuen Zuhause nicht zurechtgefunden. Einerseits ruhelos, einem gejagten Tier gleich, war er ständig in Bewegung, quirlig, wie auf der Suche nach etwas, von dem er nichts wusste. Niemand konnte es ihm recht machen, niemandem konnte er verständlich machen, was er eigentlich wollte, nicht einmal sich selbst. Opa liebte ihn trotz alledem, er nahm sich die Zeit, um ihm während seiner irren Rastlosigkeit an die Hand zu nehmen und etwas Ablenkung zu schenken.

Anderentags verfiel Luca in Phasen tiefer Niedergeschlagenheit, dann saß er lethargisch am Fenster und starrte nach draußen, blicklos, ohne die Schönheit des Sommertages wahrzunehmen. Nur der Großvater schaffte es, Luca in seiner Traurigkeit zu erreichen und ein sanftes Lächeln abzuringen.

Des Nachts plagten Luca immer häufiger wirre Träume, erdrückende Albträume, aus denen er schreiend aufschreckte, meist konnte er aus Angst vor Wiederholungen nicht wieder einschlafen, außer wenn sein Großvater an seiner Seite wachte.

Sie alle hatten Luca's Schreie gehört.

Nun gab es Opa seit einem Jahr nicht mehr und niemand im Hause Reuther war in der Lage gewesen, Luca in seinem Verlust und in seiner Trauer Kraft zu geben und Stütze zu sein. Sie alle waren mit sich selbst beschäftigt und vergaßen, dass ihr großer Bruder stärkeren Halt brauchte als die restliche Familie zusammen. Mama hatte Papa, die vier Geschwister sich untereinander und ihre Freunde, aber Luca war zu Hause bei ihnen und trotzdem allein. Warum war ihr das nicht schon viel eher aufgefallen? Hätte sie womöglich alles verhindern können?

Franca konnte die altvertraute Angst jetzt wieder deutlich spüren. Und als sie sich an die Reaktion von Lukas bei ihrem Gespräch vor wenigen Tagen in Niederrad erinnerte, war ihr klar, dass ihre Furcht berechtigt war. Sie musste Luca finden, bevor es zu spät war. Sie wollte nicht länger geduldig sein, sie war es ihrem Bruder schuldig, weil sie nicht an seiner Seite stand, als er sie, als er die Familie gebraucht hätte. Nun musste die Familie hinausgehen, um ihn zu suchen, und da niemand anders als sie dazu bereit war, würde sie es eben allein angehen.

Gedankenvoll packte Franca ihre Unterlagen zusammen und verließ unter den fragenden Blicken ihrer Kommilitonen den Hörsaal.

Draußen empfing sie ein trüb-grauer Novembertag wie aus der Werbung für einen Erkältungsbalsam. Der böige Wind peitschte matschiges, braunes Laub über den Parkplatz und trieb die Regentropfen, eisigen Nadelspitzen gleich, in ihr Gesicht und unter den hochgeschlagenen Kragen des viel zu dünnen Trenchcoats. Erst als sie am Auto stand, fiel ihr auf, dass sie am Morgen mit Grazianos Wagen gefahren waren und sie demzufolge weder Schlüssel noch Papiere besaß.

„Mist, verdammt", fluchte sie.

Dann also zur Bushaltestelle. Da kein Berufsverkehr mehr herrschte, würde der nächste Bus erst in vierzehn Minuten fahren, vom vorherigen erspähte sie gerade noch die Rücklichter an der Kreuzung. Warten oder loslaufen? Franca entschied sich, zu warten, obwohl ihr jetzt schon schrecklich kalt war. Doch ihre Tasche war nicht wasserdicht und die Unisachen sollten bei dem plötzlichen Aufbruch keinen Schaden nehmen. Ihr fiel ein, dass Mama wahrscheinlich zu Hause war und es merkwürdig finden würde, dass die Tochter nicht in der Uni saß. Nun, vielleicht ließ sich das vermeiden, indem sie sich ins Haus schlich, der Hausschlüssel steckte zum Glück in der Jackentasche und die Bediensteten, die es noch zu Opas Zeiten gab, waren längst von Papa in den Ruhestand geschickt worden. Jetzt kam lediglich dreimal in der Woche eine Putzfrau, die Mama im Haushalt unterstützte, jedoch nicht heute. Richtung Heimat aber wollte Franca unbedingt, zum einen, um die lästige Tasche loszuwerden, vor allem, um sich dickere Klamotten anzuziehen.

Nach einer endlosen Viertelstunde inklusive einer zweiminütigen Verspätung kletterte sie in die ersehnte Wärme. Wie musste es sich anfühlen, wenn es am Fahrziel kein Zuhause, kein wirkliches Ankommen gab? Erging es vielleicht Luca gerade jetzt so? Was, wenn er ziellos durch die Stadt irrte, durchgefroren und hungrig? Sehr gut erinnerte sie sich zahlloser Obdachloser in den Zwischenebenen der U-Bahn. Vor allem an der Konstabler und der Hauptwache saßen sie in den weniger zugigen Ecken und erbettelten sich einen kleinen Obolus. Ob Luca unter ihnen war? Franca fuhr nicht allzu häufig mit den Öffentlichen, beschloss aber, dass dies für den Anfang ihrer Suche ein guter Start war. Irgendwo musste sich Luca schließlich aufhalten, wenn er nicht frierend unter einer Brücke nächtigen wollte. Leider konnte sie nicht glauben, dass widrige Witterungsverhältnisse ein Anlass für ihn wären, nach Hause zu kommen. Denn dann hätte er es gewiss getan, seine leichten Septembersommersachen mussten längst hinüber sein, so viele Wochen ....

Mamas Auto stand nicht in der Auffahrt und auch sonst war niemand im Haus, der Francas Gegenwart verwunderlich finden könnte. Rasch legte sie die Unisachen auf ihren Schreibtisch, nahm die gefütterte Regenjacke aus dem Schrank und die robusten Halbschuhe vom Regal. Sie erinnerte sich ihres schwarz-türkis gemusterten Lieblingstuches, welches gut zur blauen Jacke passte, schon war ihr Outfit perfekt. Ihr Portemonnaie sprengte den Rahmen der Platzreserven, so nahm sie nur das Geld und verstaute es in der Jeans. Zwanzig Mark und eine Hand voll Kleingeld, das würde reichen. Der

Schlüssel passte knapp in die linke Hosentasche, mehr brauchte sie nicht für ihre ersten Schritte in eine Welt des Ungewohnten. Es sollte sich schließlich nicht besonders schwierig gestalten, Bahnhöfe abzugrasen und vielleicht eine Runde durch das Bahnhofsviertel zu drehen. Denn das hatte Franca aus all den Erzählungen der Eltern herausgehört: Das Viertel rund um den Hauptbahnhof war Lebensmittelpunkt derjenigen Menschen, die keinem geregelten Tagesablauf nachgingen, die Drogen konsumierten und auf der Straße abhingen. Und damit leider einhergehend war das Quartier auch ein Schwerpunkt der Kriminalität. Normalerweise vermied man solche Gegenden, wenn man Unannehmlichkeiten nicht mochte, zumindest zu später Stunde. Jetzt jedoch war heller Tag, wenn auch ein trüber, und das Unangenehmste, was ihr einfiel, waren Taschendiebe und Bettler. Beides nicht angenehm, aber kein Grund zur Panik. Doch irgendwo dort draußen würde sie ihren Bruder finden. Mittendrin in der Stadt, trotzdem am Rande der Gesellschaft, zwischen Obdachlosen, Junkies und Mittellosen.

Würde sie ihn noch erkennen?

Die unteren Ebenen des Bahnhofs Hauptwache waren unübersichtlich und verwirrend. Hier kreuzten sich S- und U-Bahnen und in den Übergängen gab es Einkaufsläden und Imbissbuden. Für Franca eine bedrückende Vorstellung, morgens im Dunkeln hier anzukommen, seinen Laden aufzuschließen, den ganzen Tag unterirdisch und ohne ein Fenster zum Licht auszuharren. Um dann am Abend, wenn die Dunkelheit sich wie ein schützendes Tuch über die Stadt gelegt hatte, wieder die Treppe nach oben zu erklimmen und festzustellen, dass man nichts von Sonne, Wind und Regen draußen mitbekommen hatte. Was war das für ein Leben? Hinzu kam, dass sich hier unten tatsächlich eine Menge Personen herumtrieben, die länger keine Waschgelegenheit, weder für Körper noch für Klamotten, wahrnehmen konnten. Franca fühlte sich verunsichert, als sie die Gänge ablief und genau in jene Ecken spähte, in denen die dick in Decken und Jacken eingemummelten Gestalten auf dem Boden lagen.

Was sie sah, erschreckte sie. Männer, aber auch Frauen, mit verhärmten und schmutzigen Gesichtern, auf fleckigen Steppdecken und Schlafsäcken inmitten von Plastiktüten voller Habseligkeiten zwischen leeren Flaschen und Essenresten. Nebenher eine brüchige Schale, deren Boden einige Münzen bedeckten. Gelegentlich ein Zahnlückenlächeln, ehrlich und dankbar für die paar Pfennige Kleingeld, die sie zu den anderen Münzen legte, wie um Entschuldigung bittend, dass es ihr gut ging und sie trotzdem hier entlanglief.

Vermutlich musste man jeden Tag diesen Weg entlanggehen, um das Leid rundherum irgendwann nicht mehr wahrzunehmen und einfach vorbeigehen zu können.

An der Hauptwache hauste Luca offensichtlich nicht, zumindest nicht heute und vielleicht niemals sonst. Franca nahm die Treppe hoch zur Zeil und lief die wenigen Minuten zur Konstabler Wache weiter.

Das gleiche Bild mit fremden Menschen, jüngeren als an der Hauptwache zumeist, und doch wieder anders.

In einer Ecke dröhnte Musik aus Ghettoblastern. Jugendliche mit Zigaretten lässig zwischen Fingern oder Lippen, coole Sprüche ablassend, hingen auf der Flucht vor dem Novemberregen in den Etagen zwischen U- und S-Bahn ihre Freizeit ab. Zeit, die sie, nach Francas Einschätzung, wohl besser in der Schule verbracht hätten.

Auf dem Treppenabsatz zur U4 saß ein Mann scheinbar schlafend an die Wand gelehnt, seine Tasche wie ein Baby im Arm haltend mit einem Lächeln im Gesicht. Niemand der Passanten störte sich daran oder verschwendete auch nur einen Gedanken oder einen Augenblick des Verharrens. Seine Brust hob und senkte sich unter dem gleichmäßigen Atmen, er lebte also und alles schien in Ordnung, aber Franca musste sich verwirrt erneut zu ihm umdrehen. Sah so ein Drogenabhängiger aus? Sie hatte sich das immer anders vorgestellt, schmutziger und verwahrloster, irgendwie. Der Mann wirkte hingegen fast normal, so bieder wie ein Versicherungsvertreter, die dunkelblonden Haare ordentlich frisiert und ansonsten eher formal gekleidet. Er trug einen Anzug, etwas zerknittert vielleicht, trotzdem recht passabel. Sein Hemd schien auch nicht mehr besonders frisch, es hatte dunkle Schatten an den Kragenrändern und seine schwarzen Schuhe bedeckte eine Staubschicht mit einzelnen Spuren des Regens wie Rinnsale auf trockenem Sand nach einer Dürre.

Kurzentschlossen blieb sie stehen und wandte sich dem Mann zu. Sie setzte sich auf die Treppenstufe gleich neben ihm. Möglicherweise war er krank und brauchte Hilfe?

Vorsichtig tippte sie ihn an die Schulter. Keine Reaktion. Sie stieß nunmehr leicht, dann rüttelte sie sanft, offensichtlich war er doch bewusstlos?

Irritiert sahen nussbraune Augen zu ihr hinauf.

„Oh", sagte der Mann nur.

Eine Dunstwolke schalen Bieratems schlug Franca ins Gesicht, dann wohl also doch nicht krank, resümierte sie schlicht, nur betrunken.

Der Mann setzte sich aufrecht hin und zerrte die verrutschte Jacke gerade, als ob er sich seiner etwas unwürdigen Situation soeben bewusst wurde und trotzdem einen guten Eindruck hinterlassen wollte.

Eine schmale Bürohand schob sich Franca entgegen.

„Ich bin Robert", stellte er sich ungefragt der jungen Frau vor.

„Hallo", sagte sie knapp. „Ich dachte, Sie könnten Hilfe brauchen, aber es scheint, dass alles in Ordnung ist und ich gehe dann mal lieber. Auf Wiedersehen." Franca erhob sich eilig.

„Aber nein, bitte bleiben Sie doch!"

Franca schüttelte den Kopf. „Nein, ich muss weiter!" Fluchtartig stürmte sie die Treppen hinab.

„Es ist nicht so wie sie denken!"

Doch Franca hörte ihn schon nicht mehr, ein einfahrender Zug donnerte auf den Bahnsteig, sie stieg ein, ohne einen Fahrschein gelöst zu haben und hoffte, dass sie während der drei Stationen bis zum Hauptbahnhof nicht kontrolliert werden würde.

Lukas

Hohenheim schien ihn ernsthaft auf die Probe stellen zu wollen. Schon den gesamten gestrigen Tag und auch den davor kam sich Lukas wie ein Schatten seines Chefarztes vor, oder besser, wie sein persönlicher Assistent. Und als sich dessen Feierabend näherte und Lukas glaubte, endlich ein wenig durchatmen zu können, schickte ihn Hohenheim zu einem Unfallpatienten in die Notaufnahme. Ein Job, den Hohenheim eigentlich hätte selbst wahrnehmen müssen. War das nun eine besondere Würdigung seiner Fähigkeiten oder nur ein Test, der zu bestehen galt?

Nun, selbst wenn es ein Test war, Lukas bestand ihn und erwarb sich den Respekt der anderen Chirurgen. Der Job, resümierte er für sich, war ja bisher auch nie sein größtes Problem, sondern immer nur das Miteinander im Kollegenkreis.

Und so war er dankbar, als er bei seiner Rückkehr auf die Station kurz nach Mitternacht den Ärzteruheraum leer vorfand. Niemand, mit dem er reden musste, der ihn über sein Privatleben ausfragte oder dessen langweiligen Erzählungen von Tennismatchsiegen, attraktiven Ehefrauen oder erfolgreichen Söhne er zu ertragen hatte.

Wenn es jedoch nur das wäre! Erinnerungen der letzten Monate schossen ihm wie Pfeilspitzen durch den Kopf. Immer wieder hatte er in der Vergangenheit das Gefühl, von den Stationsärzten eher als Konkurrent, denn als Unterstützung wahrgenommen zu werden. Sie provozierten, indem sie ihn niedere Aufgaben erledigen ließen, die eigentlich den Praktikanten oblag. Alles notwendige Tätigkeiten, er erfüllte die Aufträge stumm, er wollte bei Hohenheim nicht negativ auffallen .... um hinterher festzustellen, dass sich die Herren auf seine Kosten eine kurze Auszeit verschafft hatten.

Aber nun hatte der Chefarzt ihn im Fokus, somit bestanden gute Chancen, dass die Sticheleien aufhörten. Was den Kollegen aus Neid allerdings noch einfallen würde, stand in den Sternen.

Lukas legte die Brille ab, streckte sich auf der Liege aus und streifte die Schuhe von den Füßen. Er stöhnte wohlig. Die Augen brannten, die Haut seiner Hände fühlten sich vom häufigen Waschen und Desinfizieren trocken und angespannt an, das Kreuz schmerzte und im Magen nagte der Hunger. Er angelte nach der Wasserflasche neben sich und betäubte mit großen Schlucken die Leere in seinem Inneren. Er hätte in die Kantine gehen können, um sich Kaffee und ein Brötchen zu holen. Jedoch das Ausstrecken der Glieder und ein wenig Ruhe bedeuteten ihm mehr als der kurze Koffeinkick und die fettige Salami oder die fingerdick aufgetragene Leberwurst, die wahrscheinlich wegmusste und deswegen großzügig an die Nachtschicht ausgegeben wurde. Lukas zerrte die dünne, nach Reinigung und Desinfektionsmittel riechende Decke über sich, legte den Unterarm unter den Nacken und schloss die Augen. Was für eine Wohltat, welch ein Segen!

Nur wenige Minuten später war er vor Erschöpfung eingeschlafen.

Lukas erwachte und spürte zunächst nur heftigen Blasendrang. Einen Moment lang blickte er sich desorientiert um, dann erkannte er die Umgebung und sein Blick auf die Armbanduhr verriet die fünfte Stunde am Morgen. Wahrlich Zeit zum Aufstehen!

Lucrezia, die diensthabende Schwester bereitete den neuen Tag vor. Lukas prüfte die vorbereiteten Berichte und schlürfte dabei seinen heißen, duftenden Kaffee. Von den Schwestern seiner Station mochte er die ältliche, etwas herrische Oberschwester am meisten. Sie war fast sechzig Jahre alt, groß und hager, eine herbe Schönheit mit hohen Wangenknochen, stahlblauen Augen und streng zu einem Knoten zurückgekämmten, grauen Haar.

„Alles in Ordnung, Doktor von Arnheim?"

Lukas setzte schwungvoll seine Unterschrift. „Ja, sehr gut, danke. Übrigens auch für den Kaffee."

„Ich dachte mir, dass Sie den nötig haben, war schließlich eine schwere Schicht. Der Professor nimmt Sie recht heftig ran, mehr als die anderen, wenn ich das bemerken darf."

„Sie dürfen."

„Dann darf ich ergänzen, dass Sie in ihrer nächsten Freischicht dringend einige Erholungsphasen einlegen sollten, Sie sehen angeschlagen aus."

Lukas verschluckte sich fast. „Charmant wie immer, werte Dame, aber ich werde es mir zu Herzen nehmen, versprochen."

Lucrezia lächelte mit dem wissenden Blick einer erfahrenen Frau. „Ich weiß. Aber ein paar Stunden Dienst stehen Ihnen noch bevor, daher habe ich einen Teller Rührei und ein paar Käsebrötchen für Sie in den Kühlschrank gestellt. Ich empfehle ein Frühstück vor der Visite, wer weiß, was Hohenheim noch alles für Pläne mit Ihnen hat."

Lukas lachte herzlich. „Sie erinnern mich an meine Großmutter, immer besorgt und trotzdem distanziert genug, mich selbst entscheiden zu lassen. Ich nehme Ihr Angebot gern an, aber nur wenn Sie mir verraten, wie viel ich dafür schulde."

Tatsächlich machte er sich sogleich heißhungrig über den Imbiss her. Frauen, so dachte er, sind manchmal unglaublich. Und zum ersten Mal wünschte er sich, so zu sein wie die meisten anderen Menschen auch. Wie die, welche die statistischen 90 Prozent ausmachten.

Aber er gehörte nicht dazu.

Eine bleiche, dunstverhangene späte Novembermittagssonne, matt wie der Mond in einer wolkigen Nacht, weckte ihn nach nur sechs Stunden Schlaf. Wenigstens lag er im heimischen Bett und nicht im hastigen Ruheraum der chirurgischen Station.

Lukas drückte die Fingerknöchel in die Augen, um den lähmenden Druck aus dem Kopf heraus zu bekommen. Gern hätte er weitergeschlafen, jedoch erfüllte ihn eine tiefe innere Unruhe, die er sich selbst nicht erklären konnte. Sie hatte für wirre Träume und heftige Schweißausbrüche gesorgt, möglicherweise verhielt es sich auch genau umgekehrt und die Träume zeichneten sich für seine Unruhe verantwortlich, er wusste es nicht. Mit ziemlicher Wahrscheinlichkeit aber sorgten sie dafür, dass er sich eher erschlagen, als erholt fühlte. Vielleicht lag es an der halben Flasche Brandy, die er noch im Wohnzimmerschrank gefunden und vor dem zu Bett gehen als Schlaftrunk in sich hinein gekippt hatte. Außerdem bohrte schon wieder nagendes Hungergefühl in seinem Inneren. Kein Wunder, Lucrezias Frühstück war das Letzte, was als Nahrungsaufnahme durchgehen würde. Die vier Tassen Kaffee im Laufe des Tages waren ausschließlich als Überlebensmittel geeignet.

Nur im Slip bekleidet stapfte er barfüßig in die Küche, um eine Bestandsaufnahme seines Kühlschrankes vorzunehmen. Angetrocknete Salami, verschimmeltes Toastbrot, ein Rest Butter, ungeliebte Erdbeermarmelade, sogar noch Eier, aber er wollte nicht schon wieder welche.

Erst mal Kaffee. Er befüllte die Kaffeemaschine für sechs Tassen und schnitt die grünschimmligen Kanten vom Brot. Die verbliebenen Keime würden vom Toaster gekillt werden. Während die Maschine laut schnorchelnd das Kaffeepulver durchtränkte um das geliebte, schwarzölige Getränk zu filtern, stieg Lukas in die Dusche und spülte den Nachtschweiß von der Haut und die drängende, kopfschmerzende Müdigkeit aus dem Körper. Schon sehr viel besser.

Die frischen Klamotten bestärkten sein positives Körpergefühl und das Frühstück tat den Rest.

Er nahm noch ein Aspirin, um dem Kopfschmerz die Grenzen zu weisen, und der Tag konnte beginnen. Es war 15 Uhr nachmittags.

Die graue Sonne war längst hinter der diesigen Stadtsilhouette versunken und ebenso graues Zwielicht, durchwirkt von verfrühter, blinkender Weihnachtsdeko durchströmte die feuchte, abgasdurchtränkte Luft, als Lukas etwas später durch die Haustür trat.

Der Mercedes stand einen kurzen Fußmarsch entfernt in einer Nebenstraße geparkt. Welkes Lindenlaub verklebte die Frontscheibe und Lukas wischte es mit wenigen genervten Handbewegungen auf das Pflaster.

Bei Penny holte er frische Lebensmittel, abgepackten Bierschinken und eingeschweißtes Roggenmischbrot, das vielleicht nicht so rasch schimmelte, wie das verfluchte Toastbrot. Wichtiger war die Stange Zigaretten und vorsichtshalber zwei Flaschen Wodka, immerhin stand seine Freischicht bevor und er hatte vor, sich komplett der Entspannung zu verschreiben. Also feiern, trinken, schlafen. So in etwa, auch in der Reihenfolge.

Möglicherweise würde er noch Nikol anrufen, vielleicht hatte der neben seiner Kulturversessenheit auch Lust und Zeit auf eine Auszeit im Rausch. Ihre letzte Begegnung im Mozart Café war vielversprechend und leuchtete wie ein erhellender Lichtblick im grauen Novemberalltag in Lukas' Erinnerung. Sie hatten stundenlang gesprochen und literweise Kaffee getrunken. Nikol liebte das Zeug offensichtlich genauso, wie er.

Und das war nicht ihre einzige Gemeinsamkeit, wie sie beide amüsiert festgestellt hatten. Nikol lief mit wachen und offenen Augen durch die Stadt und verfolgte Leben und Entwicklung seiner Wahlheimat ebenso intensiv, wie Lukas. Auch wenn es mit dessen eigenem Wachzustand in den letzten Monaten, ja fast schon Jahren, häufig nicht so weit her war. Die unregelmäßigen Arbeitszeiten zermürbten ihn und an all die verdrängten Baustellen, namens Leben, mochte er nicht gern erinnert werden. Siegfrieds Betrug, der Bruch mit seiner ihm doch eigentlich wichtigen Familie, der Stress auf Arbeit mit den nervigen Kollegen, die Berge ungeöffneter Post!

Ihn erdrückten vor allem die Sorgen um das verfluchte Geld, welches nie für Auto, Motorrad und Miete reichte, wenn er nebenbei noch etwas Spaß an seinem Dasein finden wollte. Dazu kam der Stress auf Arbeit mit verständnislosen Kollegen, die ihm Teamunfähigkeit vorwarfen und der zunehmende Anforderungsdruck seitens Hohenheim .... Nicht zuletzt trugen Francas Auftauchen und ihre unausgesprochene Hoffnung, ihr den Bruder wieder zu bringen, nicht gerade zu seiner Ausgeglichenheit bei.

Dass Lukas einsam war, hätte er nicht einmal vor sich selbst zugegeben. Schließlich war er seit jeher ein Einzelgänger und zeit seines Lebens hervorragend damit zurechtgekommen. Beziehungen bedeuteten Selbstaufgabe, doch Freiheit war schon immer sein höchstes Gut. Er hatte nie Freunde gewollt oder gebraucht, war sich stets selbst genug. Die meisten anderen Menschen verstanden ihn sowieso nicht und bisher hatte er niemanden kennengelernt, der es wert war, Vertrauen zu schenken. Aber was war bei dem Syrer anders?

Nikol sorgte auf angenehme und unaufdringliche Weise für Entspannung. Sie hatten beide die gleichen Bücher gelesen und dieselben Ausstellungen besucht. Eine gewisse Ähnlichkeit in ihrer Vergangenheit hatte Lukas bei Nikols Erzählungen still für sich registriert und wohlweislich geschwiegen. Vielleicht waren ja religiöser Untergrund und das Leben am untersten Rand der Gesellschaft nicht zwangsläufig auch mit dem Verständnis dafür verbunden. Er wollte die neue Freundschaft nicht mit Problemen aus seiner Biografie belasten. Vielleicht später einmal, irgendwann, möglicherweise.

Er glaubte, sich an ein Werbeplakat zu einer Latin-Night-Fever Party in einem seiner favorisierten Clubs im Bermudadreieck zu erinnern, was vielversprechend und ziemlich heiß klang, aber nicht vor elf lohnen würde. Ob das was für Nikol war? Doch dann erinnerte er sich, dass der Vergleich ihrer Dienstpläne recht ernüchternd ausgefallen war. Demnach würde er den Abend ohne den Freund verbringen müssen, wie all die Jahre davor, als Nikol noch nicht in sein Leben gehörte. Scheiße, aber nicht zu ändern. Verbitterte Enttäuschung griff wie eine eisige Faust in seine Brust, passend zum diesigen, depressiven Novembergrau. Doch es überraschte ihn, ein derartig intensives Gefühl zu empfinden. Wann, und vor allem wie, war es diesem Mann gelungen, sein Herz in Beschlag zu nehmen?

Lukas ließ die Einkäufe im Kofferraum liegen und stellte den Wagen im Parkhaus Brönner Straße ab. Von hier aus konnte er seine Wege auch zu Fuß erledigen. Er klappte den Mantelkragen gegen den alles durchdringenden, feuchtkalten Wind nach oben und machte sich auf den Weg. Also zunächst eine Stippvisite im Angel bei Karsten, abchecken, ob der was von Luca gehört hatte. Immerhin hatte er es Franca versprochen.

Vorher musste er jedoch noch schnell zur Bank, um die überfälligen Mieten wenigstens für einen oder besser zwei der letzten Monate zu überweisen, je nach Kontostand. Er hätte das Ganze schon längst automatisiert abbuchen lassen sollen, aber irgendwie nie geschafft, sich darum zu kümmern. Er verfluchte mal wieder seine leidige Schichtarbeit, die ihm den organisatorischen Kram, den er ohnehin hasste, noch zusätzlich erschwerte.

Nur leider war ihm das Glück nicht hold. Die Öffnungszeiten der Bank harmonisierten eindeutig nicht mit seinen chaotischen Arbeitszeiten. Ob er wohl morgen um acht daran denken oder in der Lage sein würde Bankgeschäfte zu erledigen?

Missmutig stapfte er mit in den Manteltaschen vergrabenen Fäusten davon.

Wie von allein trugen ihn seine Füße zur Alten Gasse. Hier hatte Luca früher häufig gestanden, aber obwohl sein Bild sich vor Lukas' geistiges Auge schob, war der echte Luca natürlich nicht vor Ort. Einer Zwangsneurose gleich führten ihn seine Schritte auf die alten Wege voller Erinnerungen von der Alten Gasse zurück zur menschenüberfüllten Konstabler Wache, dem Verkehrsknoten und zentralen Ort der Stadt schlechthin. Heute war hier die Hölle los, eine Feier anlässlich des 60-jährigen Jubiläums der Kaufhalle. Lukas gönnte sich ein frühes Glas Apfelwein, und eine Rindswurst mit Senf, setzte sich auf die Stufen am Rand des Platzes und ließ den Blick schweifen. Die Wurst schmeckte nach alten Zeiten und Erinnerung.

Wer als Tourist an diesen Ort kam und nur das geschäftstüchtige Treiben der Stadtbewohner kannte, würde wohl kaum vermuten, dass der quirlige Platz sich des Nachts zu einem sozialen Brennpunkt verwandelte. Hier kreuzten sich nicht nur sämtliche Nachtlinien des öffentlichen Nahverkehrs, sondern auch die Lebenslinien aller nachtaktiven und vor allem lichtscheuen Lebensgeister. Streit und Rangeleien zwischen rivalisierenden Banden wurden hier ausgetragen. Drogenhandel und Prostitution ignorierten den Rhythmus der bassbetonten mobilen Kassettenplayer, mit den aktuellen Charthits.

Kaskaden von Tönen, die Stunden später alternativen Klängen schreiender Punker wichen, grölten aus Soundblastern. Junge Leute mit bunten Haaren und zerfetzten Bluejeans johlten lauthals und mit absoluter Coolness und stilisierter Abgeklärtheit über den Sinn des Daseins, philosophierten, trunken von Joints und Alkohol.

Lukas erspähte mit geübtem Auge in der näheren Umgebung noch immer einige Dealer und es juckte ihn, mal wieder den aromatischen Duft von Gras zu riechen und das verwirrende Gefühl unendlicher Leichtigkeit zu verspüren.

Doch statt dem heimlichen Drang nachzugeben, siegte die Vernunft. Er vertagte die diskrete Lust auf einen anderen Tag und stand auf. Er klopfte den Staub vom klammen Gesäß und ging frierend in Richtung Hauptwache weiter. Dort tauchte er in die frühabendliche Lebendigkeit der Fußgängerzone ein.

Erinnerungen drohten ihn schlicht zu überwältigen. Hier hatte er mit Luca in der Eisdiele gesessen und Luca hatte Schokoladeneis gelöffelt und Kakao getrunken. Es war längst nicht mehr dasselbe Café, die Inhaber hatten mehrfach gewechselt, ebenso das aktuelle Mobiliar im pseudomodernen Look, waren austauschbar und variabel wie die Namen der Besucher und des Lokals selbst. Egal, es war derselbe Ort. Hier hatten sie gesessen, auf das Treiben der damals noch vielbefahrenen Straße geschaut und Lebensträume gesponnen.

Keiner davon war wahr geworden.

Verbittert und entschlossen wandte er sich um, zurück zur Konstabler.

Er fand den Dealer mit dem sicheren Gespür seiner Straßenkindheit. In der Heimlichkeit eines abgelegenen Hauseinganges drehte er sich den ersten Joint seit Jahren. Doch das große Gefühl blieb aus, wich lediglich einer befreienden Gleichgültigkeit gegen den Schmerz der Welt. Aber wenn das Glück käuflich war, würde er heute einen Anteil davon erwerben. Eine lange Nacht stand ihm bevor und seinem vermuteten Kontostand zum Trotz, würde er es mal wieder richtig krachen lassen.

Lukas schritt forsch in Richtung der Alten Oper. Zu einer wirklichen Schönheit ward sie auferstanden und vor mittlerweile fünf Jahren endlich wiedereröffnet. Lukas fand bisher noch keine Gelegenheit, ihr Innerstes kennenzulernen. Doch er erinnerte sich an den Anfang des Baugeschehens, als draußen auf dem Vorplatz der Weihnachtsmarkt stattfand. Er gedachte der neu gegossenen Kandelaber, Repliken alter Pracht, die zum Entzücken der Frankfurter und in Aussicht auf den stetigen Fortschritt, zum ersten Mal entzündet wurden und den Markt in stilvoll warmes Licht getaucht hatten. Schon morgen würde erneut ein Adventsmarkt auf dem Römerberg seine Winterwunderland-verklärten Pforten öffnen. Ein Ort, angefüllt mit buntglitzernden Lichtern an der übergroßen, bereits seit vierzehn Tagen bereitstehenden Tanne und den engelsverzierten Buden und den funkelnden Karussells.

Leere, sentimental-musikalische Versprechen von Liebe und Frieden würden in unterschiedlichen Lautstärken und Qualitäten durch die träge Luft wabern, ergänzt durch eine Kakophonie der extrahierten und konzentrierten Düfte von Zimt, Zuckerwatte, verbrannter Grillwurst, parfümierter Seife und Kräuterbonbons. Dazu würden neue Verlockungen, verheißend und angefüllt wie ein frisch gestopftes Daunenkissen, die verklärenden Klänge nostalgischer Gedanken sanft rieselnder Schneeflocken kommen. Lügengespinste voller romantischer, familiärer Besinnlichkeit, die es nur in der Werbung gab, mit den unschuldigen Stimmchen trällernder Knabensoprane und gänsehautauslösender Kinderchöre getarnt.

Lukas würde Ort und Zeit zu vermeiden wissen.

Am nahen Marshallbrunnen setzte er sich auf eine Parkbank. Von hier waren die Dealer schon zu seinen eigenen Straßenzeiten verschwunden, aber seinen jungen Freund hatte er ganz am Anfang ihrer gemeinsamen Jahre noch vor dem gefährlichen Treffpunkt gewarnt.

Heute lag ringsum ein verkommener und verschmutzter Park, der bis zu den Taunusanlagen führte, jener Ort, zu dem sich der

Drogenumschlagplatz mittlerweile verlagert hatte.

Der triste, rasch schwindende Novembertag mit seiner gnädig früh einsetzenden Dämmerung und dem dunstigen Waschküchensmog, dem matschigen Laub und all den kahlen Herbstbaumskeletten machte das Umfeld nicht heimeliger. Lukas verspürte trotz der Lust auf mehr Joints keinen Drang, die Taunusanlage aufzusuchen.

Er entfloh dem Park und wandte sich zurück gen Nordosten, um schließlich auf die Bleichstraße zu gelangen, wo inzwischen Karsten die ersten Gäste zum frühabendlichen Stelldichein mit seiner leichten Abendkarte erwarten würde.

Lukas wählte gebratenen Camembert mit Preiselbeeren, einen Bembel Apfelwein, zwei Scheiben geröstetes Brot. Zufrieden lehnte er sich zurück und betrachtete die sich nur langsam und zu spärlich füllende Bar. Karsten setzte sich zu ihm an den Tisch.

„Verdammt schwierige Zeiten", fluchte er verbittert. „Kaum noch Gäste und die, die kommen, trinken nur ein Glas Cola oder zwei und verschwinden viel zu schnell wieder. Was nutzt da schon die neue Erlaubnis des Magistrats, dass ich jetzt jede Nacht zum Samstag bis zwei Uhr öffnen darf?"

„Kein Wunder", entgegnete Lukas mit einem Blick auf die Einrichtung und das Publikum. „Der Laden ist mit dir zusammen älter und abgenutzter geworden, hier hängen bloß noch fossile Daddys rum, selbst die Musik ist in den Siebzigern hängen geblieben. Du solltest etwas modernisieren, damit auch wieder Jüngere einkehren und bleiben. Mit dem Ambiente lockst du die Jungschwulen nicht rein."

„Wie meinst du das?"

„Es ist zu plüschig, der abgegriffene Samt und die gerafften Gardinen haben etwas Verruchtes und Altmodisches an sich, was heute nur noch in Bordellen halbwegs akzeptabel sein mag, aber sonst keiner mehr haben will. Etwas mehr Licht, klare Formen, eine neue Anlage und ein paar flippige Veranstaltungen sollten dem Image zuträglich sein."

Karsten guckte ihn skeptisch an. „Woher willst du das so genau wissen? Aber selbst, wenn es so sein mag, es hilft nicht gegen die allgegenwärtige Angst vor dieser verflixten Seuche."

„Tut es nicht", bestätigte Lukas und lehnte sich behäbig im Sessel zurück. „Aber es bestärkt den Mut und weist nach vorne. Wir können die Krankheit nicht aufhalten, aber wir können unser Leben so ausrichten, dass wir nicht der Vergangenheit nachtrauern, sondern uns neu orientieren, uns mit AIDS arrangieren. Mach einen Themenabend im Monat in Sachen Aufklärung, dann Safer Sex Partys, frische Musik und der Engel fliegt wieder."

Karsten blickte verunsichert. „Nun, ganz ehrlich, ich habe selbst schon in die Richtung nachgedacht, war mir aber nicht sicher, was das bringen soll. So viele Läden schließen derzeit. Die Betreiber sterben und mit ihnen die Bars, weil es keine Nachfolger mehr gibt. Die ganze schwule Kultur ist im Untergang begriffen, ihre Stars verschwinden für immer."

Lukas stieß dem Kumpel freundschaftlich in die Seite. „Deswegen musst du weitermachen, schließlich bist du noch am Leben und dein Geschäft ist etabliert."

„Ich denke drüber nach", sagte Karsten und stand auf, um sich der wenigen anderen Gäste anzunehmen.

Lukas nahm seinen Bembel und das Gerippte und setzte sich an den Tresen. Der Abend hatte nicht mal richtig begonnen und bis zur Party bei der Konkurrenz blieb ihm genügend Zeit. Außerdem musste er mit dem alten Wirt noch reden. Das hatte er bis eben ganz vergessen.

„Noch mal auffüllen?" Karsten wies auf den blauen Krug, als er wieder am Zapfhahn stand.

Lukas schüttelte den Kopf. „Noch halb voll. Sag mal, hast du was rausfinden können wegen Luca? Du erinnerst dich doch hoffentlich noch?"

„Erinnern ja, rausfinden nein." Karsten zuckte mit den Schultern. „Tut mir echt leid, aber hier war er definitiv nicht und ich habe auch niemand über einen Typen wie ihn reden hören. Dabei bilde ich mir ein, gut im Herausfiltern kleiner Details zu sein. Also ist dein kleiner Italiener entweder untergetaucht oder er führt inzwischen ein gut bürgerliches Leben ohne schwules Night-Live, oder er ist überhaupt nicht in der Stadt. Hast du das auch mal erwogen?"

Der Angesprochene nickte. „Letzteres ist durchaus wahrscheinlich, Bürgerlichkeit absolut nicht, davor ist er abgehauen."

Der Wirt runzelte die Stirn. „Es gibt noch immer besetzte Häuser in der Stadt, vielleicht ist er ja dort?"

„Kann ich mir nicht vorstellen", argumentierte Lukas. „Die Besetzung der Villa in der Siesmayerstraße ist schon Ende September beendet worden und die Aktion in der Beethovenstraße hat erst gar nicht geklappt. Von anderen Häusern weiß ich nichts. Es wäre wohl eher auch nicht so sein Ding."

„Dann bleibt ja nicht mehr viel", stellte der Wirt kategorisch fest und wischte sich die bierschaumbespritzten Hände an einem fleckigen Küchentuch ab. „Also raus aus der Stadt oder untergetaucht. In beiden Fällen hast du keine Chance ihn zu finden. Er kann praktisch überall sein, in irgendeiner Privatwohnung, überall in der Stadt, überall auf der Welt."

Mit Erschrecken stellte Lukas fest, dass Karsten Recht hatte. Luca finden zu wollen erschien mit einem Male hoffnungsloser als je zuvor. Er hatte nicht den geringsten Anhaltspunkt und nach Francas Aussage tappten selbst die Bullen seit über zwei Monaten im Dunkeln.

Er schob den Bembel über die polierte Holzplatte. „Noch einmal voll machen bitte."

Drei Liter Apfelwein später zerflossen die Gedanken an den endgültig verlorenen Jugendfreund zwischen den Klängen von Rocio Durcal, Juan Gabriel, Miami Sound Machine und der fünften Bacardi-Cola. Im Darkroom fand er kurze Erleichterung mit anonymen Händen und heißen Lippen an seinem Schwanz, aufputschende Gefühle viel zu lang aufgesparter Berührungen.

Lukas war zu betrunken, um sich Gedanken über mehr zu machen, als die Situation hergab. Leben im Jetzt und Heute, tanzen, trinken, rauchen, Sex. Sein Tischnachbar bot ihm einen Joint an, Lukas sog begierig den aromatischen Rauch ein, hustete, verlor sich im Rausch der unendlichen Leichtigkeit.

Wer war der Mann in seinem Arm? Wie lange tanzte er schon mit ihm? Lukas' Hemd klebte nass vom Schweiß an seiner Brust, fremde Düfte durchmischt mit Schwaden von Zigarettenqualm und einem Zuviel verschiedenster Rasierwasser und Parfüms passierten rebellisch folternd seinen Geruchsnerv und mit einem Mal verspürte er heftige Übelkeit.

Mit taumelnden Schritten stolperte Lukas zum Klo und übergab sich würgend in das stinkende Becken. Was zum Teufel war bloß los mit ihm? So ein bisschen Alkohol haute ihn doch sonst nicht um! Egal, Mund ausspülen, eine kurze Pause, dann konnte es weiter gehen.

Er vermied die Tanzfläche voller wogender und schwitzender Männerkörper und floh an die Bar.

Ein Ventilator verlieh dem Platz die Illusion von frischer Luft und Lukas ließ sich ein Glas Wasser reichen.

„Hallo Lukas, was denn, nur Wasser?"

Sein Magen ballte sich zur Faust und lag schwer wie ein Stein in seinem

Innersten. Warum musste ausgerechnet jetzt dieser verfluchte Wichser hier auftauchen?

Mit betont langsamer Drehung wandte sich Lukas seinem Gegenüber zu. Siegfried. Jeden anderen hätte er ertragen können, aber nicht ihn und nicht jetzt.

Er blickte nur kurz in das verabscheute und viel zu hübsche Gesicht. „Verpiss dich, Arschloch."

„Wer ist hier das Arschloch?!" Ein bärtiger Muskelprotz im gerippten Proletenhemd, klischeehafter, fetter Goldkette und zu enger Jeans schob den schmalen Exfreund sanft zur Seite.

Lukas stöhnte innerlich auf, er wollte keinen Ärger, er konnte ihn nicht gebrauchen und aus dem Alter, sich wegen läppischer Anlässe zu prügeln, war er raus. Und doch roch er förmlich die beabsichtigte Provokation, sah die zuckenden Bizeps der nackten Arme seines Gegenübers und ein hämisches Grinsen in dem Arschlochgesicht.

Wieso gab Siegfried sich mit derartigem Abschaum ab, wo hatte er seinen Verstand gelassen? Urplötzlich war Lukas alles zu viel, die stickige Luft, die hämmernde Musik, seine bohrende Übelkeit und Siegfrieds Superlover sowieso. Er wollte nur noch raus in die feucht trübe Novembernacht und dann nach Hause.

Er bezahlte seine Drinks und wand sich vom Barhocker.

„Lass gut sein, Alter."

Souverän schob er sich an dem aufgebauten Macho vorbei, er hatte es nicht nötig, sich mit diesem Idioten abzugeben.

Doch noch im Vorbeigehen spürte er den Stoß im Rücken, er stürzte über einen eilig herausgeschobenen Fuß und landete schmerzhaft auf Händen und Ellenbogen.

Wie eine Sprungfeder war er wieder auf den Beinen, alte Reflexe erwachten, seine Fäuste verselbständigten sich zu mechanischen Waffen und hämmerten gnadenlos in das feiste Gesicht. Alter, viel zu lang aufgestauter Zorn fand endlich ein Ventil, die hässliche Visage des Widerlings kam ihm da gerade recht. Unkontrolliert schlug er zu, er spürte nur noch nackte, entfesselte Wut.

Er kam zu sich, als fremde Hände ihn derb von seinem am Boden liegenden Opfer zerrten. Für die Dauer einer Momentaufnahme sah er einen wimmernd klagenden Siegfried über eine blutende Maske gebeugt, ehe eiserne, schraubstockartige Griffe seine Oberarme packten und ihn durch einen Wald von Beinen und Körpern zogen.

Animalisches Brüllen übertönte das rhythmische Hämmern der Musikboxen und erst der Schmerz in seinem Hals verriet ihm, dass das Geräusch aus dem eigenen Mund stammte.

Ein harter Aufprall, bittere Kälte und feinnadlig stechender Novemberregen holten ihn jäh in die Realität zurück. Seine Jacke lag auf dem Boden neben ihm, hingeworfen von den bulligen Türstehern, bevor die krachenden Türen Musik, Qualm und die willfährigen Sklaven seiner ausgelebten Ektase in die scheinbare Sicherheit der Partynacht einsperrten.

Lukas drehte sich zur Seite und übergab sich erneut. Angewidert von dem Geruch und der gesamten Situation schob er sich erst auf die Knie und kam schwankend zum Stehen.

Sein Kopf pulsierte schmerzhaft, im Hals brannte es und seine Fingerknöchel bluteten. Knie, Hüfte und Ellenbogen fühlten sich durch den Sturz angeschlagen an. Lukas raffte seine Jacke vom Boden. Weg, nur weg von diesem Ort, umkreisten seine Gedanken in einer Dauerschleife seinen Geist. Aber ihm fehlte die Kraft.

Unsicher taumelnd wankte er zum Straßenrand und setzte sich erschöpft auf die Bordsteinkante. Die frische Luft hatte die Wirkung von Alkohol und Drogen nicht annähernd neutralisieren können. Weit laufen würde er mit dieser Dröhnung nicht können, geschweige denn Autofahren.

Eigentlich war das auch sein Plan gewesen, erinnerte er sich dumpf. Jedoch nicht, dass der Abend derartig aus dem Ruder lief! Verdammter, verfluchter Mist, er fühlte sich wie der letzte Dreck, missverstanden und zudem ungerecht behandelt. Er hatte schließlich keinen Ärger gewollt! Warum musste dieser Arsch auch dermaßen provozieren? Mit etwas Pech würde der Typ mit der demolierten Fresse ihn zusätzlich auf Schadenersatz verklagen, Siegfried würde mit Freuden, süffisantem Lächeln und düsteren Rachegedanken, seinen Namen und die Anschrift preisgeben. Hoffentlich hatte er nicht außerdem Teile des Mobiliars zertrümmert, erinnern konnte er sich daran zwar nicht, aber irgendwie fehlte ihm ohnehin gerade ein Stück Film.

Noch immer vernebelte der Alkohol sein Denken, doch intuitiv spürte er, dass dies eine beschissene, und absolut scheiße gelaufene Nacht war und sein Frust darüber keineswegs abebbte, sondern eher weiter anstieg. Er brauchte unbedingt Ablenkung, um über den ganzen Mist hinweg zu kommen, um von dem angebrochenen Tag etwas zu retten, das viele Geld nicht umsonst verprasst zu haben.

Jemand setzte sich neben ihn auf die Gehwegkante und eine Hand schob sich in sein Gesichtsfeld. „Joint?"

Lukas blickte in ein fremdes Gesicht. Ein Typ, nicht viel älter als er selbst, Tätowierungen bis ans Jochbein und auf der Stirn, obwohl er bei dem trüben Licht die Motive nicht erkennen konnte. Ebenso kurze Stoppelhaare wie sein früheres ich, nur in dunkelblond, warm dreinblickende hellbraune Augen. Ein Blick, der Vertrauen einflößte. Er nickte und nahm das fein gedrehte Zigarettenpapier aus der Hand des Mannes.

Der würzige Rauch verschaffte ihm angenehme Linderung und beruhigte sein aufgewühltes Innerstes.

„Lief nicht so wie geplant, was?", fragte der Mann.

Lukas zog gierig an dem zu schnell verglimmenden Stängel, es war genau das, was er jetzt brauchte. Ablenkung um jeden Preis, am liebsten hätte er etwas Stärkeres bei der Hand.

„Ich habe noch mehr, Interesse?"

Lukas nickte erneut. Eine wundervolle Gleichgültigkeit erleichterte sein Herz und linderte die Schmerzen seines gepeinigten Körpers. „Wieviel kriegst du dafür?"

„Der Joint ist geschenkt, du siehst aus, als ob du ihn nötig hast. Ansonsten kommt es drauf an, was du haben willst, ich habe auch stärkeres Zeug, hast du Lust?"

Lukas hatte Lust. Er wollte diesen beschissenen Abend vergessen, die Erinnerung an Siegfried aus seinen Gedanken verdrängen und sämtliche Sorgen hinter sich lassen. Wenigstens für ein paar Stunden. Alles andere war ihm scheißegal.

„Wohin gehen wir?", brachten die Reste seines Verstandes als Frage formuliert zustande.

„Eine private Party, Westend, mein Wagen steht gleich dort drüben, komm einfach mit."

Und Lukas ließ sich mitziehen wie eine willenlose Puppe. Er wollte nicht darüber nachdenken, nicht vernünftig sein und schon gar nichts hinterfragen. Er verspürte das dringende Bedürfnis, sich maßlos zuzudröhnen, sich volllaufen zu lassen, um sämtlichen Schmerz dieser Welt aus seinem Leben zu tilgen. Wenigstens für eine Nacht, wenigstens in dieser Nacht und wenn er allen Schnaps dieser Stadt dafür trinken musste.

Die Party fand in einer heruntergekommenen Hinterhofbude in einer sonst leerstehenden Ruine mit dem verklärten Charme eines Gründerzeithauses statt. Wie im Nebel registrierte Lukas grüne, schief hängende, kaputte Fensterläden, sah stuckverzierte Kassettendecken mit Wasserflecken undichter Dächer an hohen Zimmerdecken, zerschrammte Parkettböden und graffitybeschmierte Wände neben fleckigen Matratzen, Bierkästensofas und aufgestapelten Müll vergangener Feierlichkeiten.

Leere Schnapspullen, Essensreste, Kippen und Abfall türmten sich auf dem Boden. Die Luft fühlte sich kalt und verbraucht an, nur ein Feuerkorb in der Zimmerecke verbreitete knisternd und blakend etwas Lichtschein und Wärme. Es roch nach Urin und Erbrochenem und den Ausdünstungen ungewaschener Körper.

Es waren hauptsächlich Männer hier, aber auch einige wenige Frauen.

Ein bärtiger Mann, dessen Atem nach Schnaps und Knoblauch roch, hielt fordernd seine Hand auf. Lukas zog einen Geldschein aus seiner Tasche und legte ihn unaufgefordert in die schmutzige Pranke des Bärtigen. Jemand drückte ihm ein Wasserglas voll Klarem in die Hand. Lukas leerte es in einem Zug und folgte seinem Gastgeber in ein Nebenzimmer. Hier lagen Männer und Frauen auf dem Boden, manche wach und mit verklärt lächelndem Gesicht, andere träumten in sich hinein oder sahen dem Nachbarn beim Sexspiel zu.

Ein halbwegs hübscher blonder und scheinbar noch recht junger Mann saß nackt und gänzlich unbeteiligt an dem Geschehen um ihn herum auf einer Matratze. Der Anblick weckte Lukas' Lust. Der Junge winkte ihm zu, vor seinen Knien lagen Spritzbesteck und kleine Tütchen.

Als ob er nie etwas anderes getan hätte, nahm sich Lukas von dem Stoff, füllte die Portion auf einen Löffel und zündete die runtergebrannte Kerze an. Als die Droge sich verflüssigt hatte, zog er sie in die fleckige Kanüle und setzte sich einen Schuss.

Der Junge nahm ihn an die Hand und Lukas lebte seine aufgesparten Träume der letzten Jahre inmitten der anderen Partygäste aus. Das Leben konnte so wunderbar sein, leicht, hüllenlos, unbeschwert, fern jeden Ärgers und der Wirklichkeit.

Der blonde Typ lag schlummernd in seinem Arm und Lukas fühlte sich wunschlos und glücklich, wie schon seit Jahren nicht mehr. Ganz tief im Inneren spürte er nagende Zweifel, doch schluckte er sie hinunter in seliges Vergessen. Seine suchenden Finger fanden eine halbvolle Schnapsflasche.

Er leerte auch sie und fiel endlich in einen unergründlichen, wohligen Schlaf, den kein Geräusch störte und den niemand aufschreckte.

Gequält von heftigem Brechreiz, pulsierendem Kopfdruck und rasend schmerzenden Gliedern fuhr Lukas aus dem Dämmerzustand in jähes Erwachen.

Desorientiert schaute er sich um, er sah unbekannte Gesichter und nackte Körper, beflackert vom düsteren Licht einer einsamen Kerze in einem fremdartigen Raum.

Sein schweißbedeckter Leib zitterte im kühlen Lufthauch zerbrochener Fenster, die nur dürftig mit rohen Brettern zugenagelt waren. Schnarchgeräusche in verschiedenen Tonlagen drangen aus fremden Kehlen. Vorsichtig zog er seinen Arm unter dem Nacken des blonden Namenlosen hervor. Wo verdammt war er hier und wo seine Klamotten? Zögerlich stakte er zwischen den wie vom Schlaf überraschten und verrenkten Partygästen umher. Er fand in einer Ecke seine Hose, auch Hemd und Schuhe lagen dort und nach längerem Wühlen entdeckte er noch Slip und Jacke. Die Socken blieben verschwunden.

Seine Sachen waren zerknittert und beschmutzt und alles fühlte sich klamm und muffig an. Trotzdem zog er sich an, ehe der Würgereiz in seinem Inneren unerträglich wurde und er dringend einen anderen Ort aufsuchen musste.

Es gab in dieser Bude keine Sanitäranlagen, wie er nach einigen Minuten verzweifelten Suchens feststellte. Schließlich kotzte er auf den Treppenabsatz über der zerbrochenen Haustüre, anschließend holte er seinen verklebten Schwanz aus der Hose und setzte erleichtert einen scharfen Strahl gegen die Wand.

Ob es hier wenigstens etwas Wasser gab? Unerträglicher Durst trieb ihn zurück, aber es existierten keine Wasserhähne in diesem Loch.

„Hier, nimm das." Der Typ, der ihn gestern hergebracht hatte und scheinbar der Einzige, der ebenfalls nicht mehr schlafen konnte, reichte ihm eine angebrochene Flasche Cola. Sie schmeckte fad und enthielt kaum noch Kohlensäure, doch Lukas kippte das lauwarme Getränk gierig in sich hinein.

Sofort begann es in seinem Magen erneut zu rebellieren.

„Du musst weitermachen, womit du aufgehört hast, wenn du keinen Kater haben willst", riet ihm der Unbekannte.

„Ich krieg jetzt keinen Schnaps runter." Lukas verzog angewidert das Gesicht.

„Hier ist noch Bier."

Lukas trank zwei kleine Flaschen des angenehm würzigen Tropfens und tatsächlich fühlte er sich danach deutlich besser. Vorsichtshalber nahm er nun doch noch ein paar kräftige Schlucke des Wodkas, er hatte keinen Bock auf einen Kater, betrunken ließ sich das Leben derzeit leichter ertragen.

Er setzte sich zu dem Typen auf die gestapelten Bierkisten. „Verrückte Nacht", resümierte er und fuhr sich mit den Fingern durch das strubbelige Haar.

„Raymond", sagte der Mann, reichte Lukas ein fein aufgerolltes Zigarettenpapier und zündete es an, bevor er auch sich selbst mit Gras versorgte. „Der blonde Kerl, der dir so gefällt heißt Raymond. Kommt aus Gießen, Kleinstadtflüchtling. Seit drei Wochen in der Stadt und seitdem nur noch high. Das kann man schon mal eine Weile aushalten, und hier ist er vor den Nachstellungen seiner Alten und der Bullen sicher."

Lukas saugte an dem Joint und sofort ging es ihm besser. Die Welt um ihn herum wurde klarer, und er spürte hibbelige Erregung in sich.

Ein sicherer Ort. Welch gewichtiges Wort aus der Vergangenheit, ein Wort, das Geborgenheit und Schutz versprach. Alte Bilder blitzten in seinem Kopf, grell wie Scheinwerferlicht, auf: ein kalter, stiller, einsamer Raum, ein Zimmer in der Brandruine. Hannes. Hannes? Es gab keinen Hannes mehr, Hannes war fort.

Es gab nur noch Luca. Doch Luca war ebenso verschwunden. Wohin? Lukas überlief es erst heiß, dann eisig kalt. Da er schon so viele Wochen vermisst wurde, wäre ein Ort wie dieser nicht genau das, was er brauchte? Was, wenn er irgendwo im Umfeld dieses abgewrackten Hinterhauses seinen Unterschlupf hatte?

Sofern das hier ein sicheres Asyl für Raymond und all die anderen war, würde sich vielleicht doch noch eine Spur von weiteren Vermissten finden lassen. Möglicherweise verkehrte Luca sogar mit einem der Typen von hier oder jemand der Gäste kannte ihn? Unwahrscheinlich erschien ihm das jetzt nicht und ein hübsches Gesicht blieb noch jedem gern in Erinnerung.

„Kann ich ein paar Tage bleiben?" Er rechnete kurz, ob das Abenteuer lohnte, bis er wieder im Job aufkreuzen musste. Nach seinem Überschlag reichten die zwei übrigen Tage, obwohl er keine Ahnung hatte, wie spät es jetzt genau schon war, in diesem dauergrauen November.

„Hast du noch Geld? So ganz ohne Kohle wird's schwierig."

Aufgewühlt von der Idee durchkramte Lukas seine Taschen und förderte seinen Autoschlüssel, noch einige Scheine und eine Handvoll Kleingeld ans Licht. Er steckte den Schlüssel in die Tasche zurück und gab dem anderen das Geld. Was sollte schon passieren, er würde die zwei Tage auch so klarkommen.

„Soll ich was Bestimmtes mitbringen, bis zur nächsten Party heute Abend ist schließlich noch Zeit?"

„Hauptsache es ist genug zu trinken da." Lukas zog den letzten Rauch tief in sich hinein. „Und ein bisschen Stoff wäre schön."

Der Mann grinste breit und zog eine Tüte aus seiner Jacke. „Nimm das hier, Besteck liegt im Nebenzimmer. Der Rest geht klar, ich bin übrigens Adrian."

„Lukas."

„Brauchst du auch Frauen oder passt das mit Raymond?"

Lukas grinste trunken. „Das passt ganz hervorragend."

„Gut, ich sag ihm, dass du dich ein wenig um ihn kümmern wirst, er ist noch etwas grün hinter den Ohren."

Einer plötzlichen Eingebung folgend gab er Adrian seinen Autoschlüssel. „Fahr mal ins Parkhaus Brönnerstraße rein, in der zweiten Ebene steht mein Wagen, schwarzes Mercedes Cabrio, F-LA 2109, da sind noch ein paar Pullen drin, bring die doch mit."

Adrian grinste schief. „Verlass dich drauf, wir werden eine gute Zeit miteinander haben."

Lukas zweifelte nicht daran. Er hatte die Ablenkung bitter nötig. Die seit Wochen verstärkt aufflackernden Erinnerungen an Luca zerrten allmählich an der Substanz, zumal er seine Schuldgefühle nie wirklich abstreifen konnte. Nun hatte er vielleicht endlich eine echte Chance, den verfluchten Bengel wieder zu finden. Ein Déjà-vu wirbelte durch seine Gedanken. Hatte er Hannes nicht schon früher ganz genauso gesucht? Ja, das hatte er, ganz sicher und gefunden hatte er ihn auch.

Aber nicht immer.

Doch heute war ein neuer Tag. Ein guter Tag. Er würde mit Adrian reden, der Mann schien schwer in Ordnung zu sein. Gemeinsam würden sie Luca gewiss aufstöbern und eine Lösung für dessen Probleme, ja, und vielleicht auch für seine eigenen finden.

Ein neuer Anfang, ohne einen fucking Siegfried und dessen bullgesichtigen Lover.

Der Alkohol und die Drogen verdrängten allmählich die trüben und bitteren Erinnerungen an den gestrigen Abend, sie verblassten, wie ein altertümliches Foto, beiseitegeschoben von frischer Hoffnung, die Sache mit Luca doch noch zu einem positiven Ende bringen zu können.

Er war es ihm schuldig. Er fühlte sich schuldig. Es würde weiter gehen, irgendwie, er hatte es Luca schließlich versprochen und nach der nächsten Tüte war ihm der Preis dafür egal.

Lukas, ungewisse Zeit später

Lukas schleppte sich unsicheren Schrittes auf das Ufer des Flusses zu. Der Main, *sein* Main, zeit seines Lebens geografischer Mittelpunkt seiner Welt. Und nun sein Ende. Wie konnte es so weit kommen? Er hatte keine Ahnung. Ihm war nicht mal klar, wie viele Tage oder Wochen seit dem Absturz vergangen waren. Doch nun wusste er nur noch eines: Es war alles vorbei. Dabei hatte es so vielversprechend begonnen. Adrian hatte gehalten, was er zugesagt hatte: Der Stoff ging niemals aus, jeden Tag Party, Sex und Alkohol ohne Ende. Er hatte mit ihm sogar über Luca sprechen können und der neue Freund sagte ihm die nötige Hilfe zu.

Adrian hatte sich auf die Suche begeben. Doch es gab keinen Luca. Nicht in den Abrisshäusern, nicht auf dem Strich, nicht in den Bars. Am Tag dieser Nachricht hatte Lukas endgültig kapituliert. Ihm war klar, dass er in der Uniklinik nicht mehr auftauchen brauchte, die zwei freien Tage mussten längst vorbei sein. Sein Job hatte sich damit erledigt. Immer tiefer hatte er sich daraufhin dem Alkohol und den Drogen ergeben, aus Angst vor dem Erwachen, aus Angst vor der Realität, die ihn zwangsläufig einholen würde. All die unbezahlten Mieten, der Stress mit den Kollegen, der Druck vom Chefarzt, die Enttäuschung seiner Eltern, seine Schuld an Luca ... Lukas hasste sein Leben. Er hatte auf ganzer Linie versagt, nichts lief, wie es sollte, nicht im Job, nicht in der Liebe. Und er entfloh. Er floh vor seinen Problemen, seinen Schuldgefühlen und dem sicheren Untergang. Es schien so viel leichter zu sein, als sich allem zu stellen. Es war ein sorgenfreies Dasein. Wenn er aus dem Rausch erwachte, musste er sich nur einen neuen Schuss setzen und das Leben war wieder schön und erträglich. Bis

Adrian eines verfluchten Tages nicht mehr in der Zuflucht auftauchte und für den ersehnten Nachschub sorgte. Das war gestern, oder vorgestern? Lukas' Zeitgefühl konnte mit der Wirklichkeit nicht mithalten. Geplagt von rasenden Schmerzen und Übelkeit hatte er die Ruine verlassen. Raymond hatte geheult und gefleht wie ein Derwisch auf Entzug, doch sein verweichlichter Charakter stieß Lukas mittlerweile nur noch ab. Wieso hatte er Raymond jemals attraktiv gefunden? Schwach erinnert er sich seines Wagens im Parkhaus. Doch das tastende Suchen in seinen Taschen brachten keinen Autoschlüssel zu Tage. Siedend heiß durchfuhr ihn die Erkenntnis, den Schlüssel Adrian gegeben zu haben. Verdammte Scheiße. Im Auto waren seine Wohnungsschlüssel gewesen. Und seine Papiere. Alles.

Die Wohnungstür war mit klebrigem Flatterband der Polizei abgesperrt. Lukas wollte nicht wissen, wie genau es dazu gekommen war. Ihm reichte allein der Anblick, bevor seine Welt gänzlich zusammenbrach. Die Kraft genügte, um den weiten Weg bis zum Fluss zu schaffen. Für mehr nicht. In seinem Rücken leuchtete die Beschriftung des Uniklinikums. Welch makabrer Schriftzug der Verhöhnung. Lukas zog sich in das undurchdringliche Dickicht jenseits der Uferpromenade zurück. Er spürte weder die eisige Kälte des Winterabends noch Hunger und Durst oder das Zerren des Dornengestrüpps. Es war vorbei, sein Leben sinnlos. Er hatte versagt. Mal wieder. Seine Fußgelenke durchbrachen das dünne Eis am Ufer des Flusses, bevor er das Bewusstsein verlor.

Reuther

Reuther hatte das Gefühl, dass seit Luca's Verschwinden in der Familie langsam aber stetig alles den sprichwörtlichen Bach herunterging. Gloria war unausgeglichen, die Zwillinge praktisch unsichtbar und er selbst hielt sich vierzehn Stunden täglich in der Kanzlei auf und konnte sich eigentlich um nichts kümmern, was ihm hätte wichtig sein müssen. Doch vor sich selbst gestand er ein, dass er für den zeitaufwendigen Job dankbar war.

Es enthob ihn der Mühe, sich wieder und wieder mit der häuslichen Situation auseinandersetzen zu müssen. Den Kindern und auch seiner Frau Fragen zu beantworten, die faktisch niemand beantworten konnte.

Mitunter gab es Zeiten, da sehnte er sich in sein unbeschwertes Junggesellenleben zurück. Eine verklärte Sehnsucht nach seiner verkramten, ewig verqualmten Bude. Das Röcheln der Kaffeemaschine am späten Morgen, sein langes Lesen der FAZ beim Frühstück ... doch tief in seinem Inneren wusste er, dass damals etwas gefehlt hatte, dass er nicht so glücklich war, wie es ihm seine Erinnerung einzureden versuchte.

Seine Gefühle für Gloria waren tief und leibhaftig, ohne sie wollte er keinen Tag mehr verbringen. Er wünschte nur, dass die Umstände erträglicher wären, wie zu der Zeit, als sein Schwiegervater noch halbwegs fit und am Leben war und die Familie heil und glücklich. Jedoch schon bei diesen Gedanken krallten kleine, widerwärtige Widerspruchsgeister ihre Tentakel in seinen Gedankenfluss. Es war niemals alles völlig in Ordnung bei Familie Reuther gewesen, nicht mit einem Jungen wie Luca im Haus. Und seit seinem Verschwinden war noch viel weniger Ordnung in der ehemals heimeligen Eschersheimer Welt.

Inzwischen vermehrten sich die Probleme wie Kaninchen in einem Zuchtstall und Reuther fragte sich, was er wohl falsch gemacht hatte.

Dass Giulio und Mario sich kaum sehen ließen, verstand er dabei am besten, sie führten ein eigenständiges Leben und meldeten sich nur gelegentlich. Aber Graziano und Franca lebten im elterlichen Haushalt. Doch während Graziano hin und wieder noch den Kopf in die Tür steckte und ein abendliches „Hallo" ins Wohnzimmer rief, war Franca neuerdings ständig auf Achse. Sie fuhr auch nicht mehr mit ihrem Bruder gemeinsam zur Uni, sondern zog die Nutzung der Öffentlichen der Bequemlichkeit und vor allem der Sicherheit des Autofahrens vor.

Graziano konnte den Sinneswandel seiner Schwester nicht erklären und Reuther vermutete einvernehmlich mit seiner Frau, dass sich die Liebe in Francas Herz geschlichen hatte. Das Beunruhigende daran aber war, das Mädchen so ungewöhnlich verschlossen zu erleben, als ob sie etwas verheimlichen wollte. Glücklich wirkte sie dabei nicht. Mit Gloria über seine Sorgen zu sprechen hatte auch nicht sehr viel gebracht, sie vergrub dieselbe Menge Kummer in ihrem Herzen und ihn nicht stark an ihrer Seite zu wissen, verursachte ihr zusätzliches Leid.

Reuther saß allein im holzgetäfelten Rauchzimmer und streckte, komplett ausgelaugt wie ein ausgemergelter Schatten seiner selbst, die langen Beine unter den Tisch. Er mochte nicht mal seine Zigaretten anrühren, während die Eiswürfel in seinem Drink den Genuss allmählich verwässerten. Halb elf abends, Gloria schlief bereits und Graziano quälte seinen Kassettenplayer mit immer dem gleichen Bon Jovi Song „Livin' On A Prayer", der Abend für Abend durch die Mauern und Türen des behaglichen Hauses sickerte.

Vermutlich musste man jung sein, um die ständige Wiederholung der harten Töne ertragen zu können. Reuther aber war 48 Jahre alt und fühlte sich wie ein Mann jenseits der siebzig.

Und vielleicht war er genau das, ein alter Sack. Mit fast einem halben Jahrhundert konnte er sich nicht mehr zur jungen Generation zählen. Jedoch verband er die Bezeichnung „alt" mit einem Knittergesicht, weißem Haar und einer fröhlichen Schar Enkelkinder, ebenso, wie er seinen Schwiegervater in Erinnerung behielt – allerdings, all dem entsprach er wohl kaum. Zwei Kinder hatte er in die Welt gesetzt, keines davon geplant und während Dominik ihm zumindest weiterhin Hoffnung gab, hatte er bei Luca bereits jegliche Zuversicht auf ein erfülltes Zusammensein und Enkel verloren. Mit seinen Adoptivkindern lief es besser, bisher. Er erinnerte sich an stundenlange Gespräche mit jedem Einzelnen von ihnen, sie hatten nächtelang gemeinsam Monopoly oder Canasta gespielt, er hatte sich ihr Vertrauen erworben und sie ließen ihn an ihrem Dasein teilhaben. Eine glückliche Spanne. Viel zu früh gingen Giulio und Mario ihre eigenen Wege, zogen aus, um an entfernten Unis zu studieren, sich ein eigenständiges Leben aufzubauen. Er war unendlich stolz auf sie und als kurze Zeit später die Zwillinge zu ihrem Studiengang immatrikuliert wurden, hatte er geglaubt, bei den beiden würde sich alles wiederholen. Aber nun verschloss sich seine Tochter den Fragen ihrer Eltern und kapselte sich ab.

Schon wieder hatte er als Vater versagt und das quälte ihn schmerzhaft, Franca vertraute ihm nicht mehr. Ob er es korrigieren und Versäumtes nachholen könnte?

Er würde jetzt hier einfach sitzenbleiben und auf sie warten. Wenn sie dann nach Hause kam, würde er mit ihr sprechen. Und morgen würde er bei Rottleb ankündigen, aus familiären Gründen etwas kürzertreten zu müssen. Irgendwie mussten die unzähligen Probleme doch aus der Welt zu schaffen sein!

Das Telefon schrillte nur wenige Meter neben seinem Kopf. Ein kurzer Blick auf die Standuhr an der Wand verriet ihm die erste halbe Stunde des neuen Tages. Verdammt, er war auf dem Sessel eingeschlafen, anstatt ins Bett zu gehen. Schlaftrunken quälte er sich mit steifen Gliedern aus den Polstern, bevor das Geklingel die restliche Familie weckte. Dabei wusste er nicht einmal, ob und vor allem wann, Franca nach Hause gekommen war.

„Reuther", meldete er sich mit belegter Stimme.

„Guten Abend." Den Mann an der anderen Seite kannte er nicht. „Siering", stellte der sich höflich und in einem eiligen, aber routiniert, professionellen Tonfall vor. Reuther vernahm Straßengeräusche aus dem Hintergrund. Eine quietschende Straßenbahn, mehrere Martinshörner – nächtlicher Großstadtlärm einer belebten Gegend. Ein unangenehmes Gefühl stieg vom Magen her hinauf in den Hals und schnürte ihm langsam die Luftzufuhr ab. Eine drohende Ahnung von Panik, gemischt mit nackter Angst erfasste ihn. Irgendetwas musste passiert sein. Wo war Franca?

„Ist etwas mit meiner Tochter?", presste er zwischen den zusammengebissenen Zähnen hervor.

„Sie ist hier bei mir und in Sicherheit", behauptete Siering. „Aber es wäre schön, wenn Sie kommen könnten."

„Wo?", brachte Reuther atemlos hervor. Sein Herz raste wie nach einem heftigen Sprint.

„Wir sind am Hauptbahnhof, sie finden uns auf dem Vorplatz."

Reuther knallte den Hörer hektisch auf die Gabel.

„Was ist?" Gloria stand im Nachthemd in der Tür. Ihre langen, dunklen Locken wallten über Gesicht und Schultern. Jedoch zum ersten Mal brachte dieser Anblick Vincent nicht um den Verstand.

„Ich gehe Franca holen. Da war ein Typ am Telefon, mehr weiß ich nicht."

Gloria erblasste. „Ich komme mit, gib mir eine Minute."

„Ich hole den Wagen aus der Garage." Vincent wartete keine Antwort ab, sondern stürmte in den Flur; eilig in die Schuhe fahren und die Jacke überwerfen, war eins und schon knallte die Haustür hinter ihm ins Schloss. Gloria folgte ihm auf dem Fuß. Noch ehe das Garagentor ganz aufgeschwungen war, schlüpften beide durch den sich verbreiternden Spalt. Vincent entdeckte, dass Gloria sich lediglich den Mantel umgelegt hatte, die rüschigen Ränder ihres Nachtgewandes stakten auf die Stiefelschäfte, aber was spielte das jetzt für eine Rolle?

Er hatte das Gefühl, dass sein Leben ihm just aus den klammernden Händen entglitt. Er wollte um keinen Preis noch ein Kind verlieren. Welche Bedeutung hatte es schon, wenn er in der Eschersheimer Landstraße zwei rote Ampeln überfuhr? Wieso waren die zu dieser Unzeit eingeschaltet? Mit fast hundert raste er der Innenstadt entgegen und wünschte trotzdem, fliegen zu können.

Er stellte den Wagen im Parkverbot der Münchener Straße ab. Es gab keine Parkplätze am Bahnhof, nur den riesigen Stellplatz für gefühlt hunderte Taxen.

Gloria packte unsicher seine Hand, eiskalte Finger in seiner von kaltem Schweiß bedeckten Faust. Während der gesamten Fahrt war kein einziges Wort zwischen ihnen gefallen und seine Frau hatte völlig angespannt neben ihm gesessen.

„Ich habe Angst, Vincent. Was passiert nur mit unserer Familie?"

Ich habe auch Angst, hätte er am liebsten geantwortet. Stattdessen entgegnete er in beruhigendem Ton, den er innerlich nicht empfand. „Unser Mädchen ist hier, wir holen sie nach Hause und alles wird gut."

Er hatte keine Vorstellung, ob dies der Wirklichkeit entsprach, er wollte es nur unbedingt glauben. Und Gloria daran glauben lassen. Stärke-ausstrahlend legte er seinen Arm um ihre schmale Schulter und spürte ihr Zittern.

„Ist dir kalt?"

Gloria nickte. „Ja, sehr, von innen und von außen." Sie wischte sich die Tränen von den Wangen und Vincent wünschte, ihm würden ein paar ermutigende Worte einfallen, die nicht leer und belanglos klangen. Aber es fiel ihm nichts ein, was glaubwürdig genug für einen Moment der Illusion war und woran er sich auch nur andeutungsweise selbst klammern konnte.

Auf dem Bahnhofsvorplatz wimmelte es trotz der vorgerückten Stunde von Menschen. Einige späte Reisende, die zielgerichtet einem bereitwillig wartenden Taxi entgegeneilten, verschwanden rasch hinter der klappenden Autotür und brausten davon. Andere verweilten länger, gesellten sich, an Bierflaschen festhaltend, zu Männergruppen, die laut diskutierend und wie windgeplagte Grashalme schwankend gestikulierten, um ihren lauthals vorgebrachten Argumenten die notwendige Bedeutung zu verleihen.

Vincent sah auf Pappbetten und hinter Bergen gepresst gefüllter Plastiktüten eingemauerte und mit vollgemüllten Einkaufswagen wie Burgherren residierende obdachlose Schläfer in den Mauernischen des Bahnhofes. Und er sah junge Männer, die um diese Zeit längst nicht mehr auf der Straße umherlungern sollten. Franca sah er nicht.

Er packte Glorias Hand fester und blieb suchend inmitten des Platzes stehen.

„Was hat der Mann am Telefon gesagt?", begehrte Gloria nervös zu wissen.

„Dass sie hier sind", antwortete Vincent verzweifelt. Auf einmal war er sich der Worte nicht mehr sicher.

„Dort, schau!" Gloria wies mit der freien Hand zur Straßenbahnhaltestelle und zog ihren Mann mit sich. Die Intuition einer Mutter, durchfuhr es Reuther.

Im Wartehäuschen saßen zwei Personen, halb verdeckt durch Verkehrsgeländer, verborgen im Schatten des trüben Lichtes einer schwächelnden Straßenbeleuchtung.

Schon beim Näherkommen erkannte Vincent seine Tochter und sein Herzschlag schien einen Moment lang auszusetzen. Ihr Haar war zerzaust, die Kleidung eingerissen und schmutzig, Blut klebte im Mundwinkel. Ein fremder Mann saß dicht neben ihr, den linken Arm schützend um sie gelegt und sprach beruhigend auf sie ein.

Sekunden später lagen Mutter und Tochter sich in den Armen. Beide weinten. Vincent schritt auf den Mann zu, der sich gerade erhoben hatte.

„Was ist passiert?"

Der Fremde lächelte zögerlich. „Ihre Tochter ist in Schwierigkeiten geraten und ich habe mich eingemischt. Das ist die Kurzfassung. Wir können uns gern länger unterhalten und ich glaube, nachdem, was ich von Franca gehört habe, ist das auch nötig. Nur bitte, lassen Sie uns dazu von hier verschwinden. Dieser Ort ist nicht angenehm für eine junge Frau, die gerade einer Vergewaltigung entgangen ist."

Vincent sackte das Herz in den Magen, hin und hergerissen zwischen Erleichterung und aufwallendem Schmerz über das, was Franca trotz der Rettung erlitten haben mochte. Über allem lag zunächst ein kaum in Worte zu fassendes Gefühl der Dankbarkeit, wenn dieser Fremde hier die Wahrheit sprach. Zum ersten Mal, seit sie sich gegenüberstanden, nahm er den Mann bewusst wahr.

„Herr Siering?"

„Robert Siering, ja", bestätigte dieser.

Robert Siering mochte Mitte dreißig sein, er war einen halben Kopf kleiner als Vincent. Er trug sein dunkelblondes Haar ordentlich gescheitelt und kurz geschnitten, haselnussbraune Augen blickten aufmerksam, wie observierend unter den zusammengezogenen Brauen auf das Geschehen rundum. Sein Aufzug wirkte mühselig gepflegt, wenn auch scheinbar zu häufig getragen und daher verbraucht, Straßenstaub haftete ihm an.

„Papa?" Franca klammerte sich an ihre Mutter, war aber bereits trotz der in Tränen aufgelösten Miene, wieder in der Lage zu sprechen. „Papa, bitte, können wir nach Hause?"

„Ja, mein Kind." Vincent nahm ihre Wangen zwischen die Hände und drückte das Gesicht sanft an seine Brust. „Ich bring dich jetzt nach Hause." Er wand sich zu ihrem Retter um. „Wollen Sie mitkommen?"

Siering zögerte kurz. „Ich habe hier noch zu tun, auch wenn es vielleicht merkwürdig klingt. Passt es morgen?"

Vincent nickte spontan. Er würde am folgenden Tag nicht in die Kanzlei gehen, nicht nach dieser Nacht. „Morgen Nachmittag?"

Siering bestätigte und Reuther kritzelte die Eschersheimer Anschrift auf eine Visitenkarte der Kanzlei.

„Danke, für alles", brachte er ergriffen hervor und reichte dem geheimnisumwitterten Mann die Karte.

Er umfasste seine beiden Frauen und ging zielstrebig zum Auto. Er würde Franca nicht mit Fragen bedrängen, auch wenn sein Innerstes fast zerbarst wie zu viel Kohlensäure in einer geschüttelten Limonadenflasche.

Das Mädchen musste zur Ruhe kommen. Ein heißes Bad, frische Sachen, die vertraute Umgebung und ihre Mutter an der Seite würden Franca jetzt mehr helfen als tausend Worte. Reden würden sie morgen können.

Und dann traten plötzlich Tränen in seine Augen. Franca lebte, etwas angeschlagen zwar, aber weitgehend unversehrt und er hielt sie hier und jetzt in seinem Arm. Er würde seine Tochter nicht verlieren, diesmal war der Kelch an ihnen vorüber gegangen.

Die Tränen ließ er einfach laufen.

Gloria umsorgte Franca und brachte sie zu Bett.

Halb drei morgens, Vincent war viel zu aufgewühlt und lief nervös im Wohnzimmer auf und ab. Er goss Single Malt Whisky aus den angestaubten alten Beständen seines Schwiegervaters in zwei Gläser. Gloria, inzwischen wieder angekleidet und bereit für den neuen Tag, gesellte sich zu ihm. Ihre Augen waren rot gerändert, ihre Lippen zu einem schmalen Strich zusammengepresst. Vincent nahm sie in den Arm und hielt sie für Minuten nur stumm und fest umschlungen. Als sie sich voneinander lösten, blieben ihre Finger ineinander verschränkt.

„Hat sie noch etwas gesagt?"

„Nur wenig", antwortete Gloria. „Sie sagte, es gehe ihr gut, Robert hat sie vor dem schlimmsten bewahrt und der Schreck sei größer als der

Schaden. Sie habe sich auf die Zunge gebissen, daher das Blut, aber ansonsten ist sie nicht verletzt, außer ein paar blauen Flecken. Sie wolle jetzt nur schlafen und vergessen. Da sind Würgemale an ihrem Hals, es war ganz und gar kein harmloser Vorfall, Winnie. Ich finde, wir sollten die Polizei einschalten und Anzeige erstatten."

Vincent seufzte und reichte Gloria das Glas. „Ja, da hast du vermutlich Recht. Allmählich befürchte ich nur, dass die Herren bei der Polizei an unseren elterlichen Fähigkeiten zweifeln. Wir haben bereits seit drei Monaten eine Vermisstenanzeige wegen Luca laufen und nun noch die Sache mit Franca ..."

Gloria nahm das Glas behutsam entgegen und nippte zögerlich.

„Diese Vorfälle haben sehr wenig mit unseren Fähigkeiten als Eltern zu tun!", behauptete sie und hob abwehrend die Hände. Der Whisky schwappte bedrohlich im Glas.

„Ja, sicher", bestätigte Vincent unumwunden. „Nur habe ich langsam Zweifel an der Kompetenz der örtlichen Polizei. Mit Luca sind wir noch keinen Schritt weitergekommen. Vor der neuerlichen Anzeige sollten wir uns anhören, was sowohl Franca als auch Siering sagen. Hat sie wirklich als Robert von ihm gesprochen? Kennt sie ihn womöglich?"

Gloria zuckte mit den Schultern. „Sie sagte es, ja, aber ich weiß nicht, wie gut sie ihn kennt. Winnie, bitte lass uns nicht spekulieren, warten wir den morgigen Nachmittag ab. Ich habe keine Kraft mehr zum Philosophieren, unsere Situation ist schwierig genug auch ohne uns selbst verrückt zu machen."

„Du hast Recht", gab Vincent zu. „Morgen rufe ich Günther Rottleb an und melde mich krank. Ich habe das Gefühl, langsam aber sicher von unseren Problemen überrollt und erdrückt zu werden. Irgendwas muss jetzt passieren, um die Familie zu bewahren. Selbst wenn wir unseren ältesten Sohn nicht retten können, ihn vielleicht nicht mal wieder sehen werden, so muss unser Leben doch weiter gehen. Irgendwie."

Gloria nickte. „Ich mache mir Sorgen um Franca. Ich befürchte, wir haben sie viel zu sehr sich selbst überlassen, darauf vertrauend, dass sie ein Selbstläufer wie ihre Brüder ist. Weiß der Himmel, was das Mädchen des nachts ausgerechnet in dem verrufenen Bahnhofsviertel zu suchen hatte!"

Vincent setzte sich nachdenklich auf die vordere Kante des blank gescheuerten Ledersofas und kaute auf seiner Unterlippe. „Ja, das habe ich mich auch schon gefragt und ich habe da eine ganz üble Vermutung."

Gloria sah ihn stumm aus schwarzen Augen an und Vincent wusste, dass sie dieselben Gedanken in sich trug.

Franca war erst kurz nach Mittag erwacht und bediente sich wortlos in der Küche von den Resten des Frühstückes. Sie hatte sich ihr schwarz-türkis gemustertes Lieblingstuch um den Hals gebunden und trug eine hochschließende Bluse. Die ungewöhnliche Anwesenheit ihres Vaters registrierte sie wohl, hinterfragte sie aber nicht.

„Wie geht es dir?", wollte er von seiner Tochter wissen.

„Passt schon." Franca wirkte kurz angebunden und zog sich viel zu schnell in ihr Zimmer zurück. Vincent fühlte sich hilflos. Bei Mario oder Giulio war er nie um eine Antwort verlegen gewesen. Wie aber sollte er auf ein verletztes Mädchen reagieren?

Resigniert setzte er sich an den Küchentisch und Gloria platzierte sich wenig später dazu, mit zwei Espressotassen in der Hand. Eine schob sie ihm zu.

„Mach dir nichts draus, sie muss selbst erst einmal mit sich und den Erlebnissen klarkommen. Natürlich kann sie sich denken, warum du da bist und ich glaube auch, dass sie froh darüber ist. Gib ihr einfach etwas Zeit."

Ein marineblauer Opel Omega parkte neben der Einfahrt und Robert Siering klingelte kurz vor drei an der Gartenpforte. Er trug eine schwarze Jeans und einen perfekt sitzenden dunkelblauen Zweireiher und dieser wirkte keineswegs ungepflegt oder zerknittert. Das frische weiße Hemd und die hellblaue Krawatte saßen tadellos. Der Mann vor der Tür war ein anderer als der, den sie gestern Abend kennengelernt hatten.

„Kommen Sie bitte herein." Vincent musterte sein Gegenüber positiv überrascht und geleitete ihn ins Wohnzimmer. Gloria hatte Kaffee vorbereitet und Gebäck auf einer Platte arrangiert. Der Tisch war für vier gedeckt.

„Vielen Dank, welch ein freundlicher Empfang", begann Siering, als er Platz genommen hatte. „Ich hatte angenommen, in der Küche platziert zu werden, Sie hatten sicher keinen sehr angenehmen Eindruck von mir und auch Franca nicht."

Franca war soeben ins Zimmer getreten und setzte sich zu ihnen an den Tisch. „Nach unserer ersten Begegnung hatte ich nicht damit gerechnet, dich überhaupt wieder zu sehen. Aber gestern war ich sehr dankbar dafür."

Siering lächelte charmant. „Zur rechten Zeit am richtigen Ort. Ich hätte aber auch eingegriffen, wenn wir uns nicht bereits begegnet wären."

„Dafür möchten wir uns bei Ihnen aufrichtig bedanken", sagte Reuther. „Kaum vorstellbar, was ohne Sie geschehen wäre."

Siering nickte wissend. „Der Typ der Franca angegriffen hat ist leider entkommen, aber ich denke, gemeinsam bekommen wir noch eine recht gute Täterbeschreibung hin und eine Anzeige hatten Sie ganz gewiss noch im Sinn?"

Alle im Zimmer nickten synchron wie in einem eingeübten Theaterstück.

„Wer bist du?", stellte Franca die Frage, die auch ihre Eltern am meisten bewegte. „Oder viel mehr, was bist du? Du hast jetzt gerade sehr wenig gemein mit dem alkoholisierten Typen auf der Bahnhofstreppe."

An ihre Eltern gewandt erklärte sie „Ich habe Robert schon häufiger gesehen, immer hing er irgendwo an der Konstabler oder der Hauptwache rum, oder auch am Hauptbahnhof, wie gestern, was natürlich eine glückliche Fügung war."

„Und ich habe mich gefragt, warum eine junge Frau aus offensichtlich guter Familie", hier nickte er wohlwollend den Eltern zu, „sich genau an solchen Orten aufhält, die in dieser Stadt nicht zu den angenehmsten gehören. Ich für meinen Teil bin beruflich dort unterwegs. Ich kann nicht alles offenbaren. Nur so viel, ich bin Polizist und als verdeckter Ermittler der Drogenfahndung unterwegs. Mehr möchte ich dazu nicht sagen. Jetzt aber bin ich privat hier und Sie sehen den echten Robert Siering. Es tut mir leid, wenn Sie einen schlechten Eindruck von mir hatten, werden es aber sicher verstehen. Und der Alkoholdunst", er wandte sich zu Franca um, „entsprang stets meiner Kleidung und war beabsichtigt. Getrunken habe ich im Dienst noch nie und ohnehin trinke ich auch sonst eher selten."

Die Erleichterung im Raum war spürbar und über Francas Gesicht huschte ein glückliches Lächeln.

Vincent und Gloria sahen sich bedeutungsvoll an und blickten ihrer Tochter fragend in die Augen. „Was aber hast du in den letzten Wochen an den Bahnhöfen gewollt?"

Franca schob die Unterlippe vor und überlegte, ob sie die Wahrheit sagen und wie sie ihre Antwort formulieren sollte. Sie entschied sich für die Wahrheit, in Kurzversion.

„Ich suche Luca", sagte sie knapp.

„Wer ist Luca?", fragte Siering.

„Unser ältester Sohn, er wird seit drei Monaten vermisst."

„Haben Sie ein aktuelles Foto?"

Tief und längst begrabende Hoffnung keimte in Reuther auf. „Ja, haben wir. Obwohl aktuell wahrscheinlich geschmeichelt ist. Das Bild ist vom letzten Sommer, als die Zwillinge Geburtstag hatten. Und Luca hat sich nur unwillig fotografieren lassen, entsprechend verzieht er das Gesicht, aber sehen Sie selbst." Er stand auf und holte ein Fotoalbum aus dem Schubfach.

Nikol

Nikol schob die Kapuze über das dichte schwarze Haar und zog den Kopf wie eine Schildkröte ein, damit der eiskalte Dezemberwind das Schlupfloch in seinem Kragen nicht entdeckte. Warum nur hatte er nach Dienstschluss den Schal nicht doch noch geholt? Der wäre jetzt genau richtig, um sich vor dem nasskalten Wintereinbruch zu schützen. Nun aber lag das gute Stück in seiner Klinik-Garderobe, weil Nikol gestern keine Lust verspürt hatte, deswegen auf dem halben Heimweg noch mal umzukehren. Im Zug war es angenehm warm, beinahe schon stickig, gewesen - eine Wohltat nach fast viertelstündigem Warten auf den Zug. Und er hatte den wollenden Strickschal erst wieder vermisst, als er am Hauptbahnhof aus der schützenden Versenkung eines unterirdischen Bahnsteiges auf die nackte und windgepeitschte Plattform der Straßenbahnhaltestelle wechseln musste.

Zu Hause hatte er als erstes heißen Minztee mit Honig getrunken, von dem er jetzt eine große Thermosflasche voll im Rucksack mit sich trug. Heißer Tee war besser als Kaffee oder die hier so beliebten Heißgetränke aus rotem Wein mit Gewürzen oder Rum mit Wasser und Zucker. Die wärmten nur so lange, wie die Wirkung des Alkohols anhielt, und hinterher fror man umso stärker. Der aromatische Minztee aber erfrischte seinen Geist und stärkte die Glieder, während er von innen her den Körper wohlig temperierte.

Nikol war, obwohl Muslim, auf den nur noch wenige Tage offenen Weihnachtsmarkt gegangen. Nicht wegen der Musik oder der Stimmung, sondern ganz gezielt wegen der Lebkuchenfiguren, die es dort immer gab. Er liebte die locker-würzigen Gebäckstücke, in denen brauner Kandis verführerisch knackte, wenn er darauf biss. Wichtig war vor allem, dass die Teilchen ohne Glasur, aber dafür mit knusprigen Mandeln verziert waren.

Er hatte zwanzig Stück gekauft. Auch jetzt lagen zwei dieser Leckereien gut verpackt in seinem Gepäck. Er freute sich schon auf eine kurze Pause während des Spaziergangs um die Schwanheimer Wiesen, wo er zum Teebecher einen der kleinen Kuchen zu vernaschen plante. Hinterher, am späten Nachmittag gedachte er einen Streifzug durch das Bahnhofsviertel zu wagen, wie er sich bereits vor knapp drei Wochen vorgenommen hatte. Mit nur wenig Umsteigen war es sogar ganz ohne Auto zu erreichen und vielleicht schlenderte er hernach doch noch zum Weihnachtsmarkt auf ein Glas heißen Würzweins, wenn sein Tee schon ausgetrunken sein sollte.

Aber noch lagen einige Kilometer vor ihm, denn er hatte beschlossen, als erstes den Schwanheimer Waldlehrpfad abzulaufen. Nikol liebte diesen Rundwanderweg in dem alten Wald mit seinen knorrigen Eichen und majestätischen Hainbuchen, unter denen sich im Frühjahr ein ganzes Meer von Buschwindröschen weißblühend wiegte.

Vom Frühling war freilich nicht einmal ein Hauch zu spüren, er lag in ferner Zukunft, denn gerade erst hatte sich der Spätherbst klammheimlich durch die Hintertür davongestohlen und einem voreiligen bitterkalten Frühwinter Platz gemacht. Fladen dünner, versprengter Schneegriesel sammelten sich in Bodensenken und auf den Schotterwegen wie brüchige Pfützen. Nikol war erleichtert, seine derben Halbstiefel vom letzten Jahr noch brauchbar vorgefunden zu haben, obwohl die Kellerüberschwemmung durch den Rohrbruch im April einen großen Teil seiner eingelagerten Schuhe nur verschimmelt und verquollen ausgespuckt hatte.

Er lief etwas schneller, als ob er dem Winter dadurch entkommen könnte, klappte den Mantelkragen hoch und freute sich an der verwaisten Ruhe. Die Stille allerdings animierte sein Gedankenkarussell, wieder zu kreisen. Er machte sich ernsthaft Sorgen um Lukas. Nicht, dass sie einander verpflichtet wären, jedoch hatte Lukas ihm versprochen, sich in der kommenden Freischicht zu melden, um zusammen die neue Bibliothek zu erkunden. Sicher, die würde auch noch die nächsten Wochen und Monate da sein, aber das Versprechen war jetzt schon drei Wochen her und Lukas hatte sich nicht ein einziges Mal gemeldet. Dabei erinnerte er sich gern an ihre letzte Begegnung im Café. Sie hatten zu viele Gemeinsamkeiten entdeckt, um sich einfach so aus den Augen zu verlieren. Nikol ärgerte sich zum ungezählten Mal, ihn nicht um seine Telefonnummer gebeten zu haben. Und wo er wohnte, wusste er ebenso wenig. Irgendwo in Niederrad, schließlich war er Melibocusstraße eingestiegen. Doch dort ziellos die Straßen abzulaufen, erschien ihm kaum sinnvoll, es fehlten einfach zu viele Anhalts-punkte. Er musste geduldig sein.

Möglicherweise gaukelte er sich aber selbst etwas vor und Lukas wollte keinen weiteren Kontakt, er hatte eigentlich recht wenig von sich preisge-geben. Nikols geschultes und professionelles Ohr hatte dies beim Gespräch sehr wohl wahrgenommen, jedoch beschlossen, nicht in ihn zu dringen und dem Freund Zeit zu geben. Ihre Beziehung war zu jung, um Forderungen zu stellen. Doch er durfte sich nicht länger irgendwelchen Illusionen hin-geben. Wahrscheinlich hatte Lukas einen neuen Mann kennengelernt, na-türlich war daneben kein Platz für ihn. Dafür hatte Nikol sogar Verständnis, auch wenn die Enttäuschung bitter in ihm nagte.

Er schüttelte den Kopf, wie um die lästigen Gedanken fortzuschleu-dern. Er hatte sich auf den Spaziergang heute gefreut und nun verdarb er die friedliche Beschaulichkeit mit sinnlosen Bedenken. Jedoch blieb tief in seinem Inneren ein mulmiges Gefühl. Vielleicht sollte er einfach auf dem Heimweg in der Uniklinik vorbeischauen und nachfragen, auf welcher Sta-tion Lukas arbeitete. Das Krankenhaus lag ohnehin auf seiner Strecke, er brauchte nur einen kleinen Abstecher zum Empfang machen. Erleichtert von dem eben gefassten Entschluss, richtete sich Nikol innerlich auf und atmete tief durch. Jetzt wollte er nur die wilde Umgebung genießen und aus der frischen kalten Luft das Aroma des Winterwaldes filtern. Er lächelte zufrieden.

Erst kurz vor dem Ende des Rundweges legte er die ersehnte Pause am Agendawald ein. Jedoch hatte der nebelfetzentreibende Wind dermaßen zugenommen, dass Nikol nicht lange am Rastplatz verweilen mochte. Trotz des heißen Getränks bissen ihm die eisigen Böen den letzten Rest Wärme aus den Knochen. Schnell schraubte er den Deckel über den restlichen Tee, packte Flasche und Becher zurück und schulterte den Rucksack.

Mit raschen Schritten floh er regelrecht aus dem unwirtlichen und ein-samen Stück Natur und nahm dankbar den Platz in der Straßenbahn ein, die wunderbar warm und leer der Weiterfahrt in die menschenüberflutete Innenstadt harrte.

Nach zwei Stunden sturer Abgeschiedenheit war Nikol bereit, sich am Hauptbahnhof den treibenden Menschenmassen hinzugeben.

Von der Kaiserstraße an verliefen sich die Fußgängerströme in verschie-dene Richtungen. Die meisten folgten dem Ruf der sich darbietenden Ver-kehrsmittel und stiegen lediglich in eine andere Linie oder den Bus um, oder marschierten stetigen Schrittes zum Bahnhofsgebäude.

Nikol wandte sich vom Bahnhof ab und folgte der alten, verwahrlosten Promenade, an der der namensgebende Kaiser im Moment wohl nicht sehr viel Freude empfinden würde. Zu viele der schönen alten Gemäuer wirkten ungepflegt und verkommen. Putz blätterte in Fladen von den romantisch verzierten Fassaden, hölzerne Läden hingen schief in ihren Angeln und die Fenster blickten stumpf und trübsinnig auf das trist graue Pflaster und die bunten Reklametafeln der Sexshops und Pornokinos der Eckhäuser und Nebenstraßen.

Nikol sah sich um und versuchte zu planen, wo der Bus der AIDS-Hilfe womöglich stehen könnte. Potenzial gab es hier offensichtlich mehr als genug. Schon gleich vorne an der Kreuzung lagerten zugedröhnte Junkies, wie er erschüttert feststellte.

Irgendwie passte der Anblick nicht zu seiner entspannten Laune. Er zwang sich, hinzuschauen, ging aber zügig vorbei. Unvorstellbar, dass Menschen so leben konnten. Erinnerungen an die armseligen Slums mit ihren windschiefen Hütten aus Wellblech, Sperrholz und Zeltplanen am Stadtrand von Damaskus drängten sich in seine Erinnerung. Sie waren im Familienauto daran vorbeigefahren und sein Vater hatte gedroht, dass er genauso enden würde, wenn er in der Schule nicht erfolgreich war.

Wie um die Bilder abzuschütteln, drehte Nikol seinen Kopf von einer zur anderen Seite. Dies hier waren keine Slums, aber Obdachlosigkeit und dramatische Armut gab es auch in diesem reichen und für syrische Verhältnisse verheißungsvollen Land. Einem Land, in dem Bildung und Gesundheitsfürsorge nicht davon abhängig war, ob man in einem abgelegenen und traditionsverbundenen Dorf oder in der Stadt als Kind privilegierter Eltern geboren war.

Nikol war gut situiert aufgewachsen, er kannte weder Hunger noch Not und der Anblick der schmutzigen und abgerissenen Menschen behagte ihm damals nicht, und heute ebenso wenig.

Kurzentschlossen entschied er, dass er die Auswahl der Standorte, welche für den VW-Bus geeignet waren, wohl doch lieber den Organisatoren der AIDS-Hilfe überlassen würde. Einen Moment lang überlegte er, zurück zur U-Bahn zu gehen, aber dann lief er einfach weiter. In dieser Stadt ließ sich das meiste zu Fuß bewältigen. Er würde auf dem Weihnachtsmarkt nochmal seine Lebkuchenvorräte aufstocken, ehe der für dieses Jahr seine Pforten schloss, im Anschluss eine Kleinigkeit essen, um hinterher zum

Main zu schlendern. Jenseits des Eisernen Stegs stand ihm noch ein knapp zwanzigminütiger Fußmarsch bis zur Uniklinik bevor, für den Rest des Weges nach Schwanheim konnte er von dort direkt in die Bahn steigen.

Er aß Kartoffelpuffer mit Sauerrahm und überlegte, sich am Abend ein Video in den Player zu schieben, einen der alten Hitchcock-Klassiker, die er so mochte. Zufrieden und gesättigt lächelte Nikol still in sich hinein. Das klang nach einem gemütlichen und entspannten Couchabend, auf den er sich freute, bevor er morgen Abend wieder mit der Telefonberatung an der Reihe war.

Er schulterte seinen gut gefüllten Rucksack und klappte den Mantelkragen runter, das schnelle Laufen und die heißen Puffer hatten ihn ordentlich durchgewärmt.

Vom Eisernen Steg blickte er zurück zur weihnachtlich beleuchteten Altstadt. Er musste kein Christ sein, um die funkelnden Lichter und die duftvermischte Enge um die bunten Buden schön zu finden. Ein bisschen Wehmut breitete sich in seiner Brust aus. Als Junge wäre er gern auf einem der blinkenden Karussells gefahren, selbst heute reizte ihn bereits die Vorstellung davon. Jedoch fehlte ihm der Mut, allein auf eines der hölzernen Pferde zu steigen, denn es gab kein Kind, das ihm als Alibi diente.

Rasch wandte er sich der anderen Seite des Flusses, Sachsenhausen, zu und benutzte dort angekommen gleich die nahe Treppe, um zur Uferpromenade zu gelangen. Fast bis zum Universitätsklinikum konnte er direkt am Main entlanglaufen, erst kurz davor schlug der Weg einen Bogen hoch zur Hauptstraße, wo auch die Haltestellen der Straßenbahn und der Buslinien lagen. Das Mainufer verlor sich derweil in einem dicht bewachsenen Dickicht, in dem Wassertiere und der städtische Abfall oberflächlicher Spaziergänger ein zu Hause fanden.

Gerade als Nikol seine Schritte hoch zur Straße lenkte, zog eine kurze Bewegung mit trockenem Knacken im nahen Gebüsch seine Aufmerksamkeit auf sich.

Einen Moment zögerte er unsicher, dann wandte er sich dem Geräusch zu. Dort, im unwegsamen Gestrüpp, war etwas. Eine Ente, eine Gans oder nur eine Ratte?

Als er einen dunklen Lederschuh entdeckte, zog sich sein Magen zusammen. Er betete zu Allah, dass das undefinierbare Knacken soeben von dem Besitzer des Schuhes stammte, dass es keine Leiche war, die er jetzt finden würde. Schließlich wollte er einen friedlichen Abend verbringen und nicht endlose Zeugenaussagen in einer Polizeiwache absolvieren müssen.

Der zum Schuh gehörige Fuß bewegte sich, als Nikol näher schritt. Entschlossen schob er die sperrigen Äste zur Seite und näherte sich dem Menschen, der dort dem Winterabend ausgeliefert lag. Es war ein Mann. Er ähnelte den Personen, die Nikol heute schon im Bahnhofsviertel gesehen hatte: dreckverkrustet, dichter Bart, zerrissene Kleidung, eine Dunstglocke aus schalem Alkohol und ungewaschenem Körper umgab seine Gestalt. Und doch war etwas anders. Sein Herz zog sich zusammen, denn er erkannte das Gesicht hinter der schmutzigen Maske aus zerzaustem, fettigem Haar und dem wuchernden Bartwuchs.

Er kniete sich zu dem am Boden liegenden Mann und zog ihn in seinen Arm.

„Lukas, verdammt, das ist jetzt nicht wahr!" Nikol spürte das haltlose Zittern des geliebten Mannes.

Graue Augen öffneten sich und blickten aus der tiefen Finsternis eines weggeworfenen Lebens heraus. Nikol nahm Lukas' Hand und fühlte eisige Kälte. Mit der rechten zerrte er sich den Rucksack vom Rücken und seinen Mantel vom Leib. Er wickelte Lukas darin ein, immer bedacht, ihn nicht auf den eiskalten Winterboden zu betten.

Da war noch Tee in seiner Thermoskanne! Er zog den kraftlosen Körper zu einem nahen Baum und lehnte ihn an. Dann füllte er das heiße Getränk in den Becher.

„Hier, nimm!"

Lukas' Griff war kraftlos und unsicher. Nikol legte die schmutzigen Hände mit den verkrusteten Nägeln des Freundes um den Becher und half ihm, das rettende Getränk an die Lippen zu führen. Lukas trank und das Zittern ließ etwas nach.

„Danke." Seine Stimme klang brüchig und schwach.

„Hier, trink noch mehr, dann wird dir wärmer." Nikol goss den Rest aus der Kanne ein und Lukas trank. Dann zog Nikol ihn in seinen wärmenden Arm und hielt den Freund einfach nur fest.

„Wir müssen hier weg Lukas, die Nacht wird kalt, du kannst nicht draußen bleiben. Komm mit mir, und dann bringen wir in Ordnung, was auch immer passiert ist."

Ein trockenes Rasseln, wie ein verkümmertes Lachen, entrang sich Lukas' Brust. „Gib dir keine Mühe, ich habe zu viel Scheiße gebaut, es ist vorbei. Alles ist vorbei." Dann rannen Tränen aus seinen Augen und ein heftiges

Schluchzen rüttelte den mageren Körper.

Nikol schloss seine Arme fest um ihn. Der strenge Geruch, den Schmutz, das alles nahm er nicht wahr, denn dies war Lukas, der Mann, den er seit Wochen aus der Ferne herbeigesehnt hatte, von dem seine Tagträume handelten, in den er verliebt war.

„Nein!", beteuerte er. „Du darfst jetzt nicht aufgeben, ich bin bei dir und ich werde an deiner Seite sein, zusammen schaffen wir das!"

„Ich habe versucht, mich umzubringen!", wimmerte Lukas, „aber noch nicht mal das hat funktioniert. Ich habe es nicht gekonnt."

„Allah ist groß!", fiel Nikol als Erstes ein, „er hat dich geschützt und mich zu dir geführt. Du darfst nicht sterben. Und jetzt will ich dich hier wegbringen. Es wird langsam dunkel und die Kälte kriecht aus dem Boden. Hier draußen wirst du die Nacht nicht überstehen, aber zu Hause ist es warm. Komm, versuche aufzustehen, ich helfe dir."

„Es gibt kein zu Hause, Nikol! Ich habe alles verloren, Job, Wohnung, Familie, alles!"

„Das ist jetzt verdammt egal!", beschwor ihn Nikol. „Du lebst und nur das ist wichtig. Ich habe eine Wohnung und ich habe dich gefunden. Glaub bloß nicht, dass ich dich jetzt hier liegenlasse. Wir fahren zu mir. Du hast nicht alles verloren, denn du bist nicht allein. Ich bin dein Freund und ich werde dich nicht im Stich lassen, egal was passiert ist."

Mit diesen Worten zog er Lukas' rechten Arm um seine Schulter und umgriff den Freund mit der Linken. Nikol spürte die knöcherne Magerkeit, als ob Lukas seit Wochen nicht mehr gegessen hätte.

Gemeinsam schafften sie es, aufzustehen. Lukas stand auf unsicheren Füßen. Er zitterte am ganzen Körper und konnte kaum einen Schritt vor den anderen setzen.

Nikol stützte ihn mit all seiner Kraft und zog ihn stückweise zunächst aus dem Gestrüpp heraus. Ohne die klammernden Zweige ging es etwas besser, dann setzte er den Freund auf ein metallenes Geländer. Lukas atmete schwer, als ob er eine sportliche Höchstleistung vollbracht hätte. Nikol zog ihm den bisher nur umgelegten Mantel richtig an und Lukas ließ es geschehen, wie ein willenloses Kind. Dann legte Nikol wieder seinen Arm um ihn und gemeinsam bewerkstelligten sie den langen Aufstieg zur Haltestelle. Nie waren ihm fünfzig Meter weiter erschienen als an jenem Abend.

Während der halben Stunde in der warmen Bahn schlief Lukas erschöpft ein, jedoch schenkte ihm die kurze Frist genügend Kraft, um die restliche Entfernung zur Wohnung des Freundes zu bewältigen.

Nikol ließ Wasser in die Badewanne laufen. „Nimm ein Bad", empfahl er dem Freund. „Dabei kannst du dich ausruhen und zugleich durchwärmen. Ich bereite derzeit etwas zum Essen für dich vor."

Lukas nickte, er hatte längst keinen eigenen Willen mehr. Aber selbst zum Auskleiden fehlte ihm die Kraft. Nikol half ihm und nahm dabei sehr wohl die zerstochenen Unterarme des Freundes wahr.

Er legte Haarbürste und Rasierzeug bereit und hoffte, dass Lukas mit allem klarkommen würde. Sein Herz quälte ein tiefsitzender Schmerz.

Die abgelegten Klamotten stopfte er sofort in die Waschmaschine, nachdem er sämtliche Taschen abgetastet hatte. Es befand sich nichts darin, kein Geld, keine Papiere, kein Schlüssel. Nikol befürchtete das Schlimmste, Lukas hatte scheinbar nicht gelogen. Wie konnte es so weit kommen? Noch vor einem Monat war er ein aufstrebender junger Arzt gewesen?! Doch vermutlich war da mehr, als er zu erahnen vermochte. Niemand verlor mal eben seine Wohnung, den Job schon eher. Doch Nikol graute vor den Offenbarungen des Freundes, wollte eigentlich nicht wirklich wissen, was in den Monaten zuvor bereits schiefgelaufen war. Es war mit Sicherheit nicht das, was er sich von diesem Mann zusammengeträumt hatte.

Er röstete Brot und briet Eier mit einem Löffel Butter. Vom Vortag war noch etwas Couscous im Kühlschrank, er dünstete Tomaten zusammen mit einer kleingeschnittenen Paprika und Zwiebeln, was auf dem hergerichteten Teller mit Ei und Brot eine ansehnliche Mahlzeit hergab.

Lukas stand am Türrahmen gelehnt, mit einem Handtuch um die viel zu knochigen Hüften, das Haar frisch gewaschen und gekämmt, den Bart um mehr als die Hälfte gestutzt.

„Deine Brille?" Nikol erinnerte sich, an das schmale Acetatgestell.

„Verloren", antwortete Lukas knapp. „Oder kaputt, keine Ahnung."

„Setz dich, ich hol dir noch was zum Anziehen."

Verschämt beobachtete Nikol den Mann in seiner Küche beim Ankleiden. Lukas war abgemagert, aber dennoch attraktiv und der Herzschlag des Gastgebers beschleunigte sich.

Nikol konzentrierte sich auf den gedeckten Tisch, um sich nicht in Verlegenheit zu bringen. Dann goss er frisch aufgebrühten Pfefferminztee in zwei Gläser und rührte Honig hinein.

Lukas aß langsam und bedächtig. Er hatte nicht wirklich Hunger.

„Danke", sagte er nach einer geraumen Weile. „Nicht nur das Essen, meine ich, sondern alles."

Nikols Blick schweifte zum Thermometer mit der Außentemperaturanzeige. „Minus fünf Grad. Das hätte knapp werden können für dich."

Lukas nickte. „Ja, wahrscheinlich hätte ich nicht überlebt und bis vorhin war es mir auch egal. Wenn es einem so beschissen geht wie mir im Moment und dann noch allein ist, kommt man eben auf solche Ideen. Aber jetzt ist es besser."

„Was ist passiert?", begehrte Nikol zu wissen.

Lukas ließ sich mit der Antwort Zeit. „Eigentlich nichts, ich bin nur komplett versackt und dann kam eine Scheiße zur anderen."

„Willst du drüber reden?"

Lukas zuckte mit den Schultern. „Weiß nicht, im Moment weiß ich eigentlich überhaupt nichts, bin bloß froh, im Warmen zu sein und dass es mir jetzt halbwegs gut geht. Nachher kommen garantiert wieder die Entzugserscheinungen, du weißt schon, ich bin sicher, du hast es gesehen."

Nikol nickte. „Habe ich, wie lange ist deine letzte Dosis her?"

„Gestern, glaube ich. Bis zum Morgen hatte ich noch genug Schnaps, um die Schmerzen zu ertränken, aber seit dem ging es bergab und ich habe mich verkrochen, damit ich ungestört rumheulen kann. Ich habe mir einen harten Entzug leichter vorgestellt, schließlich hatte ich das Zeug ja keine Ewigkeit genommen, knapp drei, vier Wochen vielleicht, aber es ist die Hölle. Die Schmerzen sind unerträglich und ich wollte in den Main, um Schluss mit all dem zu machen. Aber die dünnen Eiskrusten am Ufer haben mir die Knöchel zerschnitten und die Eiseskälte war größer als meine Verzweiflung. So habe ich mich in altem Laub eingegraben und offensichtlich irgendwie die Zeit überstanden."

„Und seitdem hast du dort gelegen?" Das Grauen griff nach Nikols Innerem. Lukas musste einen ganzen Tag in der Winterkälte verbracht haben!

Lukas nickte. „Mir fehlen Teile der Erinnerung, ich kann mich nicht mehr an viel entsinnen, da sind nur Bruchstücke voller Schmerz, Kälte und Angst. Aber ich hatte keine Kraft mehr, irgendwas zu tun und am Ende, bevor du kamst, hatte ich bereits aufgegeben."

Nikol rannen die Tränen über die Wangen. „Warum, Lukas?"

Lukas legte die Hände um sein Teeglas und betrachtete versunken den dünnen Dampf, der von dem Getränk aufstieg. Er schloss die Augen und sog das Aroma des Tees tief in sich ein.

„Er hat Pfefferminztee geliebt", brachte er scheinbar zusammenhangslos mit stockend-brüchiger Stimme hervor. „Ich habe ihn im Stich gelassen, nicht nur einmal. Ich wollte ihn wiederfinden, er ist gut darin, sich in Schwierigkeiten zu bringen, scheinbar stehe ich ihm darin nicht nach. Aber es ist mir nicht gelungen, ich habe versagt, Nikol, mal wieder." Lukas legte den Kopf auf die Unterarme und weinte bitterlich wie ein Kind.

Nikol zog ihn zu sich heran, nahm ihn in die Arme und gemeinsam saßen sie eng umschlungen in der Küche, bis Lukas' Tränenstrom allmählich versiegte und nur noch ein schmerzliches Schluchzen seine Brust rüttelte. Dann führte Nikol den aufgelösten Freund ins Wohnzimmer zur Couch, deckte ihn mit einer Wolldecke zu, setzte sich an seine Seite und nahm seine Hand.

„Deine große Liebe? Erzähl mir von ihm, was ist er für ein Mann?"

Lukas wand sein Gesicht zur Couchlehne, es dauerte lange, bis er zu sprechen begann. Dann drehte er sich zurück und blickte Nikol ins Gesicht.

„Du empfindest mehr für mich, nicht wahr?", fragte er mit leiser Stimme.

Nikol nickte.

„Ich muss dir nicht erklären, was Ephebophilie bedeutet."

„Nein, musst du nicht", antwortete Nikol und schluckte. „Aber selbst, wenn du deine Neigung auslebst, tust du mit etwas Vorsicht, nichts zwangsläufig Verbotenes. Ich kenne einige junge Männer, die deutlich jünger wirken, als sie vom Alter her sind."

„Erklär das den Eltern eines vierzehn, fünfzehnjährigen Jungen, für die bin ich bloß ein pädophiles Schwein. Aber es bedeutet auch, dass ich dich nicht wirklich begehren kann, selbst wenn ich es wollte und dich mehr schätze als jeden anderen Menschen auf der Welt. Wir könnten miteinander ins Bett gehen, klar, aber es wäre mit dir auf Dauer nicht das, was ich brauche."

„Das verstehe ich, also ist der, den du glaubst im Stich gelassen zu haben, ein sehr junger Mann, den du liebst?"

Lukas schüttelte den Kopf. „Ganz so einfach ist es nicht. Er ist achtundzwanzig und damit natürlich kein Junge mehr. Aber trotzdem wird er genau das für mich immer sein. Er ist nicht so, wie andere mit 28, aber das ist eine lange Geschichte."

„Wenn du magst, würde ich sie gern hören. Und vielleicht verrätst du mir dann auch, was es mit deinen Worten, dass du alles verloren hast, auf sich hat."

„Wenn du mir versprichst, mich hinterher nicht doch noch vor die Tür zu setzen?"

„Versprochen. Hör mal, du bist mein Freund, das hat mit Sex nichts zu tun. Ich bin einfach froh, dass du am Leben bist!"

„Freund, sagst du? Das hat noch nie jemand zu mir gesagt und wahrscheinlich war ich tatsächlich auch noch nie jemandes Freund. Habe ich bisher auch nicht gebraucht, glaubte ich zumindest, bis sich mein Dauerfrust zu einem echten Alkoholproblem ausgewachsen hat. Da fällt mir ein, kann ich Aspirin haben? Können gern auch ein paar mehr sein, ich habe höllische Kopfschmerzen, vom Rest des Körpers ganz zu schweigen, ich fühle mich wie durch den Wolf gedreht."

Nikol billigte ihm zwei Stück zu, mit einem Glas Wasser. „Wenn du schon mittendrin bist, im harten Entzug, machen wir einfach weiter, ich helfe dir dabei. Das heißt, keinen Alkohol mehr und Schmerzmittel nur in kontrollierter Dosis. Und morgen fahre ich dich zu mir in die Klinik, damit du Ersatzstoff bekommst. Wenn du so hart dringesteckt hast, mit all dem Alkohol dazu, wird es ohne Rausschleichen zu schwer für dich."

Lukas nickte ergeben. „Jemand zum Ausheulen zu haben, hilft schon mehr als du denkst und wahrscheinlich tut es ganz gut, sich den Mist mal von der Seele zu reden. Wobei du als Zuhörer sogar ein Profi bist. Aber etwas mehr von Tabletten wäre echt hilfreich." Ein Stöhnen entrang sich seiner Brust. Lukas setzte sich auf und wickelte sich die Decke um die hochgezogenen Knie. „In den letzten Monaten habe ich in jeder Freischicht fast nur noch von Schnaps und Zigaretten gelebt. Mit meinen Eltern bin ich zerstritten, mein letzter Lover ist ein Arschloch und so habe ich mich in eine katastrophale Situation hinein gesoffen, an deren Ende du mich aus dem Gebüsch gesammelt hast." Sein Gesicht nahm einen weichen Ausdruck an, als er weitersprach.

„Der Mann, um den sich mein gesamtes Leben dreht, heißt Luca. Bis du es vorhin gesagt hast, war mir nicht mal bewusst, dass er meine große Liebe ist, dabei war genau das in unserer Jugend die größte Selbstverständlichkeit. Aber als wir dann viele Jahre später hätten zusammenleben können, hat es nicht funktioniert und ich habe ihn verlassen und inzwischen seit vier Jahren nicht mehr gesehen. Vor ein paar Wochen hat seine Schwester mich in meinem Dornröschenschlaf aufgestöbert und mir erzählt, dass Luca schon seit September vermisst wird. Sie bat mich, ein wenig in der Szene rumzuhorchen. Zuerst habe ich nur halbherzig zugesagt, bis mir allmählich klarwurde, dass mich das mehr angeht, als ich anfangs dachte. Luca hat immer an uns geglaubt und wahrscheinlich nie verstanden, warum ich gegangen bin. Und ich war viel zu selbstgefällig und arrogant, um es ihm so zu erklären, dass er es versteht und trotzdem nicht verletzt ist. Ich befürchte, ich bin nicht unschuldig an seiner Flucht und irgendwie habe ich mich seitdem mehr und mehr darauf versteift, ihn finden zu wollen. Aber es ist mir nicht mal gelungen, eine Spur von ihm zu entdecken, dabei habe ich früher immer geglaubt, ihn gut zu kennen, aber auch das ist wohl lange vorbei. Luca war nie, wie andere Jungen seines Alters und wie er heute ist, weiß ich noch viel weniger ... aber vielleicht sollte ich weiter vorne anfangen."

Nikol hatte eine weitere Kanne Tee gekocht und dem Freund Stunde um Stunde zugehört. Lukas hatte noch mehr Tabletten geschluckt. Trotzdem ging es ihm wahnsinnig schlecht. Schweißausbrüche, Fieber, Schüttelfrost und Schmerzen am gesamten Körper quälten ihn. Zwischen den Schüben von Qual und Erbrechen weinte er immer wieder.

Inzwischen lagen sie schlaflos nebeneinander im Bett, und Lukas versuchte, sich zu erinnern, was in den letzten drei Wochen geschehen war.

„Wann warst du zum letzten Mal auf Arbeit?", fragte ihn Nikol, um seinen Gedanken auf die Sprünge zu helfen.

„Irgendwann Ende November, glaube ich. Ich hätte um den dreißigsten wieder zur Schicht antreten müssen, habe mich aber weder in der Klinik gemeldet, noch bin ich hingegangen. Am Anfang, das weiß ich noch, war mir mein Zeitfenster durchaus bewusst und ich beabsichtigte auch, es einzuhalten. Aber tags darauf stand ich dermaßen unter Alkohol und Drogen, dass ich erhebliche Filmrisse hatte. Da sind nur merkwürdig verschwommene Bilder in meinem Kopf. Ich erinnere mich an Adrian, der Typ, der mich nach der Prügelei eingesammelt hat. Und ich entsinne mich, dass ich ihm meinen Autoschlüssel in die Hand gedrückt habe, keine Ahnung, warum ich das getan habe, ich muss völlig dicht gewesen sein und klar, ist meine Blödheit bestraft worden. Adrian taucht in späten Erinnerungsfetzen nicht mehr so häufig auf. Eigentlich nur noch, um mir das Heroin zu bringen. Mein Auto ist, logisch, natürlich nicht mehr da."

„Das würde ja heißen, dass du über drei Wochen abgetaucht bist, heute ist der 24. Dezember!"

Lukas ächzte. „Adrian verschwand irgendwann vor ein paar Tagen und von da an wurde auch der Stoff knapper, mit dem er mich vorher so großzügig versorgt hat. Wahrscheinlich war es die Kohle von meinem eigenen Wagen, die ich mir reingedrückt habe, aber auch egal, es ist nur ein Auto. Schlimmer ist, dass meine Wohnung mit Absperrbändern versiegelt ist. Ich hatte meinen Wohnungsschlüssel und alle Papiere im Auto gelassen und da werden die mir wohl die Bude ausgeräumt haben und die Nachbarn haben die Bullen hinzugezogen, denke ich. Dann ist mir gestern eingefallen, dass ich schon seit mindestens einem halben Jahr keine Miete mehr bezahlt habe, sprich, die Wohnung kann ich vergessen, genauso wie den Job. Und wenn du jetzt nicht gerade neben mir wärest, würde mich der Frust genauso übermannen wie gestern, als ich in den Main steigen wollte. Aber vermutlich wirst du zu verhindern wissen, dass ich mich jetzt hier und gleich aus dem Fenster stürze."

„Das ist hier Hochparterre, das funktioniert nicht mit dem Fenstersturz. Nur, warum hast du die Miete nicht bezahlt, das Geld musst du doch gehabt haben?"

Lukas wälzte sich unruhig hin und her. Dann beugte er sich über den Eimer neben dem Bett und würgte den Tee der letzten Stunden wieder hervor. Erschöpft wischte er den Mund ab, spülte mit Wasser nach und lehnte sich stöhnend ins durchgeschwitzte Kissen. Klaglos trug Nikol den Eimer ins Bad und brachte ihn geleert und gesäubert zurück.

„Nicht wirklich, das Geld war immer knapp. Ich hatte das Auto, mein Motorrad, war viel auf Partys, kaufte eine Menge Alkohol und massenweise Zigaretten. Wahrscheinlich habe ich mehr ausgegeben, als reinkam. Ich habe mir immer alles gleich gekauft, wenn ich es wollte. Naja, früher sind meine Eltern für Unterkunft und das Auto aufgekommen und ich habe immer mein Geld für mich allein gehabt."

„Sprich, du hast nie gelernt, vernünftig zu wirtschaften, mit Geld umzugehen oder einen eigenen Haushalt zu führen?"

„Es war immer genug da!", rechtfertigte sich Lukas „Und ganz früher hat es ohnehin nie eine Rolle gespielt. Luca und ich haben ständig in den Tag hineingelebt, viel zu häufig von der Hand in den Mund. Und wenn dann Geld da war, haben wir es richtig krachen lassen, ist doch logisch!"

Dann stöhnte er wieder vernehmlich auf und wechselte das Thema. „Die Schmerzen werden wieder schlimmer, als ob ich nicht so schon genug Mist am Hals habe!"

Nikol reichte ihm Tabletten und Wasser. „Versink jetzt nicht im Selbstmitleid. Klar ist da viel schief gelaufen in deinem Leben und gerade in den letzten Wochen. Von Siegfried will ich nicht mal reden, mit ihm hätte es ohnehin keine Zukunft gegeben. Aber du hast es überstanden und du lebst. Die Schmerzen werden nachlassen und in einigen Wochen bist du wieder clean. Ja, der Job und die Wohnung sind garantiert weg. Du kannst gern bis auf weiteres hierbleiben, wirst also nicht obdachlos sein und ich bringe dich bei einem Kollegen in einer ambulanten Drogentherapie unter, damit du aus deiner Alkoholsucht rauskommst. Und wenn du das alles hinkriegst, hast du gute Chancen, dein Leben wieder in die rechten Bahnen zu lenken. Du bist promovierter Arzt, Lukas, vergiss nicht deine Fähigkeiten. Es wird wohl nicht mehr das Uniklinikum sein, aber woanders werden auch gute Leute gesucht. Ich habe Freunde in Höchst, vielleicht klappt es dort und mit ein bisschen Glück, kannst du deinen Facharzt doch noch machen. Und während du hier bei mir lebst, kann ich dir ganz bestimmt auch das ein oder andere beibringen, damit du später auch allein besser klarkommst und dich aus Problemen nicht mehr rausprügeln musst. Was hältst du davon?"

Lukas schnaufte ungehalten. „Ich komme mir vor, wie der letzte Idiot, wenn du die Wahrheit wissen willst. Ich habe mich seit dem Studium in Sachen Schlägereien immer sehr gut im Griff gehabt, es gab ja auch praktisch keine Anlässe mehr dafür. Hätte mich dieser Affe im Klub nicht tätlich angegriffen, wäre nicht mal was passiert, ich wollte sowieso gerade gehen!"

„Ja, ich weiß, aber du warst betrunken, hast die Kontrolle verloren und bist hochkant rausgeflogen. Das hat dich maßlos wütend gemacht und so warst du empfänglich für diesen skrupellosen Adrian, der dich komplett ausgenommen hat. Ein abgekartetes Spiel würde ich sagen."

„Hör verdammt noch mal endlich auf!", fluchte Lukas. „Das Schlimme ist nämlich, dass du Recht hast, mit all dem. Und eigentlich ist es mein Part, der oberschlaue Macho zu sein, der immer stark ist und alles weiß! Wie weit willst du mich noch erniedrigen?"

„Gar nicht", antwortete Nikol sanft. „Und du brauchst bei mir auch nicht oberschlau und schon gar kein Macho zu sein. Sei einfach nur du selbst. Ein Mann, selbst ein kluger Kopf wie du, muss weder immer alles wissen noch muss er immer stark sein."

Lukas schwieg eine lange Weile, so dass Nikol schon vermutete, er sei eingeschlafen. Doch dann folgte eine Reaktion. Lukas Stimme klang sehr viel ruhiger als zuvor.

„Wenn es das ist, was einen Freund ausmacht, habe ich wahre Freundschaft tatsächlich noch nicht kennengelernt. Es ist eine neue Erfahrung für mich. Unter diesen Bedingungen nehme ich dein Angebot gern an. Ich bleibe und werde mit deinem Therapietypen über mein Alkoholproblem sprechen, ich werde mir deine Belehrungen geduldig anhören und über ordentliche Haushaltsführung nachdenken. Es wäre cool, wenn du wieder Recht behältst und ich nochmal eine Chance bekäme. Im Übrigen bin ich froh, dass du ein paar Jahre älter bist als ich. Das macht es leichter, deine Ratschläge anzunehmen, quasi, wie ein großer Bruder verstehst du?"

„Ich liebe dich, mein lieber Lukas, aber im Grunde bin ich auch froh, dass das mit uns als Paar nichts wird, denn du kannst ein wahres Scheusal sein, uncharmant bis zum geht nicht mehr. Wie kannst du einen schwulen Mann auf sein Alter hin ansprechen?!"

Lukas lachte laut und herzlich und dieses Geräusch war das Schönste, welches Nikol, seit Stunden gehört hatte. Lukas würde es schaffen, ganz sicher.

Reuther, zwischen den Jahren, 1986

Vincent fühlte sich besser. Günther Rottleb hatte die Kanzlei zwischen den Feiertagen geschlossen und gemessen an den Umständen, dass es von Luca noch immer kein Lebenszeichen gab, war die Weihnachtszeit im Zeichen der Familie endlich mal wieder eine Entwicklung in die richtige Richtung. Mario und Giulio waren am Heiligabend gekommen und am ersten Weihnachtstag hatten sich Miri und Melli dazugesellt. Zu Überraschung aller stand dann auch noch Robert vor der Tür, mit einem Blumenstrauß für Gloria und einem Kuss und Rosen für Franca. Vincent grinste in sich hinein wie ein einfältiger Trottel. Seine ursprüngliche Vermutung in Bezug auf seine Tochter hatte sich zwar anfangs nicht bewahrheitet, jedoch nachträglich war Franca nun doch im Netz eines Mannes, den sie offensichtlich liebte, eingefangen worden.

Gloria hatte sich mit Unterstützung der anderen Frauen in der Küche selbst übertroffen, so dass es am Weihnachtstag ein klassisches Festmahl aus Gans, Rotkraut und Klößen gab. Hinterher saß die Familie, wie in einem der kitschigen Weihnachtsfilme, die das Fernsehen mit schöner Regelmäßigkeit jedes Jahr ausstrahlte, in trauter Runde beisammen. Sie knackten Nüsse, knabberten Mellis selbstgebackene Plätzchen und die saftigen Orangen verspritzten beim Schälen ein Aroma, das, gemischt mit dem Duft der Tanne, in Vincent ein Gefühl von Heimat und Glückseligkeit auslöste.

Selbst Roberts Erzählungen von seiner Arbeit vermochten die vertraute Bitternis in seinem Inneren nicht wieder zu aktivieren. Eher im Gegenteil, zwar war Roberts Einheit mitnichten für das Auffinden vermisster Personen zuständig, jedoch hatte er im Kollegenkreis das Foto von Luca rumgezeigt und seine Leute sensibilisiert, auf dieses Gesicht zu achten. Und diese Kollegen waren allesamt geschulte Beobachter.

Ein Wunder erwartete Vincent davon keineswegs, jedoch fühlte es sich einfach gut an, mit seinem Problem nicht allein zu sein.

Mit Unbehagen erinnerte er sich eines Anrufes eine Woche vor Weihnachten. Richard von Arnheim, den er zuletzt mit seiner Anna bei der Dippemess im Herbst gesehen hatte, berichtete von einem Besuch der Polizei bei ihm zu Hause in Kelsterbach. Lukas war seit zwei Wochen nicht mehr auf der Arbeit erschienen und seine Wohnung war offensichtlich geplündert und demoliert worden. Nachbarn hatten die Polizei alarmiert, weil sie ein Verbrechen oder etwas vergleichbar Schlimmes vermuteten und zudem der Briefkasten seit Tagen überquoll.

Vincent konnte Richard leider nichts Mut machendes sagen, weder zum eigenen noch zu dessen Sohn.

Er hatte Franca von dem Anruf nichts erzählt. Sie sollte sich nicht auch noch für Lukas' Verschwinden verantwortlich fühlen. Denn bisher gab es überhaupt keine Anhaltspunkte, was mit dem jungen Arzt geschehen war, ob sein Untertauchen wegen der Mietschulden bewusst geplant war und ob überhaupt ein Zusammenhang mit Luca bestand. Für ihn sah es zumindest nicht so aus, eher vermutete er, dass Lukas mit seinen Problemen nicht länger klargekommen war und deswegen das Weite gesucht hat, um irgendwo neu anzufangen. Auf der anderen Seite hatte Franca erzählt, dass er einen erfolgversprechenden Posten im Uniklinikum hatte. Den einfach so wegzuwerfen?

Vincent seufzte. Die Arnheims taten ihm ehrlich leid. Denn Lukas würde im Gegensatz zu Luca nicht einmal bei der Polizei als vermisst geführt werden und so hatten sie schlicht seine Schulden beglichen, damit gegen den Sohn nicht auch noch ein Inkassounternehmen angesetzt werden musste.

Heute, am Montag, waren die beiden Ältesten wieder ausgeflogen, die Silvesternacht am kommenden Mittwoch wollten sie zusammen mit ihren Studienfreunden feiern, auch Franca und Graziano waren bei Freunden eingeladen. Robert musste arbeiten und zum ersten Mal, seit dem Beginn ihres gemeinsamen Lebens, würde er Silvester allein mit Gloria verbringen. Vincent hatte nichts dagegen. Die letzten Jahre, allem voran die vergangenen Monate, waren nervenaufreibend gewesen und er sehnte sich nach etwas Ruhe und gemütlichem Zusammensein mit seiner Traumfrau.

Heute schien er einen geringen Vorgeschmack darauf zu bekommen. Die Zwillinge genossen die vorlesungsfreie Zeit und waren so wie früher gemeinsam unterwegs.

Gloria trug auf einem kleinen Tablett zwei Espressotassen zu ihm ins Zimmer, auf einem Servierteller lagen die restlichen Weihnachtsplätzchen.

Vincent lächelte sie an. „Ich glaube, daran könnte ich mich gewöhnen."

Gerade als sie das Tablett abgestellt hatte, zog er sie zu sich und schloss sie in die Arme. „Etwas mehr Urlaub würde dir ganz sicher guttun", lachte sie und erwiderte seinen Kuss.

Dann klingelte es an der Tür.

Vincent und Gloria fuhren auseinander und sahen sich überrascht an.

„Ich dachte, die Zwillinge bleiben länger weg", sagte Vincent in einem nach Enttäuschung klingenden Tonfall.

„Sie haben beide Schlüssel", warf Gloria ein. „Sie werden es nicht sein!"

Vincent zog die Augenbraue hoch. „Hoffentlich nicht wieder schlechte Nachrichten", seufzte er und stand auf, Gloria folgte ihm auf dem Fuß.

Die Überraschung hätte nicht größer sein können. Vor der Tür stand Lukas, neben ihm ein fremder, arabisch aussehender Mann mittleren Alters.

Lukas sah mitgenommen aus, er war bleich mit eingefallenen Wangen und Schrammen im Gesicht. Aber seine grauen Augen funkelten aufmerksam hinter den Brillengläsern.

„Hallo, Winnie", begrüßte ihn der einstige Abenteurer. „Ich hoffe, wir stören nicht?"

Vincent schüttelte den Kopf, „Ganz und gar nicht, im Gegenteil, ich bin erleichtert dich zu sehen, aber nun kommt herein!"

„Niqur Ibn Ismail al Said", stellte sich der Fremde mit einer angedeuteten Verbeugung vor.

Lukas stieß ihn freundschaftlich an. „Übertreib es nicht, das versteht kein Mensch." Und an Vincent und Gloria gewandt ergänzte er: „Das ist Nikol, mein bester Freund, er ist Syrer und hat einen unverständlichen Namen, deswegen die Abkürzung."

Vincent und Gloria sahen sich erleichtert an. Lukas mochte schlecht aussehen, aber er war der Mann, wie sie ihn von früher her kannten, mit einer vorlauten, aber gutmeinenden großen Klappe und frechen Scherzen.

Ein entspannendes Lachen breitete sich aus.

„Seid willkommen", beteuerte Vincent.

„Ich mach noch Getränke", sagte Gloria und verschwand in der Küche, von wo sie bald darauf mit dampfenden Tassen wiederkam.

Die vier setzten sich gemeinsam ins Wohnzimmer. Nikol rührte sich zwei Löffel Zucker in den Espresso.

„Wir sind froh, dass du gekommen bist!", betonte Vincent an Lukas gerichtet.

„Gibt es Neuigkeiten von eurem Sohn?", fragte Nikol, bevor Lukas auch nur eine Chance hatte, seine Frage zu formulieren.

Das Paar schüttelte synchron den Kopf. „Ich sehe, du bist von Lukas bereits in unsere Familie eingeweiht worden?", fragte Vincent.

Nikol nickte. „Ich habe Lukas beinahe aus dem Main fischen müssen, daraufhin schuldete er mir etwas, nämlich eine Erklärung für den ganzen Mist. Und die hat er mir vor ein paar Tagen ausführlich geliefert. Er ist jetzt bei mir mit eingezogen, Samstag waren wir eine neue Brille kaufen und inzwischen sieht er schon langsam mehr wie ein Mensch, als wie der Zombie von vor ein paar Tagen aus."

„Du bist so nett zu mir!", knurrte Lukas unwillig. „Und nun hör mal, das hier sind Lucas Eltern und wir sind seinetwegen hier, du kannst meinen Absturz also gern weglassen."

„Ganz und gar nicht!", betonte Vincent. „Selbst, wenn es in Bezug auf unseren Jungen leider nichts Gutes zu berichten gibt; immer mehr Menschen suchen nach ihm und ich bin sicher, eines Tages werden wir ihn finden, egal wie lange es noch dauert, egal, was in der Zwischenzeit geschehen ist. Irgendwann werden wir etwas erfahren und endlich die Gewissheit haben und zur Ruhe kommen können. Aber inzwischen hat auch dein Vater sich bei uns gemeldet. Lukas, deine Eltern suchen dich verzweifelt, sie glauben, dass etwas Furchtbares geschehen ist, die Polizei war bei ihnen wegen des Einbruchs in deiner Wohnung vor zwei Wochen und sie wissen, dass du schon einige Zeit nicht mehr arbeiten warst. Was sollen sie glauben, woran ihre Hoffnung klammern? Oder hast du sie bereits angerufen?"

Beschämt senkte Lukas den Kopf. „Sag jetzt nichts, Nikol, ich weiß, du hast mal wieder Recht gehabt, wie immer. Verdammt ich hasse das!"

Lukas stand abrupt auf, stopfte die Fäuste in die Taschen, stapfte zum Fenster und richtete den Blick stur hinaus und Vincent fand, er sah aus wie ein bockiger Junge, den man beim Lügen ertappt hatte.

Nikol schaute aus seinen dunkelbraunen Augen zu ihm hoch. „Wir sind zusammen, um dein Leben wieder in Ordnung zu bringen, mein Freund. Manchmal sind die Schritte schwer zu gehen und deswegen gehen wir sie gemeinsam. Du brauchst also nicht wütend zu sein."

Lukas' Brust hob und senkte sich unter seinen tiefen Atemzügen, dann wandte er sich langsam um. „Ich kann das nicht, Nikol! Ich schäme mich viel zu sehr! Du weißt, was sie alles für mich getan haben und ich habe sie einfach vor den Kopf gestoßen, alle Ratschläge und Angebote ignoriert und wollte es unbedingt selbst packen und mein eigenes Leben hinkriegen. Ich habe es aber nicht geschafft, weder eine vernünftige Beziehung noch den Facharzt, erst recht nicht den ganzen Papierscheiß um die eigene Bude und das Drumherum mit Formularen und dem Steuermist, wovon ich gar keine Ahnung habe. Oder was man trotzdem machen muss und nun stehe ich mal wieder vor dem nichts, wie damals, als sie mich von der Straße geholt haben. Ich bin sicher, sie wussten, dass ich versagen würde, deswegen haben sie mir alles abnehmen wollen. Wie soll ich ihnen denn jetzt noch in die Augen sehen, jetzt, wo alle ihre Prognosen wahr geworden sind? Das ist ja noch schlimmer als bei dir und auch du hast mich von der Straße aufgesammelt, ich werde, verdammt noch mal, den Gestank und den Dreck der Gosse nicht los. Es ist, als ob mich meine Vergangenheit immer wieder einholt, mit all dem was dazugehört, Alkohol, Drogen und meine Unfähigkeit, im normalen Leben allein klarzukommen!"

„Es sind deine Eltern", wandte Gloria mit ruhiger Stimme ein. „Und Eltern, die ihre Kinder lieben, können auch verzeihen und vergeben. Anna und Richard lieben dich, Lukas. Sie wollen dich, so wie du bist, auch wenn du vielleicht nicht dem entsprichst, wie sich Eltern das Leben ihres Kindes erträumen. Im Leben ist nichts immer schön und auch nicht einfach, und wenig verläuft geplant. Immer wieder funkt einem das Schicksal dazwischen. Auch ich habe mir einst das Leben mit meinem Jungen zurecht geträumt, du weißt besser als jeder andere, was daraus geworden ist. Und doch wünsche ich mir, wünschen wir uns, dass Luca zurückkommt, selbst wenn das

Zusammensein mit ihm schwierig ist. Wir alle haben Fehler gemacht und Luca hat bitter für alles bezahlt. Wir haben aus unseren Fehlern gelernt und nun wissen wir nicht, ob wir eine neue Chance mit unserem Sohn haben werden. Du kannst deinen Eltern diese Möglichkeit verschaffen, Lukas, sie warten auf dich!"

Lukas ließ sich resigniert auf das Sofa neben Nikol fallen.

„Ich kann das nicht", sagte er mit bitterer Stimme. „Ich kann nicht einfach dort anrufen und ‚hallo Vater' sagen! Das kriege ich nicht hin."

„Ich kann das für dich tun", bot sich Vincent an. „Jetzt gleich, wenn du einverstanden bist."

„Sie sind jetzt garantiert in der Praxis", wand sich Lukas hilflos, „das wird sowieso nichts."

Vincent sah ihn mit seinen wasserblauen Augen klar und forschend an und Lukas senkte ergeben den Kopf. „Du wirst sehen, sie sind nicht da."

Nikol ergriff seine Hand.

Bei den Arnheims in Kelsterbach klingelte das Telefon, schon nach dem dritten Klingeln ging jemand ran.

„Richard? Hier ist Vincent. Setzt euch bitte sofort ins Auto und kommt her, Lukas ist hier. Ja, es geht ihm recht gut, er lebt und ist in einem Stück, etwas angeschlagen, aber seht selbst."

Lukas fiel in sich zusammen. „Das schaffe ich nicht", jammerte er.

Nikol legte seinen Arm um ihn. „Doch, das wirst du, du bist nicht allein!"

„Krieg ich einen Drink?", bat er an Vincent gerichtet.

Nikol intervenierte sofort. „Nein, kein Alkohol! Du solltest auf Wasser, Kaffee oder Tee umsteigen."

Lukas stöhnte theatralisch. „Manchmal wünschte ich, du wärest am letzten Mittwoch einen anderen Weg gegangen, dann wäre alles vorbei!"

„Dazu hast du kein Recht!" Nikol klang ungewohnt ernst. „Es ist Allah, der über das Leben entscheidet, nicht du!"

„Ist ja schon gut." Lukas war sich nicht sicher, ob er dankbar oder wütend sein sollte. Ein Typ wie Nikol war ihm nie zuvor begegnet. Früher hätte er solche Einwände einfach weggelacht, erhaben über das Geschwafel von Gott. Inzwischen war er sich nicht mehr so sicher. Nein, zur Religiosität hatte er nicht gefunden, aber Nikol versprühte eine Stärke und Kraft, dass Lukas sie regelrecht körperlich zu spüren vermochte.

Gloria brachte ihm einen großen Pott Kaffee, heiß und schwarz, wie Lukas ihn am meisten mochte. Sie lächelte ihm freundlich zu und seine Wut verblasste wie ein Straßenkreidebild nach einem Gewitterregen.

Es dauerte keine Stunde, dann klingelte es wieder an der Tür. Vincent ging und führte Richard und Anna ins Zimmer. Lukas sah seine Eltern stumm an. Er registrierte, dass seine Mutter geweint hatte, und nahm den Schmerz im Blick seines Vaters wahr, als der ihn von oben bis unten musterte.

Unfähig, sich zu bewegen oder auch nur einen Ton hervorzubringen, biss er sich auf die Unterlippe und wartete, dass sein Herzrasen und die Angst abebbten.

Es war sein Vater, der als Erstes auf ihn zustürzte. „Lukas!"

Lukas konnte sich nicht erinnern, je von seinem Vater so intensiv im Arm gehalten und gedrückt worden zu sein. Dann kamen noch mehr Arme und das schwere Parfüm seiner Mutter dazu. Er spürte ihr Schluchzen, mehr als er es hörte.

Auf einmal zerbrach etwas in ihm, seine Beine, vorher steif und ungelenk, konnten ihn plötzlich nicht mehr tragen. In seinem Kopf fühlte er eine Explosion von Emotionen, das Herz zersprang und eine wahre Tränenflut ergoss sich aus seinen Augen.

Seine Eltern geleiteten ihn links und rechts gestützt zur Couch. Auf einmal war er wieder ein kleiner Junge, der den Trost und die Liebe von Vater und Mutter in sich aufsaugte, wie ein ausgedorrter Schwamm. Gefühle, die er damals, als er sie ersehnt hatte, nicht bekam. Und doch verspürte er keine Wut darüber, die Vergangenheit war vorbei und auch wenn er sich fühlte wie ein zehnjähriger Bengel, so war er doch keiner.

Es war Erleichterung, die sich rasch in ihm ausbreitete wie das Meer während der Flut. Und Dankbarkeit. Er spürte die trockene Hand seines Vaters, der die seine festhielt, als wolle er sie nie wieder loslassen. Lukas musste unwillkürlich lachen und ein leises, vorsichtiges Glucksen entrang sich seiner Brust.

„Was bin ich doch für ein Idiot", schalt er sich selbst. „Und davor habe ich nun solche Angst gehabt."

„Du lebst, Junge, nur das zählt für uns", beteuerte seine Mutter.

„Wir hatten Angst, dich endgültig zu verlieren", bestätigte der Vater, der seine Hand nun loslassen musste, um ein Taschentuch aus der Jacke zu nehmen.

Lukas wurde bewusst, dass er mit seinen Eltern allein im Zimmer war. Er hatte Nikol und die Reuthers für diese Begegnung tatsächlich nicht gebraucht.

Er atmete tief durch und nahm das Papiertaschentuch, welches ihm seine Mutter reichte.

„Ihr seid nicht wütend auf mich?", fragte er vorsichtshalber nach.

„Wir waren anfangs enttäuscht, später besorgt", führte sein Vater aus. „Die Ungewissheit ist am schlimmsten und das Warten auf ein Zeichen von dir war zermürbend. Aber wir haben an dich geglaubt, dass du deinen Weg gehen wirst. Also haben wir weiter geduldig gewartet und gehofft. Der Besuch der Polizei hat uns dann allerdings mächtig die Füße weggerissen, seither waren unsere Gedanken an dich von Verzweiflung und Angst geprägt, aber Wut? Nein, Wut niemals."

„Aber ich habe jede Menge Scheiße gebaut und stehe praktisch vor dem Nichts! Das könnt ihr doch nicht einfach so hinnehmen?" Unglauben mischte sich in Lukas Frage.

„So wie du aussiehst, hast du Dinge eingenommen, die nicht gut sind für dich. Alkohol und Drogen, schätze ich mal und zu viel geraucht hast du ja schon immer. Aber all das hast du auch früher getan, und Schlimmeres noch. Warum sollten wir jetzt überrascht sein? Vor ein paar Jahren ist es uns gemeinsam gelungen, dich wieder auf die Füße zu bekommen. Wir glauben daran, dass es uns ein weiteres Mal gelingen wird. Die einzige Voraussetzung ist, dass du dazu bereit bist. Aber selbst da bin ich optimistisch, mir scheint, du bist nicht allein?"

Vaters Frage zielte auf Nikol. „Er ist mein bester Freund, der Beste, den ich je hatte. Ich glaube, ich sollte euch miteinander bekannt machen, ich verdanke ihm viel. Mein Leben, um genau zu sein."

Lukas putzte sich ein weiteres Mal die Nase und säuberte die Brille von Tränen und Abdrücken. Dann gingen sie gemeinsam in das Esszimmer, wo die Reuthers inzwischen den Tisch zum Abendessen gedeckt hatten.

Vincent strahlte die Arnheims zufrieden an, als er sie einträchtig als Familie hereinkommen sah. „Ihr bleibt doch zum Essen, oder? Ich glaube, nach einer guten Mahlzeit lassen sich besser Pläne schmieden und genau das sollten wir doch gemeinsam tun!"

Lukas

„Ich mag deine Eltern", bekannte Nikol, als sie abends nebeneinander im Bett lagen. „Mit ihnen im Rücken brauchst du nie wieder Angst haben, selbst wenn du mal einen Rückfall hast, sie fangen dich auf."

„Können wir den Rückfall auslassen?", fragte Lukas, „ich stehe schließlich gerade am Anfang meiner Entzugskarriere. Die Vorstellung, nie wieder Alkohol anzurühren ist äußerst befremdlich."

„Weil er seit deiner Kindheit zu deinem Leben gehört hat", behauptete der Freund. „In den nächsten Wochen hast du aber vorrangig einige Behördentermine zu erledigen, damit du wieder einen Führerschein hast und die fehlenden Papiere ersetzt werden, in diesem Land ist man ohne dem ja praktisch nicht existent."

„Ich hasse so etwas", bekannte Lukas. „Dieser ganze Behördenscheiß und Bürokratiekram hat mich schon an der Uni tierisch genervt, ich hatte gehofft, dass es danach leichter wird, wurde es aber nicht. Nun ja, meine Eltern kennen sich da zum Glück aus und wissen schon, was ich machen muss."

„Sie begleiten dich sogar!", ergänzte Nikol. „Und mal sehen, die Wohnungsverwaltung hat doch noch einiges aus deiner Wohnung rausgeholt, das Zeug, das unter Verschluss eingelagert wurde. Vielleicht hast du Glück und deine Zeugnisse und Abschlüsse sind dabei. Dann müssen die zumindest nicht wiederbeschafft werden."

„Hoffentlich, sonst raste ich vielleicht mal wieder aus!"

Lukas drehte sich zu Nikol um. „Danke, dass du mich in die Klinik geschleppt hast, ohne das Buprenorphin hätte ich wahrscheinlich nicht länger durchgehalten. Und auch für den Therapieplatz bei dir an der Klinik, den du organisiert hast, andere warten garantiert eine Ewigkeit darauf."

„Ja", bestätigte der Freund, „obwohl die meisten auf einen stationären Platz hoffen. Aber du schaffst das ambulant, da bin ich mir sicher. Es ist bei dir nicht so, dass du permanent an der Flasche hängst. Nur eben leider zu oft, um unproblematisch zu sein und wenn du trinkst, dann zu viel. Im Anschluss daran wirst du auch keine Einschränkungen durch den Drogenentzug mehr spüren und dann kümmern wir uns als nächstes um einen neuen Job. Zur Not kannst du auch wieder bei deinen Eltern in der Praxis einsteigen, das Angebot steht schließlich immer noch."

„Ja, aber da kann ich den Facharzt nicht machen", widersprach Lukas.

„Ich hoffe nur, dass mir das Uniklinikum die bereits absolvierten Jahre bescheinigt und ein neuer Arbeitgeber die Zeit auch anerkennt. Sonst waren die ganzen vier Jahre umsonst!"

„Wir gehen gemeinsam dort hin!", beschwor Nikol. „Aber erst, wenn mein Chef mit dem Personalchef der Uniklinik gesprochen hat. Wir schaffen das!"

Lukas seufzte. „Das kann ich nie wieder gutmachen!"

„Doch, indem du nicht aufgibst."

Lukas beugte sich über seinen Freund und küsste ihn.

„Was soll das jetzt? Ich entspreche nicht deinem Beuteschema, schon vergessen?"

„Nein, mir war aber gerade danach."

„Ist da noch mehr drin?"

Lukas zögerte kurz. „Wir müssen es aber safe machen, zumindest bis ich das Ergebnis vom Test habe."

„Das erklärst du gerade mir?"

Lukas grinste und schob sich wortlos unter Nikols Decke. Er brauchte jetzt einfach jemand, der ihn hielt und die drängenden Bedürfnisse in seinem Schoß lindern konnte.

Lukas hatte den gestrigen Neujahrstag gemocht, es war sein erster Neujahrsmorgen seit Jahren außerhalb der Unfallchirurgie gewesen. An den letzten Jahreswechseln hatte er immer arbeiten müssen. Nikol war als Psychologe grundsätzlich besser dran, er hatte Silvester sogar frei bekommen und so konnten sie den Abend gemeinsam mit den Kollegen von der AIDS-Hilfe verbringen. Als der Alkoholpegel der Gäste stieg, hatten sie sich verabschiedet und mit Cola auf das neue Jahr angestoßen. Nikol verhielt sich äußerst konsequent und Lukas war halbwegs zufrieden mit sich. Durch die Gesellschaft des Freundes fiel ihm der Verzicht nicht gar so schwer. Hinzu kamen die positiven Veränderungen an seinem Körper, die er freudig wahrnahm: Er fühlte sich besser, die Schmerzen wurden erträglicher, so dass er es manchmal schon ohne Tabletten aushielt. Selbst die Kopfschmerzen, unter denen er sonst fast täglich gelitten hatte, reduzierten sich auf einzelne Attacken, die ihn dann aber fast komplett lahmlegten und nach und nach den gesamten Körper erfassten. Insgesamt aber fühlte er sich fitter denn je, sein Appetit nahm zu und Rippenbögen und Hüftknochen stakten nicht mehr so aufdringlich nach außen.

Wenn er erst wieder etwas kräftiger war, würde er mit Sport anfangen, um sich insgesamt wieder in Form zu bringen.

Das Jahr begann also schon mal sehr vielversprechend, die Stadt indes lag schmutzig vom Abfall der Feuerwerkskörper im grauen Schneematsch. Plastikhülsen, Folienverpackung und Holzstäbe der unzähligen Raketen und bunt verfärbte Pflastersteine vom rostroten Pulver der Chinaböller verhunzten überall dort die Straßen, wo Kneipen oder Lokale Feierlichkeiten angeboten hatten.

An den Gehwegrändern standen vom Raketenschweif verrußte Sektflaschen in ganzen Batterien und Lukas war gespannt, wie viele Tage es dauern würde, ehe die städtische Müllentsorgung das gesamte Chaos beseitigt hatte.

Im Moment genoss er einfach die Ruhe der erwachenden Stadt und das zu einer Zeit, in der sich an normalen Tagen bereits Blechlawinen durch die Massen von Baustellenabsperrungen wälzten. Den heutigen Freitag hatten sich, wie es schien, viele noch freigenommen. Hier in Schwanheim hielt sich der Verkehr allerdings ohnehin in Grenzen, dies war bereits Stadtrand, südwestlich, einige Kilometer weiter, lag laut und viel zu nah der Flughafen. Jedoch hatte der Stadtlärm Lukas nie gestört, er gehörte zu seinem Leben wie der Alkohol. Bisher zumindest.

Gerade eben hatte er Nikol nach Höchst in die Klinik begleitet, zu dessen zweitem Arbeitstag in diesem Jahr. Den Hinweg waren sie mit dem Auto gefahren, für die Rücktour musste Lukas die Öffentlichen nehmen, seinen neuen Führerschein würde er erst in sechs Wochen bekommen. Aber das Auto und sein Motorrad waren, wie so vieles andere, ohnehin verschwunden.

Vielleicht sollte er lieber dankbar sein, dass er zwischen den Feiertagen überhaupt drangekommen war, um neue Papiere zu beantragen. Es hatte sich merkwürdig angefühlt, es aber auch leichter gemacht, gemeinsam mit Nikol zum Rathaus zu gehen. Er kam sich vor wie ein Betreuter, das lag vermutlich eher an dem Wissen, dass Nikol so einen Job tatsächlich machen durfte.

Nun verspürte er wenig Lust, in die einsame Wohnung zurückzukehren. Ohne den Freund fühlte er sich dort immer noch fremd. Bei dem Essen letzten Montag in Eschersheim hatten seine Eltern ihm, wie selbstverständlich, angeboten, wieder zurück ins heimatliche Kelsterbach zu ziehen. Aber das konnte sich Lukas im Moment ganz und gar nicht vorstellen. Er benötigte weiterhin etwas Zeit, um die vergangenen Wochen zu verarbeiten, vor allem jedoch brauchte er Nikols fachmännische Hilfe und Konsequenz.

Mit seinen Eltern über die wahrscheinliche AIDS-Infektion zu sprechen, die wie ein Damoklesschwert über ihm schwebte, kam noch weniger in Frage. Die beiden hatten sich schon genug Sorgen um ihn gemacht. Für dieses Thema würde Zeit sein, wenn er das Testergebnis kannte. Also in spätestens drei Monaten, wenn eine Infektion sicher ausgeschlossen werden konnte. Mit etwas Glück musste es nicht mal zur Sprache kommen.

Überhaupt scheute er sich davor, mit ihnen über die Details seines Desasters zu sprechen, sie hatten bereits auf den ersten Blick erschreckend viel erkannt. Wenn sie dann erfahren würden, wie viel Lukas selbst zu der Katastrophe beigesteuert hatte, würde das seinem Selbstwertgefühl nicht gerade guttun. Nein, im Moment war er bei Nikol am besten aufgehoben.

Dieser großherzige Mann hatte sogar kurzfristig Urlaub genommen, um ihm beim Entzug weiter zur Seite stehen zu können und bei den Behördengängen zu unterstützen. Offensichtlich traute er Lukas' Selbstbeherrschung nicht allzu viel zu, falls die Typen im Amt Schwierigkeiten machen sollten. Und die Eltern mussten wirklich nicht überall mit ihm hingehen, obwohl sie es angeboten hatten. Nun, das mit den neu zu beschaffenen Papieren war dabei wahrscheinlich noch der leichteste Gang gewesen. Ihm graute vor den Stunden im Arbeitsamt, aber das war wohl wegen der Krankenversicherung wichtig, hatte Nikol erklärt. Wieso wusste dieser Mann so verflucht gut Bescheid? Er war doch nicht mal in Deutschland geboren!

Dann war da noch der Termin bei der Polizei wegen der demolierten Wohnung und den geklauten Fahrzeugen.

Und zu guter Letzt bei seinem ehemaligen Vermieter. Der hatte die Reste aus der Bude kurz vor Weihnachten zwangsgeräumt und nur dem Einschreiten seiner Eltern war es zu verdanken, dass die Sachen eingelagert, und nicht entsorgt wurden. Er wollte nicht mal ansatzweise wissen, was die beiden der ganze Scheiß, inklusive seiner Mietschulden, gekostet hatte.

Um nicht allein in Nikols Wohnung zurückzukehren und dort die Zeit totschlagen zu müssen, wählte er stattdessen den Weg zur Straßenbahn. Die Linie rumpelte bis in die Stadt. Lukas war seit mehr als einer Woche nicht dort gewesen und er fuhr mit gemischten Gefühlen über den Main.

Wie würde er reagieren, sollten ihm Adrian oder gar Raymond begegnen? Lukas schob die Vorstellung rüde zur Seite, er musste diese verdammte

Scheiße endlich hinter sich lassen, auch wenn sich schon bei dem Gedanken an unangenehme Zusammentreffen sein Herzschlag verdoppelte. Doch bereits am Hauptbahnhof stieg er spontan wieder aus und fuhr in die Gegenrichtung zurück. Er war noch nicht bereit, sich seinem Versagen zu stellen.

Der Vorteil von Nikols Fachrichtung war eindeutig, dass er geregelte Arbeitszeiten hatte. Nachdem Lukas dann doch wieder in die Wohnung gefahren war, kam ihm die Zeit bis zum Feierabend des Freundes nicht mal mehr allzu lang vor. Er entdeckte, dass sie zusammen genug Schmutzwäsche produziert hatten, und stürzte sich beinahe mit Feuereifer auf die Hausarbeit. Immerhin konnte er auf diese Art etwas von dessen Engagement zurückgeben. Zum Glück trugen sie beide annähernd die gleiche Konfektionsgröße, obschon es ihn peinlich berührte, nicht mal eigene Wäsche zu besitzen. Und kein Geld, um sich welche zu kaufen. Ja nicht mal eine Option, Geld zu holen, da sein Konto gesperrt und er ohne jedweden Identitätsnachweis war. Vor Nikol sparte er sich jedoch jegliches Schamgefühl: Er hatte ihn schließlich in seiner tiefsten Erniedrigung erlebt, und trotzdem zu ihm gehalten. Lukas war sich nicht sicher, ob er dasselbe so bedingungslos für ihn getan hätte. Er war nie ein aufopferungsvoller Typ gewesen. Und auch für niemanden ein echter Freund. Dafür schämte er sich vor sich selbst.

Sonntag, kurz nach dem Frühstück, um zehn, setzten sie sich in Nikols Auto, um nach Kelsterbach zu fahren. Lukas hasste es, Beifahrer zu sein.

„Darf ich fahren?"

Nikol schüttelte energisch den Kopf. „Du hast gerade keinen Führerschein, schon vergessen?"

„Natürlich nicht, aber verdammt, es sind nur zehn Minuten bis dorthin, was soll schon passieren?"

Nikol zwinkerte ihm zu. „Alles ist möglich, das weißt du doch. Und nun erzähle mir bitte noch kurz, was mich dort erwartet. Leben deine Eltern allein?"

„Ich war vor vier Jahren das letzte Mal dort. Damals lebten meine Oma und meine jüngeren Geschwister mit im Haus. Ob Oma noch lebt, weiß ich nicht. Matthias müsste einundzwanzig und Kathrin sechzehn sein. Ungefähr. Also könnte meine Schwester theoretisch noch dort wohnen, bei meinem Bruder habe ich keine Ahnung."

Nikol zog die Augenbrauen überrascht nach oben. „Dann hoffe ich, sie alle kennenzulernen. Familie ist etwas sehr Wertvolles, glaub mir. Ich wünschte, ich könnte die meine ebenfalls wieder sehen. Aber da besteht keine Chance. Uns trennen nicht nur tausende Kilometer, sondern vor allem mein Bruch mit der Religion. Sie würden es nicht verstehen und mich wegen meiner Homosexualität verstoßen."

„Aber sie wissen es nicht, richtig?"

„Genau. Sie glauben, dass ich der westlichen Kultur erlegen bin, und in gewisser Weise haben sie damit sogar recht. Die ganze Wahrheit würde sie viel schlimmer treffen, verbunden mit Schuldgefühlen und Abscheu. Also belasse ich es dabei. Ich habe meinen Frieden damit gemacht. Und nun sag mir, wo muss ich jetzt langfahren, ich bin noch nie in diesem Ort gewesen."

Lukas lotste ihn die altvertrauten Straßen entlang, bis das rote Backsteinhaus mit den Praxisräumen der von Arnheims in Sicht kam. „Dort, das ist es. Sieh, das Tor ist offen für uns."

Unsichtbare, würgende Finger griffen eiskalt nach Lukas' Hals. Er war wieder zu Hause. Und es war seine Oma, die an der Tür bereits auf ihn wartete. Auf einmal verlor er den Mut. Er hätte noch nicht herkommen dürfen, zu sehr standen ihm die letzten Wochen ins Gesicht geschrieben. Wie musste die alte Frau sein Anblick schmerzen? Viel zu gut erinnerte er sich an ihre gemeinsame Zeit, als die Eltern noch in Frankfurt gelebt und er von seinen Großeltern großgezogen wurde. Und diese Frau war die erste, und lange Zeit die Einzige, der er sich anvertrauen konnte, die ihm Verständnis und Liebe trotz aller Schwierigkeiten, trotz seiner Gefühle für den Jungen, entgegengebracht hatte.

Nikol öffnete die Wagentür von außen. „Nun komm schon, steig aus. Deine Oma hat nur ein Wolltuch über, sie wird frieren, wenn du sie noch lange warten lässt."

Steifbeinig kletterte er aus dem Sitz. Seine Schmerzen waren mit voller Wucht zurück, seine Hände zitterten und kalter Schweiß brach aus ihm hervor.

„Dir gehts nicht gut, oder?" Nikol erkannte sein Dilemma auf einen Blick. Er umfasste Lukas wie in einer freundschaftlichen Geste, stützte ihn aber beim Gehen.

„Lukas, mein Junge." Omas Stimme brach. Die schmächtige alte Frau hielt den Männern die Tür auf, seine Eltern warteten gleich dahinter und geleiteten die Gäste ins Wohnzimmer. Lukas hatte keinen Blick für Menschen und Umgebung, er konzentrierte sich allein darauf, in der

Senkrechten zu bleiben und das Stöhnen zu verschlucken. Nikol brachte ihn in eine halbliegende Position auf der Couch und zog ihm Jacke und Schuhe aus.

„Was brauchst du?", richtete Anna von Arnheim die erste Frage an Nikol. Sie hatten sich noch nicht einmal begrüßen können.

„Ein Glas Wasser bitte. Ich habe Medikamente für ihn dabei, aus der Klinik."

„Müsste es ihm nach fast zwei Wochen nicht schon besser gehen?"

Nikol nickte. „Geht es ihm eigentlich auch. Es liegt nicht allein am Heroin, sondern an seiner Alkoholabhängigkeit. Das erschwert den Entzug. Außerdem hatte ich an den ersten Tagen, als es am schlimmsten war, noch keine passende Medizin für ihn, die habe ich erst bekommen, nachdem ich ihn zu mir ihn die Klinik gebracht habe. Vorher hat er noch sehr viel Schmerzmittel genommen, was ihm nicht gutgetan hat."

Lukas verfolgte die Gespräche um sich herum mit erwachendem Interesse. Nach einigen Minuten schaffte er es, sich aus eigener Kraft aufzusetzen.

„Danke, es geht mir etwas besser", brachte er mit zusammengekniffenen Lippen hervor. Sein Blick fiel auf die junge Frau am Türrahmen. Seine Schwester war nicht länger ein Kind, bemerkte er staunend. Und er schämte sich seiner beschissenen und selbstverschuldeten Situation noch mehr, als wenn Eltern und Großmutter allein Zeugen seines Zusammenbruchs gewesen wären.

„Willst du noch etwas trinken?" Sein Vater brachte ein weiteres Glas Wasser und Lukas nahm es dankbar an. Ihm war jetzt furchtbar heiß und sein Schweiß lief in Strömen. Umständlich zog er die Strickjacke aus, eigentlich war schon das T-Shirt darunter zu viel.

Seine Familie rückte Stühle und Sessel heran und setzte sich zu den lang ersehnten Gästen. Sogar Kathrin kam vorsichtig näher. Sie musterte ihren ältesten Bruder mit kritischem Blick. Lukas fühlte sich unbehaglich und Zorn brodelte langsam in seiner Brust.

„Ich habe dich anders in Erinnerung", sagte das Mädchen. „Früher warst du ein echt cooler Typ, jetzt siehst du aus wie ein Wrack."

„Kathrin!", warf der Vater ein.

„Stimmt doch", verteidigte sie sich. „Und was hast du da an deinen Unterarmen, die sind ja blutunterlaufen und verschorft?"

Lukas blickte hilflos auf seine Arme und biss sich auf die Unterlippe. Er hatte kein Recht, ihr Vorwürfe wegen ihrer Offenheit zu machen, und so schluckte er die aufkeimende Wut hinunter. „Das ist das Leben, kleine Schwester. Es läuft bei mir nicht immer geradlinig. Dich habe ich aber auch anders in Erinnerung. Damals hast du noch Zöpfchen gehabt und mit Puppen gespielt."

Ein befreiendes Lachen erfasste die Familie und Kathrin schob schnippisch den Mund vor. „Du hast dir Drogen gespritzt, stimmts?"

„Ja, habe ich. Und wäre fast dran krepiert. Lass es dir eine Warnung sein."

Ihre Mutter brachte ein Tablett mit Getränken. Kaffee, Tee, Cola, Wasser. „Kabbelt nicht miteinander, Lukas bekommt sein Leben wieder in den Griff. Danke, Nikol, dass du das alles auf dich nimmst."

„Er ist mein Freund", erwiderte der.

Die Oma hatte sich auf den Sessel, nahe ihrem Enkelsohn, gesetzt. Jetzt nahm sie seine schweißklebrige Hand und hielt sie fest. „Ich bin froh, dich wieder zu sehen, mein Junge. Ich befürchtete, von dieser Welt zu gehen, ohne zu wissen, was aus dir geworden ist. Nun ist alles gut." Sie lächelte versonnen.

An der Tür klingelte es.

„Das ist Matthias!" Kathrin sprang auf, um ihren Bruder einzulassen. Lukas stöhnte.

„Ihr erspart mir auch nichts oder? Das volle Programm Familie! Wenigstens hätte er mich doch in guter Erinnerung behalten, statt mich in meinem Elend zu sehen."

„Nun, nun!" Nikol rempelte ihn freundschaftlich an. „Versink mal nicht in Selbstmitleid, das kannst du abziehen, wenn wir unter uns sind." Lukas grinste schief. Eigentlich war auch er neugierig auf seinen Bruder.

Neidvoll blickte er auf den jungen Mann, der an Kathrins Seite zur Tür hineinkam. Groß war er geworden, größer als ihr Vater mit seinen 1,85. Seinen Speck hatte er im Laufe der Jahre weitgehend verloren und das stand ihm gut. Doch wirkte er immer noch stämmig, fast bullig. Mit Schmerzen in den Beinen schraubte sich Lukas mühevoll aus dem weichen Sofa empor und schritt zu seinen Geschwistern. Nikol zwinkerte ihm aufmunternd lächelnd zu. Jetzt, wo sie alle nebeneinanderstanden, bemerkte Lukas vergnatzt, dass auch Kathrin ihn um wenige Zentimeter überragte. Als Ältester der Kleinste zu sein, nagte heftig an seinem Ego. Doch urplötzlich fand er sich in der resoluten Umarmung seines jüngeren Bruders wieder. Matthias heulte schamlos Rotz und Wasser.

„Lukas, verdammt, ich hatte solche Scheißangst um dich. Ich habe dich vermisst!"

Lukas befreite sich sanft. „Tut mir leid, Matti." Mehr wusste er im Augenblick nicht zu sagen. Der Gefühlsausbruch seines Bruders ging ihm nahe, doch fühlte er sich ebenso peinlich berührt davon.

„Du siehst schrecklich aus, aber ich bin froh, dass du lebst. Nach all dem was Mama mir am Telefon erzählt hat, ist das wohl eher ein glücklicher Zufall." Er machte alles nur noch schlimmer! Rasch wechselte Lukas das Thema, er wollte nicht länger von seinem Versacken hören und erst recht nicht weiter über seine aktuelle Konstitution sprechen. „Dann wohnst du also nicht mehr zuhause?"

Matthias führte seinen Bruder wie einen gebrechlichen Kranken zum Tisch, den ihre Mutter inzwischen für ein zeitiges leichtes Mittagsmahl gedeckt hatte.

Die Stühle wurden erneut zurechtgerückt und Lukas fand sich zwischen Nikol und seinem Bruder wieder.

„Richtig", antwortete der Jüngere nun. „Ich habe nach dem mittleren Schulabschluss einen Ausbildungsplatz in München angenommen, ich wollte mal raus und jetzt bin ich seit einem halben Jahr Tischlergeselle in der Tischlerei, bei der ich gelernt habe. Ein mittelständischer Betrieb. Spezialisiert auf Herstellung und Reparatur von Stilmöbeln."

Lukas vernahm den Stolz in seiner Stimme und grinste breit. „Also nicht mehr auf Kriegsfuß mit Sinus und Kosinus?"

„Geht so", antwortete Matthias überraschend ernst. „Mit Bezug auf den Beruf war Mathe für mich leichter zu verstehen. Ich habe den Abschluss sogar mit 'ner guten drei geschafft. Ich war ja nie der Überflieger in der Schule, so wie du. Du hättest mir von deiner Hochbegabung ruhig etwas abgeben können."

Lukas legte seinem Bruder freundschaftlich den Arm um die Schulter. „Begabung bedeutet aber nicht zwangsläufig Erfolg und große Karriere. Siehst du ja an mir. Ich denke, du stehst trotz allem fester und sicherer im Leben als ich."

Matthias musterte ihn aufmerksam und nickte. Dann stand er unverhofft auf. „Warte, ich will dir was zeigen."

„Matthias, die Suppe", warf die Großmutter ein.

„Sofort, dauert nur einen Moment."

Matthias kam mit seiner Reisetasche ins Zimmer zurück. Er nahm sein Portemonnaie heraus und klappte es auf. Wieder auf seinem Platz sitzend, reichte er Lukas ein Foto. „Das ist Bianca, meine Freundin. Sie ist in einem knappen Jahr fertig mit ihrer Ausbildung, dann wollen wir heiraten. Seit Oktober haben wir eine eigene Wohnung, drei Zimmer, es sollen auch bald Kinder kommen!"

Lukas betrachtete das Bild. Ein hübsches Gesicht lächelte ihn an und er freute sich für seinen Bruder. Es war wahr, an seinen Geschwistern sah er, wie es funktionieren konnte, das Leben.

„Wie sieht es bei dir aus?", fragte er zwischen zwei Löffeln Suppe an seine Schwester gewandt.

„Die kommenden Monate noch Schule, Sommer nächsten Jahres habe ich das Abi in der Tasche. Dann will ich mit meiner Freundin ein Jahr nach London. Die hat dort eine Tante in der Personalabteilung eines Krankenhauses. Ich kann dort ein Jahr Praktikum machen. Dabei kann ich mein Englisch verbessern und durch das Praktikum erhöhen sich meine Chancen, hier einen Studienplatz für Humanmedizin zu bekommen."

„Ist das immer noch schwer?", erstaunte sich Lukas.

„Nun, mit einem Abi Durchschnitt von höchstens 1,1 hast du eventuell recht gute Chancen. Nur fünf Bewerber pro Studienplatz. Aber ich glaube kaum, dass ich das schaffe. Also brauche ich praxisbezogene Wartesemester. Tja, lieber Bruder, der einzige Überflieger bist nun mal du in der Familie."

Von Kathrin klang diese Aussage wie ein Vorwurf, nichts aus seinem Talent gemacht zu haben. Und in gewisser Weise hatte sie auch Recht.

Der Vater wischte die Diskussion mit einer symbolischen Handbewegung vom Tisch. „Ihr lasst es ja so klingen, als ob euer Bruder nichts erreicht hätte. Aber das ist nicht wahr. Nur weil er Fehler gemacht hat, macht ihn das nicht zu einem schlechten Menschen oder schmälert seine bereits erreichten Erfolge. Mit Hilfe seines Freundes", hier nickte er Nikol zu, „und uns allen, wird er an sein altes Leben anknüpfen." Er blickte Lukas freundlich in die Augen. „Du wirst deinen Facharzt schaffen. Ganz sicher!"

Lukas senkte beschämt den Kopf. Der Glaube seiner Eltern an ihn war ihm unangenehm. Was, wenn er sie wieder enttäuschte? Waren sie blind für sein ständiges Versagen? Fachlich gut zu sein, war nicht gleichbedeutend mit Lebenstauglichkeit, und darin lag sein größter Mangel. Jeden, der mit Erwartungen an ihn herangetreten war, hatte er bisher enttäuscht. Luca,

Franca, eigentlich die ganzen Reuthers, Professor Hohenheim und natürlich seine eigene Familie.

Er fühlte sich mies. Zwar bannten die Medikamente die Entzugserscheinungen, aber dafür machten ihm die Nebenwirkungen zu schaffen. Seinen Teller hatte er nur zur Hälfte geleert, ihm war übel geworden vom Essen. Es mangelte ihm an Appetit, außerdem war im schwindelig, er schwitzte unnatürlich und Müdigkeit übermannte ihn.

Seine Mutter musterte ihn aufmerksam. „Wir hatten eigentlich vor, mit dir ins Lager zu deinen Sachen zu fahren. Aber ich befürchte, dass dir das zu viel wird. Du legst dich vielleicht besser etwas hin?"

Lukas nickte willenlos. „Ich habe im Moment nicht wirklich die Kraft dafür, du hast recht. Obwohl ich schon gern wissen würde, was von meinem Zeug noch da ist."

„Lass mich das für dich nachschauen", schlug Nikol vor. „Ich weiß doch, was du brauchst. Vorausgesetzt natürlich, deine Eltern und du, ihr seid damit einverstanden."

Lukas legte sich ins Gästezimmer, seine Oma saß neben ihm und wachte über seinen unruhigen Schlaf. Während Kathrin und Matthias den Tisch abräumten, setzte sich Nikol in den Fond des Familienautos. Hoffentlich gab es noch genug aus Lukas' Existenz, um ihm das Leben etwas zu erleichtern!

Unruhig lief Lukas im Wohnzimmer auf und ab. Er hatte keinen echten Schlaf und erst recht keine Ruhe gefunden. Geplagt von Selbstvorwürfen, zermürbt von Kopfschmerzen und Übelkeit, wurde ihm bewusst, dass schon wieder andere sich um sein Leben kümmerten. Bekam er denn niemals etwas allein in den Griff? Nicht mal den Entzug stand er mit Würde durch, was für ein jämmerlicher Waschlappen er doch war! Ungeduldig hatte er erst die Erzählungen seines Bruders über sich hinweg plätschern lassen, froh, nicht mehr als ein Nicken, oder ein Aha, von sich geben zu müssen. Kathrin hatte mit der ignoranten Gleichgültigkeit eines Teenagers an den Problemen der Welt neben ihnen gesessen und spitze Bemerkungen zu Matthias schwärmerischen Worten fallen lassen. Irgendwann hielt es ihn nicht mehr am Tisch, und so lief er ziellos im Zimmer auf und ab.

„Der Teppich kriegt schon eine Laufspur", stichelte Kathrin. Lukas wollte ihr gerade wütend in die Parade fahren, als das Schlagen von Autotüren sein aufbrausendes Temperament zügelte.

Seine Eltern und Nikol kamen mit prall gefüllten Taschen ins Haus.

„Es ist viel weniger schlimm als gedacht!", polterte Nikol sofort los. „Klar, den Rest der Möbel kannst du vergessen. Aber wir haben dir all deine Kleidung mitgebracht, die da war."

„Aber was noch viel wichtiger ist, mein Sohn", unterbrach der Vater den freudigen Sermon, „wir haben jede Menge Papiere gefunden. Beim ersten Durchblättern sah ich Zeugnisse und Abschlussurkunden."

Seine Mutter lächelte. „Deine Approbation – und auch deine Promotionsurkunde sind dabei. Lukas, du hast nicht alles verloren!"

Lukas lehnte sich erschöpft, als ob er in all den Stunden selbst bei der Suche Hand angelegt hatte, an den Türrahmen.

„Danke", brachte er müde heraus. Was war jedoch all dieses Papier wert, wenn er es nicht mit Leben erfüllen konnte?

Voller Energie und Tatendrang plante seine Familie die nächsten Schritte. Lukas gerettete Kleidung musste erst gewaschen werden, beide Waschmaschinen im Haus rumpelten bereits. Die Freunde würden über Nacht in Kelsterbach bleiben können, die gemütliche Wohnung oben im Haus stand leer, seit Lukas Hals über Kopf ausgezogen war.

Nikol wirtschaftete mit den Frauen in der Küche und bereitete mit ihnen ein kleines Festmahl vor. Vater hatte sämtliche Papiere in sein Arbeitszimmer getragen und begann sie bereits zu sichten. Damit wollte Lukas nichts zu tun haben, außerdem graute ihm vor dem Essen. Er hatte sich davongestohlen und stand still und selbstvergessen oben in seinem alten Wohnzimmer. Plötzlich vernahm er Schritte hinter sich. Es war sein Vater.

„Lukas? Ich habe etwas für dich. Ich dachte, dass sie dir wichtig sind."

Er reichte ihm zwei verblasste Farbfotos. Hannes.

Tränen liefen über Lukas' Gesicht. Er vermochte nicht einmal Danke zu sagen. Die Bilder waren alles, was ihm von damals blieb. Er hatte mehr verloren, als sie alle glaubten. Ohne zu wissen, was gerade geschah, lag er in den tröstenden Armen seines Vaters und weinte bitterlich wie ein kleiner Junge.

„Ich wollte ihn wiederfinden, Vater", schluchzte er. „Aber ich habe versagt. Ich habe mein Versprechen gebrochen, dass ich auf ihn achtgeben würde. Wieder und wieder. Ich weiß, dass er auf mich gewartet hat. Aber nun glaube ich nicht mehr, dass er noch lebt. Es ist alles meine Schuld, ich habe ihn im Stich gelassen."

Sein Vater wiegte ihn im Arm, als ob er zehn Jahre alt wäre, und strich ihm beruhigend über den Rücken.

„Nein, mein Junge, du bist nicht an allem schuld. Du bist nur allein dafür verantwortlich, was mit dir selbst geschieht. Und das ist bereits genug. Von uns wirst du alle Hilfe bekommen, die du dafür brauchst. Nun trage nicht auch noch die Last der anderen. Luca wird auf dich gewartet haben, ja, das ist wahrscheinlich. Aber er hat das Haus seiner Eltern aus freien Stücken verlassen. Er ist kein Dummkopf, Junge, er wusste, was er tat. Sein Verschwinden ist nicht deine Schuld."

Vaters Worte waren Balsam für seine geschundene Psyche. Lukas wollte ihm glauben und ein schwacher Hoffnungsfunke erstarkte erneut in seinem Herzen.

Zehn Tage später entflammten Lebensenergie und Kraft allmählich neu in Lukas' Körper und Seele. Seine Familie hatte Wort gehalten und die kurzen Kilometer zwischen Schwanheim und Kelsterbach gehörten für beide Seiten bald zum täglichen Weg.

Inzwischen war auch Nikols Urlaub zu Ende und Lukas hatte bereits seine erste Therapiesitzung hinter sich gebracht. Durch die Begleitung von Freund und Eltern verloren die anstehenden Termine ihren Schrecken und mittlerweile hielt Lukas eine längerfristige Krankschreibung sowie die Bestätigung für sein erstes Arbeitslosengeld in den Händen. Sein Vater und er hatten gemeinsam bei der Polizei Anzeige erstattet. Viel konnte Lukas nicht beisteuern. Er kannte nur den Namen Adrian und bezweifelte stark, dass dies der echte Name des Mannes war. Immerhin brachte er eine recht brauchbare Personenbeschreibung zustande. Die Polizeibeamten hatten über Lukas' Dummheit nicht mal den Kopf geschüttelt, sie bekamen sicher tagtäglich noch weitaus verrücktere Schilderungen zu hören.

Sein Vater aber erwähnte diese peinlichen Details nie wieder und Lukas verspürte tiefe Dankbarkeit dafür.

In Nikis Wohnung war es eng geworden. Sie hatten einen Campingkleiderschrank angeschafft, um all die frisch gewaschenen Klamotten unterzubringen. Nicht mehr auf fremde Kleidung angewiesen zu sein, stärkte Lukas Selbstbewusstsein überraschend stark. Zudem verfügte er wieder über einen kleinen finanziellen Spielraum, dem Arbeitsamt sei es gedankt. Sein gesperrtes Konto wurde aufgelöst und ein neues eingerichtet. Formal wurde er langsam wieder ein Mensch.

Und doch bewunderte er am meisten Nikols Geduld. Seit Wochen hausten sie gemeinsam in der Wohnung, die für eine Person überaus angemessen, aber dauerhaft für zwei Menschen zu klein war. Dabei war Lukas sehr wohl bewusst, dass er kein leichter Untermieter war. Nikol behandelte seine impulsiven Ausbrüche von Wut, Selbstmitleid und phasenweiser depressiver Resignation mit stoischer Gelassenheit eines professionellen Therapeuten. Er blieb ruhig, wenn Lukas seine Wut voller Aggressionen gegen sich und die Welt herausbrüllte, er fand beruhigende Argumente, um seinen selbstzerstörerischen Zweifeln entgegenzuwirken. Seinem Jammern begegnete er mit freundlichem Spott, der aber niemals verletzend war.

Eine eigene Wohnung lag aber jenseits jeglicher in Betracht kommender Möglichkeiten für Lukas. Dafür fühlte er sich noch zu zerrissen und instabil. Über seine Zukunft durfte er für sich genommen sowieso nicht nachdenken. Er sah keine Chance, seinen heimlichen Wunsch und Vaters großartigen Glauben, den Facharzt doch noch zu schaffen, in die Realität umzusetzen.

Umso mehr schockierte ihn der Brief mit dem Absender der Universitätsklinik. Lukas wagte nicht, ihn zu öffnen, und legte ihn ganz nach unten in Nikols Kommode. Minuten später fiel ihm ein, wie dumm er sich verhielt. Probleme wurden nicht aus der Welt geschafft, wenn man sie verdrängte. Er zog den Brief hervor und platzierte ihn auf den Küchentisch. Nikol würde ihn finden. Woher um alles in der Welt aber hatten die in der Klinik seine aktuelle Anschrift?

Nikol erlöste ihn am Abend von der Ungewissheit. „Es ist eine Einladung, Lukas. Die Personalabteilung lädt dich zu einem Gespräch ein bezüglich deines Arbeitsverhältnisses. Wenn du Interesse hast, sollst du dort anrufen und einen Termin vereinbaren."

„Wie kann das sein?", spekulierte er. „Unentschuldigtes Fernbleiben vom Dienst über Wochen, ich dachte, dass reicht für eine fristlose Kündigung."

„Reicht es eigentlich auch. Du hast scheinbar einen bedeutenden Fürsprecher in der Klinik, irgendjemandem dort musst du wichtig sein oder sehr beeindruckt haben."

Lukas zuckte ahnungslos mit den Schultern. „Nicht dass ich wüsste. Und vermutlich wird es darum auch nicht gehen. Wohl eher um die Rückgabe der Schlüssel, die ich nicht mehr habe. Verdammter Mist", resigniert zog er den Kopf zwischen die Schulter.

„He, he, warte ab. Ruf morgen früh an und mach den Termin fest. Dann weißt du bald, was los ist."

Lukas zog die Anzughose wieder aus, er fühlte sich darin overdressed. Eine saubere schwarze Jeans, weißes Oberhemd, dunkelblaue Krawatte, graues Sakko, frisch geputzte Schuhe. Was für ein Glück, dass er seine Klamotten zurückhatte. Darüber zog er Nikols Wollmantel. Seinen eigenen konnte er nach seiner Wiederkehr aus dem Abgrund nur noch entsorgen. Zerrissen von den Dornen und völlig verdreckt. Egal. Das Sakko saß nicht perfekt, der Lukas von heute wirkte noch immer wie ein blasser Schatten seines früheren selbst. Das würde sich vermutlich auch erst ändern, wenn er komplett clean war, wenn er ohne Substitutionsbehandlung auskam.

Durch die Nebenwirkungen fehlte ihm der Appetit, dazu die häufige Übelkeit, der Schwindel, Schweißausbrüche ... Meist wurde ihm schon vom Geruch des Essens schlecht. Schwer, dabei sein altes Gewicht zu erreichen. Hoffentlich fingen ihm nicht während des Gespräches wieder die Hände an zu zittern. Es fühlte sich falsch an, in diesem Aufzug zu seinem ehemaligen Arbeitgeber zu fahren. Was sollte der Termin eigentlich bringen? Durch sein Verhalten vor zwei Monaten hatte er ohnehin alles verdorben und die Weichen auf Abseits gestellt. Oder wahrscheinlich bereits vor viel längerer Zeit. Stück für Stück, ohne es zu spüren oder die Signale seines Körpers ernst zu nehmen. Wer alles verloren hatte, nicht mal mehr seine Würde besaß, musste sich doch eigentlich nicht mehr fürchten, oder? Lukas fürchtete sich vor dem Gespräch. Und hätte Nikol nicht so permanent darauf gedrängt, tatsächlich hinzugehen, Lukas hätte alles abgeblasen. Eigentlich konnte er das immer noch. Jedoch das schlechte Gewissen Nikol gegenüber gab den Ausschlag und Lukas stapfte mit gesenktem Kopf zur Straßenbahn.

Vor dem Personalbüro musste er innehalten. Ihm zitterten die Knie, diesmal nicht von den Nebenwirkungen der Medikamente. Sollte er umkehren? Nein, er atmete tief durch und klopfte mutig an die Tür. Eine Sekretärin nahm ihn im Empfang.

„Doktor von Arnheim?" Er nickte, brachte aber kein Wort hervor. „Kommen Sie, Sie werden erwartet."

Sie begleitete ihn zu einem angrenzenden Büro und überließ ihn seinem Schicksal.

Der Schock folgte auf den Fuß. Er wusste nicht, wer aktuell Chef der Personalabteilung war, dieser Mann ihm gegenüber aber war es definitiv nicht.

„Professor Hohenheim!"

„Ja, ich bin es, vermutlich ist das überraschend für Sie, legen Sie ab und nehmen Sie bitte Platz, Herr von Arnheim."

Der Stuhl kam Lukas gerade recht. Jetzt verstand er nichts mehr.

„Die Fragezeichen stehen Ihnen ins Gesicht geschrieben und ich will auch nicht lange drum herumreden. Als Sie Ende November nicht mehr aufgetaucht sind, haben wir Sie auf alle möglichen Arten versucht zu erreichen. Erfolglos. Ans Telefon sind Sie nicht gegangen, auf die Briefe reagierten Sie nicht. Die Hausleitung hatte sich da bereits für eine fristlose Kündigung entschieden, mich aber zuvor noch angesprochen und um meine Stellungnahme gebeten. Als mir unser Personalsachbearbeiter mitgeteilt hat, dass die Post an Sie als unzustellbar zurückgekommen sei, hat mir das zu denken gegeben. Dann habe ich etwas getan, von dem Sie eigentlich nie erfahren sollten. Ich habe einen alten Studienfreund von mir angerufen. Einer, der wissen sollte, wo Sie steckten. Seine Antwort hat mich bewogen, auf die Rücknahme der Kündigung hinzuwirken und Ihren Vertrag bis zur Klärung Ihrer persönlichen Situation ruhend zu stellen."

„Mit wem haben Sie gesprochen?" Lukas kannte die Antwort, bevor Hohenheim sie aussprach.

„Richard von Arnheim."

„Sie wussten all die Jahre, dass ich ...?"

„Dass Sie Richards Sohn sind, mehr nicht, ja."

Hohenheim stand auf und holte zwei Becher Kaffee aus dem Vorraum. Mit einem Kopfschwenk bat er ihn zur Sitzgarnitur an der Seite des Büros. „Lassen Sie es uns etwas bequemer machen, ich denke, dieses Gespräch tendiert eher in eine persönliche Richtung."

Lukas hockte angespannt auf der vorderen Kante des Sofas und umklammerte mit eiskalten Händen seine Tasse.

„Können wir offen miteinander sprechen Herr von Arnheim?"

„Es wäre mir recht, ja, bitte."

„Richard und ich waren nicht nur Kommilitonen, sondern auch gute Freunde. Daher wusste ich, dass er sehr jung Vater geworden war und das Kind von seinen Eltern aufgezogen wurde, um ihm und Anna den Freiraum für das Studium zu geben. Nach der Promovierung verloren wir uns aus den

Augen. Richard plante, einige Zeit danach die Praxis seines Vaters zu übernehmen und ich zog nach Hamburg und kam viele Jahre später zurück nach Frankfurt. Erst als Sie hier angefangen haben, erinnerte ich mich der alten Freundschaft. Richard und ich haben uns Anfang Januar getroffen. Er hat mir erzählt, was geschehen ist."

„Alles?"

„Ich denke, das Wesentliche schon. Ich weiß von Ihrer diffizilen Vergangenheit, der Zeit auf der Straße, dem schwierigen Neubeginn und den Schuldgefühlen Ihrem Jugendfreund gegenüber. Ihre Homosexualität ist für mich kein Problem, mein Sohn ist ebenfalls schwul. Sie sollten trotzdem weiterhin besser nicht offen damit umgehen, die Zeiten sind dafür schwierig, Sie wissen was ich meine."

Lukas nickte verstört.

„Richard hat mir auch erklärt, wie es zu den Ereignissen Ende letzten Jahres gekommen ist. Es tut mir sehr leid deswegen und ich wünschte, ich hätte mehr auf Sie als Mensch geachtet. Ich kann mich nur entschuldigen, aber meine Sorge, Sie Richards wegen zu bevorzugen, hat mich bewogen, Sie strenger zu beurteilen als andere. Ich wollte sicher sein, dass Ihre exzellenten Abschlüsse berechtigt waren. Und ja, sie sind es. Umso mehr bedaure ich, was passiert ist und werde mich dafür einsetzen, dass Sie eine zweite Chance bekommen, hier in der Klinik. Natürlich nur, wenn Sie das ebenfalls wünschen. Sie werden vermuten, dass es viel Gerede geben wird, wenn Sie nach langer Zeit wieder auftauchen und einfach da weitermachen, wo Sie aufgehört haben. Aber dem könnte ich vorbauen."

„Ich würde gern einen Neustart wagen, weiß aber nicht, wie viel Zeit ich noch brauche, um mich dem Alltag wieder stellen zu können. Es geht mir noch nicht sehr gut."

„Wie ist Ihre aktuelle Situation? Sind sie krankgeschrieben?"

Lukas nickte. „Ich habe mich beim Arbeitsamt gemeldet und bin noch bis Ende Februar krank. Bis dahin sollte ich vom Buprenorphin weg sein. Die Therapie wegen meiner Alkoholsucht ist aber zunächst für drei Monate engmaschig veranschlagt, dann geht es mit weniger Sitzungen weiter."

„Ich verstehe", nickte Hohenheim. „Und wie geht es Ihnen unabhängig davon?"

„Ich wohne derzeit bei einem guten Freund, einem Psychologen aus der Höchster Klinik. Ein Glücksfall für mich. Ich schaffe noch nicht alles allein, leide unter den Nebenwirkungen und depressiven Verstimmungen. Und ich muss noch akzeptieren lernen, meinen Jugendfreund endgültig verloren zu haben. Ihn loszulassen."

„Ja, das ist nachvollziehbar. Könnten Sie sich vorstellen, vielleicht ab Mai wieder einzusteigen? Moderat, versteht sich. Verkürzte Arbeitszeiten, damit es nicht wieder zu Überlastungen kommt. Selbstverständlich wird niemand etwas von all dem, was wir gerade besprochen haben, je erfahren, das sichere ich Ihnen zu. Für alle anderen sind Sie einfach schwer erkrankt, und das sind Sie ja genau genommen, ist auch nicht zu übersehen."

„Sie geben mir tatsächlich Hoffnung!" Ein vorsichtiges Lächeln behauchte Lukas' Gesicht. „Warum tun Sie das, wegen meines Vaters?"

Hohenheim schüttelte energisch den Kopf. „Nein, Doktor von Arnheim. Um Ihrer selbst willen, weil Sie es wert sind. Bitte versprechen Sie mir nur, dass Sie sich nie wieder versuchen, das Leben zu nehmen."

„Ich verspreche es. Und danke, auch für den Kaffee."

„Ich bin erleichtert und werde mich um alles kümmern. Verlassen Sie sich darauf."

Hohenheim schob ihm seine Visitenkarte zu. „Hier, falls Sie jemand zum Reden brauchen, sicher ist sicher."

Sie schüttelten einander die Hände und Lukas hatte seit vielen Monaten erstmalig wieder das Gefühl, doch nicht der größte Versager aller Zeiten zu sein. Jedenfalls nicht ganz. Der Hoffnungsfunke glomm ein wenig stärker.

Zu seiner großen Überraschung erwartete nicht nur Nikol den Ausgang des Gespräches mit bangen Blicken, sondern auch seine Eltern. Sie saßen gemeinsam am Schwanheimer Küchentisch und Lukas spürte förmlich das beklommene Gewissen seines Vaters.

„Es ist alles gut", beschwichtigte er die Wartenden.

Dann kreuzten seine Augen die des Vaters. „Ich hätte nie damit gerechnet, dass du meinen Chefarzt kennst."

„Ich auch nicht. Schade eigentlich. Geralts Anruf kam unerwartet, wir hatten ein halbes Leben nichts voneinander gehört. Und dann gleich das! Ich hoffe, er kann dir helfen?"

Lukas nickte und erzählte von dem überraschenden Gespräch.

„Dann wirst du mir den Vertrauensbruch vergeben?"

„Bereits geschehen, vergeben und vergessen. Wenn du ihn als vertrauenswürdig schätzt? Ich bin wohl kaum in einer Position, Wünsche und

Forderungen zu stellen. Und den Rest wird die Zukunft zeigen. So wie es aussieht, habe ich jetzt wieder eine."

„Doch Lukas, du bist sehr wohl in der Position", ergänzte seine Mutter zögernd. „Wir als Eltern hatten ebenso eine Pflicht dir gegenüber, und wir haben sie vernachlässigt. Leonhard und Cecilia haben sich zehn Jahre lang um dich gekümmert und als wir nach Kelsterbach heimkehrten, scheiterten wir an unserem eigenen Kind. Glaubst du, dass uns das in den vergangenen fünfzehn Jahren nicht beschäftigt hat?"

„Ihr habt es mir tausendfach vergolten, Mutter."

„Ein hilfloser Versuch der Wiedergutmachung."

Lukas winkte ab. „Mama, ohne euch hätte ich nichts von all dem in meinem Leben erreicht, nicht den Schulabschluss, nicht den Studienplatz, nicht die Approbation, von den materiellen Dingen will ich nicht einmal sprechen."

„*Mit* uns wären dir die größten Katastrophen erspart geblieben. Letztendlich haben wir dir nur die neuen Chancen vermittelt, aber du hast sie umgesetzt. Möglichkeiten, denen du ohne unser Scheitern nicht bedurft hättest. Sogar dein Überleben ist nicht unser Verdienst. Lukas, es tut mir leid."

Dass seine Eltern nach all der Zeit ebenso heftige Schuldgefühle plagten, wie ihn selbst, war eine neue Erfahrung und der Gram seiner Mutter beschämte ihn. Ja, sie hatten Fehler gemacht, doch er war längst den Kinderschuhen entwachsen und trug seit langen Jahren für die Entscheidungen und sein Handeln allein die Verantwortung.

In einer hilflosen Geste der Versöhnung nahm er seine Mutter in den Arm. „Aber ich habe überlebt, Mama."

Nikols neuerliche Pläne, nur zwei Wochen nach der hoffnungsvollen Wende in Lukas' derzeitigem Dasein, blickte er mit Sorge entgegen.

Niki sah Fortschritte, die er selbst nicht erkannte. Ob es wahrhaftig eine gute Idee war, sich gemeinsam an den Ort seiner Odyssee zu begeben, würde er erst am Ende des Tages herausfinden.

„Wie stellst du dir das überhaupt vor?", maulte Lukas unwirsch.

„Wir fahren zusammen nach Westend, zu der Hütte, wo du all die Wochen gehaust hast. Lass uns nachschauen, wie es jetzt dort aussieht. Vielleicht wirst du spüren, dass es ungefährlich für dich ist, sich wieder in die Innenstadt zu wagen. Diese Stadt ist deine Heimat, lieber Freund, du sollst sie nicht wegen der üblen Erinnerung meiden. Dein Leben würde verarmen, immer nur zwischen Wohnung und Job zu pendeln, das kann es nicht sein."

„Ich weiß nicht, was du dir davon versprichst. Die Vögelchen sind längst ausgeflogen."

„Davon ist auszugehen. Und das wäre auch in Ordnung. Nun los, die Bahn wartet nicht."

Vierzig Minuten später irrten sie durch die von Baustellen geplagten Straßen des Bankenviertels.

„Ich kann mich nicht erinnern", kapitulierte Lukas und starrte nordwestlich zu den erst vor knapp drei Jahren fertig gestellten Hochhaustürmen der Deutschen Bank. Wie sehr hatte sich seine Stadt verändert! Den Beginn des Silberturms hatte er noch selbst vor Ort erlebt und bestaunt. Das Gedeihen der neueren Zwillingsbauwerke verfolgte er nur aus der Ferne und sie faszinierten ihn immer wieder mit ihrer erdrückenden Großartigkeit.

Ziellos stromerten sie umher, ihren Füßen blindlings folgend, jeden Weg, der sich ihnen offenbarte.

Ein Déjà-vu ließ Lukas unverhofft innehalten. Das Schwanken der grünen, schief hängenden Fensterläden im Wind blitzte wie ein Flashback vor seinem inneren Auge auf.

„Hier ist es", flüsterte er zögerlich.

„Wie kommen wir da rein?", fragte Nikol skeptisch. „Absperrung, zugenagelte Fenster, wuchtige Schlösser an den Türen."

Lukas hob den Bauzaun aus der Verankerung und schlüpfte durch die Lücke. Nikol folgte ihm zögernd, schaute sich unsicher nach etwaigen Beobachtern um.

„Hier ist an einem Freitagvormittag niemand, keine Sorge", besänftigte ihn Lukas.

Das Vorhängeschloss der Haustür tarnte die längst herausgehobenen Angeln auf der anderen Seite. Jetzt wirkte Nikol verunsichert.

„Ich hatte mir das einfacher vorgestellt", bekannte er. „Ein wenig fürchte ich meine eigene Courage, was den Umgang mit verbotenem Terrain angeht."

„Jetzt sind wir schon mal hier", betonte Lukas. „Du hast gewollt, dass ich hierher zurückkehre, um mich den Geistern der Vergangenheit zu stellen. Nun ziehen wir das durch. Folge mir."

Lukas gewann rasch an Sicherheit zurück. Das hier kannte er von frühester Jugend an. Bilder halbzerstörter, abgewrackter Gartenlauben und teilintakter Brandruinen tauchten, wie Blicke in die verflossenen Lebensabschnitte in seinem Kopf auf. Jegliche Angst fiel von ihm ab, wie ein zerschlissener Mantel.

Er spürte Abenteuerlust und Entdeckerdrang. Mit schlafwandlerischem Gespür umging er Schutthaufen und Gebirgen zerschlagener Fliesen. Der Durchgang zum Innenhof glänzte schwarz und verrußt von leckenden Flammenzungen, die in Ermangelung von Nahrung einst schmählich vergehen mussten.

Die Treppen im Hinterhaus wiesen massive Spuren mutwilliger Zerstörung auf. Die Geländer hingen zersplittert im Weg, oder fehlten bereits ganz.

Im ersten Geschoss fand Lukas die Reste seines wochenlangen Filmrisses. Fleckige Matratzen und Decken, leere Bierkisten, ungezählte Scherben, Spritzen und Flaschen zwischen Lagerfeuern und Müllbergen.

Nikol schluckte erschüttert. „Das habe ich nicht erwartet, es ist entsetzlich."

Lukas schritt unbeeindruckt durch das Chaos. „Auch das ist meine Stadt. Und meine Vergangenheit", sagte er tonlos. „Ich habe viele Jahre in einem vergleichbaren Umfeld gelebt. Man gewöhnt sich irgendwann an den Dreck und den Gestank.

Allerdings," räumte er ein, „ist dieser Ort schlimmer. Als wir es uns in unserer Ruine eingerichtet hatten, Luca und ich, nutzten wir den Außenbereich als Klo. Wir hätten auch nicht in unsere eigene Bude gekotzt. Hier schon."

„Gibt es das Haus noch?"

Lukas schüttelte den Kopf. „Wurde schon in den Siebzigern abgerissen."

Nikol schnaufte beklommen. „Es muss dir nahe gehen, welch eine Flut von Erinnerungen."

Lukas blickte den Freund mit grauen Augen friedlich an.

„Es war richtig, herzukommen. Es hält mir einen Spiegel vor, was du mir in Wahrheit zurückgegeben hast. Menschenwürde. Ich kann kaum glauben, dass ich hier so viele Wochen ausgeharrt habe. Mir wird dadurch bewusst, dass schon sehr viel Alkohol und Heroin nötig gewesen sein mussten, um dieses Umfeld auszublenden, um es als akzeptabel anzunehmen. Jetzt wundert es mich auch nicht mehr, dass es mir so lange miserabel ging. Ich war tiefer abgerutscht, als ich bis jetzt wahrhaben wollte. Diese

Atmosphäre motiviert mich, endlich nach vorne zu blicken. Ich will das alles nicht mehr ertragen müssen."

„Dann wäre das jetzt vielleicht auch ein guter Zeitpunkt, dich von deinem Freund zu verabschieden, ihn loszulassen."

„Ich weiß nicht wie, Nikol. Ich würde es gern können, denn ich habe keine Hoffnung mehr, ihn lebend wiederzufinden. Ich glaube, er hat den letzten Ausweg gewählt, den, für den mir der Mut fehlte."

„Nein, Lukas, es gehört mehr Mut dazu, am Leben festzuhalten. Gerade weil es schwieriger ist, sich mit Problemen und Krisen auseinanderzusetzen. Dein Freund hat den leichteren Weg gewählt." Skeptisch schaute Lukas auf das düstere Ambiente. „Ich will hier weg."

Sie verließen den schaurigen Ort, ohne sich noch einmal umzuschauen.

Lukas rührte gedankenverloren in seinem Kaffee, obwohl es darin nichts zu rühren gab. Er trank ihn immer schwarz. „Dieses Café existierte damals schon", sinnierte er.

Nikol saß ihm mit einem Milchkaffee gegenüber und hörte einfach zu.

„Er liebte Kakao und Schokoladeneis. Beides mit viel Sahne. Er mochte überhaupt alles Süße. Von den Gummibären aber nur die Roten." Lukas lachte leise.

„Er vermochte sich an den kleinen Dingen des Lebens zu erfreuen. Selbstgepflückte Blumen in einer Konservendose, oder wenn ich für ihn zur Gitarre gesungen habe. Aber auch ein paar neue Schuhe oder ein Rucksack machten ihn glücklich. Wir hatten nur unsere Träume. Und er noch seinen kleinen blauen Teddy."

„Zeigst du mir seine Spuren in dieser Stadt?"

„Ja, lass uns bezahlen, dann will ich dich führen."

Sie schlenderten zum Marshallbrunnen und Lukas erzählte ihm, wie sie an diesem einst so gefährlichen und ungastlichen Ort gemeinsam die erste Beute eines Handtaschenraubes in Form einer zerdrückten Zitronenrolle vertilgt hatten.

Ihr weiterer Weg führte die Zeil entlang, die am Anfang ihrer Zeit noch eine viel befahrene Hauptverkehrsader darstellte.

„Erst im Jahr 72", erinnerte sich Lukas, „entstand die erste Fußgängerzone. Bis 78 fuhr sogar noch die Straßenbahn auf der Zeil, abgetrennt von niedrigen Zäunen, die wir natürlich regelmäßig überstiegen haben.

„Hier war schon früher der Straßenstrich, in Richtung zur alten

Gasse." Sie folgten dem Weg die Große Friedberger Straße entlang und Lukas zeigte Nikol, wo der Freund anfangs angeschafft hatte.

„Lass uns runter zum Main, und dann Richtung Hauptbahnhof gehen. Dort, an der Südseite, war der Schwulenstrich."

Nikol folgte dem Freund auf den mehr als halbstündigen Fußmarsch. Sie hatten keine Eile, denn dies war ein Abschied.

Am Ziel angelangt, setzten sich die Männer auf das Absperrgitter zur Straße und Lukas zeigte Nikol die Stelle, an der Luca früher immer gestanden hatte.

Wieso waren sie jetzt hier? Hatte Nikol geglaubt, die Bilder von damals in die Realität zurückbeschwören zu können?

„Komm, hier gibt es nichts mehr für uns. Lass uns weiter gehen. Ich will das hinter mich bringen." Lukas schüttelte den Kopf über sich selbst und folgte seinen Füßen, die ihn tiefer in die Szene hineintrugen.

„Hier liegen, analog zu den Flussstraßen, die Bordelle und Pornokinos der Schwulen. Aber das weißt du ja bestimmt selbst."

„Nein, weiß ich nicht", antwortete Nikol „Ich war, ehrlich gesagt, in diesen Einrichtungen nie unterwegs."

„Da hast du nichts verpasst. Ich hasse diese schmierigen Dinger", polterte Lukas voller Aggressionen.

„Stricherbars, ok, da war ich recht häufig selbst zu Gast. Ich habe die jungen Männer meist besser bezahlt, als die Qualität ihres Jobs hergab. Aber Bordelle lehne ich prinzipiell ab, egal, ob Männer oder Frauen, ich gehe davon aus, dass die Prostituierten darin unter menschenunwürdigen Bedingungen, schlechter als Zootiere, leben müssen. Sie haben genauso wenig Rechte, können nicht angemessen über sich selbst bestimmen. Das ist doch moderne Sklaverei! All das bitterverdiente Geld beim Zuhälter abliefern zu müssen und sich damit komplett auf Gedeih und Verderb auszuliefern? Das ist für mich das Letzte."

Er beschleunigte seinen Schritt, um die üble Gegend hinter sich zu bringen.

„Komm, Nikol, ich habe genug. Ich werde die schönen Erinnerungen an ihn in den Vordergrund schieben und den Rest ausblenden. Darin bin ich gut."

Ein Schrei ließ ihn innehalten.

Seine Nackenhaare stellten sich auf, eine Gänsehaut zog sich vom Rücken über die Kopfhaut und verursachte schmerzendes Unbehagen.

Er erinnerte sich an die Schreie einer Frau in der Moselstraße, vor einigen Monaten. Die waren ihm nahe gegangen und er war geflohen. Aber dieser Schrei war anders, er ließ seinen Körper wie von Grauen gefroren erstarren. Und er wusste nicht, warum.

In seinem Kopf hallte das qualvolle Geräusch noch immer nach, vervielfachte sich zu einem endlosen Echo. Woher war er gekommen? Wer hatte geschrien?

Er spürte Übelkeit in sich aufwallen und auf einmal wusste er auch warum. Er kannte die Stimme. Sie verfolgte ihn seit Jahren.

Atemlos drehte er den Kopf, suchte einen Anhaltspunkt. Woher?

Auf einmal verspürte Lukas Angst, nackte, eiskalte Angst. Schweiß brach ihm aus den Poren, die Hände zitterten. Was geschah gerade mit ihm?

Er taumelte zur Seite, übergab sich heftig würgend.

„Lukas, Lukas! Was um alles in der Welt ist los? Hast du einen Rückfall?" Nikol hielt den Freund an den Schultern und rüttelte ihn sanft.

Lukas keuchte erschöpft. „Der Schrei, hast du ihn nicht gehört?"

Er taumelte ein Stück zur Seite und setzte sich, erschöpft an Körper und Seele, auf den eiskalten Winterboden.

Nikol glitt neben ihm in die Hocke.

„Doch habe ich. Die Stimme, du hast sie erkannt, nicht wahr?"

Ein kurzes Nicken, zu mehr reichte die Kraft nicht.

„Lukas, sag mir, was ich tun soll. Wie kann ich dir helfen. Was können wir tun?"

„Winnie, du musst ihn holen. Bitte. Das stehen wir nicht allein durch Niki. Das hier ist zu groß für mich. Ich habe furchtbare Angst."

„Was soll ich ihm sagen?"

„Das ich weiß, wo Luca ist."

Nikol hetzte zum Bahnhof zurück. Lukas hockte wie ein Häufchen Elend auf dem Boden und Nikol brach es das Herz. Er musste versuchen zu helfen.

Telefonzellen. An einem Bahnhof waren immer Telefonzellen. Hoffentlich nicht alle demoliert. Wer war Winnie? Lukas musste Vincent Reuther meinen. Das war der einzige Name aus ihrem gemeinsamen Bekanntenkreis, der passte. Wo mochte der jetzt stecken? Freitag ist Werktag, fiel ihm verzweifelt ein. Aber wo arbeitete Vincent Reuther? Hatte Lukas nicht mal von einer Kanzlei mit Namen Rottleb gesprochen?

Welche Zahlenfolge aber sollte er wählen? Er kannte keine

Telefonnummern aus dem Kopf, jedoch stand die Nummer der Auskunft direkt auf dem Umschlag des sonst restlos zerfetzten Telefonbuches.

„Rechtsanwaltskanzlei Rottleb bitte."

Die Frau sagte eine Zahlenreihe an. „Ich habe nichts zum Schreiben, können Sie mich verbinden?"

„Nein, dies ist die Auskunft, nicht die Vermittlung, ich sage es Ihnen nochmal."

Mit seinem letzten Kleingeld wählte Nikol die angesagten Ziffern, er war dankbar, dass ihn sein Gedächtnis diesmal nicht im Stich gelassen hatte.

Ein Klingelton, zumindest also ein echter Anschluss. Hoffentlich der Richtige.

„Rechtsanwaltskanzlei Rottleb und Partner, Stritzke am Telefon, was kann ich für Sie tun?"

„Bitte, ich muss dringend Vincent Reuther sprechen. Es ist sehr wichtig, sagen Sie ihm, Nikol ist am Telefon. Beeilen Sie sich!"

„Herr Reuther hat gerade eine Besprechung, können Sie später anrufen?"

„Nein!", brüllte Nikol ins Telefon, „bitte holen Sie ihn, es geht um seinen Sohn!"

Irgendwas an seinem Tonfall musste die Dame bewogen haben, ihre Entscheidung zu überdenken, Vincent erschien zwei endlose Minuten später am Hörer.

„Reuther, wer bitte ist da?"

„Ich bin es, Nikol, du musst sofort kommen, Lukas und ich sind am Hauptbahnhof. Lukas sagt, er weiß, wo Luca ist!"

„Wo bist du, wohin soll ich kommen?" Nikol spürte die Panik in der Stimme an der anderen Seite.

„Hauptbahnhof, Südseite. Wir warten dort auf dich."

Nikol warf den Hörer auf die Gabel und sprintete zurück zur Südseite. Wie lange würde Vincent brauchen? Und vor allem, würde er ihm glauben? Lukas saß noch immer wie erstarrt auf dem Boden.

„Er ist unterwegs. Komm Lukas, steh auf, der Boden ist zu kalt."

„Ich kann nicht, Nikol. Ich weiß nicht, was mit mir passiert. Ich habe das Gefühl, in einen tiefen Abgrund gefallen zu sein. Nichts mehr ist, wie vorher. Mein Herz rast und mein Kopf explodiert. Bitte gib mir Halt."

Nikol zerrte den Freund vom Boden hoch und lehnte ihn an eine

Hauswand. Lukas Atem ging stoßweise, sein Gesicht war weiß wie eine Eiswand und fühlte sich ebenso an.

Sie verlebten die längsten zwanzig Minuten ihres Lebens, bis ein bleicher und sichtlich nervöser Vincent aus einem rasch davonfahrenden Wagen ausgespuckt wurde.

„Jungs, was ist los?"

Lukas vermochte keine Erklärungen abzugeben.

„Komm mit", sagte Nikol einfach. „Er hat die Stimme erkannt. Wir haben den Schrei beide gehört."

Lukas verspürte wieder Schwindel und Übelkeit.

„Du siehst echt schlimm aus."

„Mir geht es gerade auch wirklich Scheiße!"

„Hast du Luca gesehen?"

Lukas zerrte Vincent zu der Stelle, an der er den Schrei vernommen hatte.

„Es war hier", flüsterte er benommen und schloss die Augen. „Er hat geschrien und in mir hat sich alles aufgebäumt. Seitdem spielt mein Kreislauf verrückt. Vincent, wir müssen ihn da rausholen, er ist irgendwo da drinnen!"

„Von wo kam der Schrei?"

Lukas hielt die Augen geschlossen und spielte die Erinnerung wie einen Videofilm ab. Erneut stellten sich seine Haare auf.

„Von dort, ganz sicher." Lukas zeigte auf das alte, zweistöckige und reichlich verwahrloste Haus zu seiner Rechten.

Vincent zweifelte nicht eine Sekunde an seinen Worten und Lukas spürte neue Kraft daraus erwachsen. Winnie vertraute ihm und sie würden Luca da rausholen. Und Nikol war an seiner Seite, sein starker und bester Freund.

„Was ist das für ein Ort?", fragte Vincent.

Lukas sah sich suchend um. Sie durchschritten eine schmale Toreinfahrt und gelangten auf den Innenhof. Ein orientierender Blick, dann entdeckte Lukas einen Hinweis.

„Da, ein Schild, -Ollies Beauty-Point-. Sieht nach einer Bar aus, dem Geruch nach mit Saunabetrieb, würde ich sagen. Wahrscheinlich gehört auch ein Bordell dazu, das ist meistens der Fall, wenn auch mit Sicherheit illegal betrieben, so, wie es hier aussieht. Und guck mal, dort der Eingang zum Hinterhaus, das sieht nach einem kleinen Kino aus."

„Wir sollten uns professionelle Unterstützung holen, Lukas!"

„Was meinst du damit?"

„Verdammt, es geht um meinen Sohn, er wird polizeilich gesucht. Wir sollten sie einbeziehen."

„Hör mal, ich habe mit Bullen nichts am Hut."

„Dann lass uns wenigstens Robert informieren, der weiß, was zu tun ist." Vincent nestelte eine Visitenkarte aus seiner Brieftasche und reichte sie Nikol.

„Nikol, bitte, versuche, diesen Mann zu erreichen, und schildere ihm, was los ist. Robert gehört zur Familie, er weiß über alles Bescheid."

„Gib mir noch etwas Telefongeld, dann will ich es versuchen. Lukas, schaffst du das?"

Lukas nickte beklommen. „Beeil dich."

Schon rannte Nikol zum Bahnhof zurück.

„Bist du dir sicher mit deinem Verdacht? Wir treten hier gerade richtig was los."

„Wir finden ihn, ich weiß es, er ist hier, ich habe seine Stimme erkannt."

„Aber er hat geschrien!"

Lukas musste sich beherrschen, sich nicht von Vincents Panik anstecken zu lassen.

„Komm einfach mit."

Es fühlte sich an, wie die nächtliche Aktion damals in Elm, als sie in das Haus dieses Naziverbrechers eingestiegen waren.

Die Haustür war verschlossen, genau wie die Bar.

„Ich brauch ein Messer. Sag jetzt nicht, du hast keins, ich nämlich nicht."

Vincent zog ein kleines Taschenmesser aus der Hosentasche. Nun konnte Lukas nichts mehr aufhalten. Geschickt wie einst, brach er mit wenigen Versuchen das Schloss zum Geschäftsraum auf.

Sie sahen hochgestellte Barhocker und rochen den sauren Gestank von schalem Bier, abgestandenem Zigarettenqualm, vermischt mit dem harzigen Geruch von Saunaaufgüssen. Es herrschte Totenstille.

Rasch wandte sich Lukas zu einer der hinteren Türen.

„Hier unten ist nichts, ich spüre keinerlei Leben, lass uns weiter hoch gehen, selbst wenn die heute noch öffnen sollten, es ist erst kurz nach Mittag und daher viel zu früh fürs Geschäft."

Vincent blickte nervös auf die Uhr über der Tür.

„Ok, geh vor."

Mit dem Gespür eines gewieften Einbrechers fand Lukas auf Anhieb die richtige Tür, welche in die obere Etage führte. Typische Großküchengerüche waberten durch die Luft, altes Frittierfett, ausgelaugte Bockwurst und schmieriger Bratendunst.

Eine schmale Treppe wies steil nach oben und von dort vernahmen Lukas empfindliche Ohren die Tritte mindestens einer Person.

„Wir gehen jetzt einfach da hoch", entschied er kurz entschlossen. Vincent wurde blass, während Lukas sich immer sicherer und stärker fühlte. Der Anwalt schluckte, nickte jedoch.

Lukas klappte das Messer zusammen, besser, es nicht in der Hand zu halten, notfalls würde er sich auf seine Fäuste verlassen. Er hatte zwar gerade wenig zu verlieren, aber bewaffnet war in jedem Fall Scheiße.

Zielgerichtet stapfte er betont laut die Treppe empor.

Urplötzlich baute sich ein breitschultriger Typ vor ihm auf und versperrte den Durchgang zum dahinter liegenden Raum.

„Wer bist du, du Wurm? Ich habe zwar jemand erwartet, aber nicht dich."

„Das glaube ich gern", erwiderte Lukas spontan und freundlicher, als ihm zumute war.

Der Kerl musterte den nachfolgenden Vincent.

„Wer verdammt seid ihr und was wollt ihr? Ich hatte Olli gesagt, er soll abschließen!"

„Olli war so nett, für uns wieder aufzusperren", log Lukas.

Vincent wurde noch ein wenig bleicher, wenn das überhaupt möglich war.

„So ein Idiot", quittierte der Mann die Aussage, schien sie aber zu glauben. „Was wollt ihr nun? Ihr seht nicht aus, als ob ihr Ware bringt."

„Stimmt", erwiderte Lukas mit entwaffnender Offenheit. „Wir wollen zu Luca, er ist hier, doch das weißt du ja."

Die Brauen der finsteren Visage zogen sich wutentbrannt zusammen.

„Was für eine Scheiße erzählst du da eigentlich die ganze Zeit, ich kenne keinen Luca, nie gehört. Am besten, ihr verpisst euch, bevor ich mich vergesse!"

Vincent schob sich an Lukas vorbei.

„Er ist mein Sohn und ich suche nach ihm. Er hat dunkle, schulterlange Haare, schwarzbraune Augen und wirkt wie ein halbes Kind." Jetzt zog er tatsächlich ein Foto aus seiner Brusttasche.

„Ich bitte Sie, sagen Sie mir, ob dieser Junge hier ist."

Der Typ warf einen kurzen Blick auf das Bild und grinste breit.

„Dein Sohn? Du tust mir echt leid. Er ist eine verkommene Hure, nur ein Stück Dreck. Ja, er ist hier und du kannst das Miststück gern mitnehmen, er taugt sowieso zu nichts mehr, er ist komplett am Ende und du wirst nicht mehr viel Freude an seinem kleinen Arsch haben. Aber Luca heißt er nicht. Egal, sieh nach, ob du das Stück Scheiße als deinen Sohn erkennst, dann befrei mich davon."

Er wies mit dem speckigen Finger auf die Tür hinter sich.

„Und sage niemals zu jemandem, dass Toni ein Unmensch ist, ich habe mich monatelang wie ein sorgender Vater um deinen verfluchten Bastard gekümmert!"

Weder Vincent noch Lukas hörten dem Zuhälter länger zu. Lukas schlüpfte durch die Tür in ein dunkles Zimmer. Der Gestank nach Blut, menschlichen Exkrementen, frischer Kotze und ungewaschenem Körper war beinahe unerträglich und stand wie eine feste Mauer im Raum. Vincent würgte unbeholfen, riss sich aber zusammen und ratschte sein Feuerzeug an. Er fand einen Tisch mit einer fast heruntergebrannten Kerze, die nach dem Anzünden ein schwach blakendes Licht verströmte.

Auf einer Couch an der Wand lag eine leblose Person, Lukas war schon dort.

„Er ist es", flüsterte er heiser.

Vincent zog sich der Magen zusammen, sein Herz drohte stillzustehen.

„Lebt er?" Mehr brachte er nicht hervor.

Lukas nickte und hatte den schlaffen Körper bereits hochgehoben.

„Komm, verschwinden wir von hier!"

Toni blickte ihnen mit feistem Grinsen nach.

„Viel Spaß mit dem Kleinen!"

Sie flüchteten regelrecht die Treppe hinunter, ehe es sich der verfluchte Zuhälter anders überlegen würde und doch noch Schwierigkeiten machte. Nur noch schnell durch das Lokal hindurch und dann nichts wie weg, dachte Lukas nervös.

Plötzlich stürmten vermummte Personen von draußen ins Haus, um sie herum waren überall Menschen!

Instinktiv zog Lukas sich hinter den Tresen zurück, zerrte Vincent mit sich, weg von den Massen, schnell verstecken!

Doch auf einmal kam einer der Eindringlinge genau auf sie zu. Er schob das Visier vom Gesicht. Lukas kannte ihn nicht. Aber Vincents befreiendes Leuchten in den Augen durchfuhr Lukas' Körper wie ein plötzlicher Stromschlag.

„Kommt!" Robert schob Lukas und Vincent abschirmend vor sich her, zurück auf die Straße. Ein Krankenwagen stand dort bereit, überall blitzte Blaulicht, vergitterte Mannschaftswagen der Polizei sperrten die Straße für den Durchgangsverkehr ab.

„Robert, danke das du so schnell reagiert hast!", keuchte Vincent.

„Irrer Zufall, sag ich dir. Ich bin in Sachen Drogenfahndung hier und habe nur einfach meine Kollegen von der Sitte mitgebracht. Das ist ein illegales Bordell und ein Umschlagplatz für harte Drogen, der Dealer ist kurz nach euch eingetroffen. Wir observieren den Ort bereits länger und wollten eigentlich etwas später zuschlagen. Aber dann kam der Anruf und so sind wir sofort losgefahren. Nun bringt den Jungen weg, er sieht nicht gut aus. Wir sehen uns ein anderes Mal."

Der Mann verschwand im Haus mit seinen Kollegen.

Erst jetzt wagte Lukas einen Blick auf das Leichtgewicht in seinem Arm. Es war Luca, aber nicht der Junge aus seiner Erinnerung. Sein Gesicht war von schwarzblauen Blutergüssen, verschorften und frischen Platzwunden und schrundigen Hautunreinheiten entstellt. Die misshandelte Haut lag viel zu straff auf dem schmalen Schädel gespannt, Luca war bis auf die Knochen abgemagert und sah furchtbar verhärmt aus.

Lukas legte ihn auf die Trage des Krankentransporters, Sanitäter deckten ihn zu, gurteten ihn fest und schoben das Gestell samt Luca in den Wagen. Vincent stieg dazu.

„Ich rufe dich an!" Dann wurde die Tür zugeschlagen und der Krankenwagen brauste mit Blaulicht davon.

Lukas stand da wie betäubt. War das jetzt real? Auf einmal stand Nikol wieder neben ihm.

„Komm, wir gehen nach Hause."

Wie ein Tiger im Käfig lief Lukas auf dem kleinen Flur in Schwanheim hin und her.

Vor fast zwei Wochen hatten er und Vincent Luca aus dem Bordell befreit. Seither hatte Winnie zweimal angerufen. Gleich am ersten Tag, Stunden nach der Einlieferung ins Krankenhaus, dann zehn Tage später ein weiteres Mal.

Das erste Telefonat war äußerst deprimierend. Vincent hatte keine Zusicherung der Ärzte erhalten können, ob Luca überleben würde. Zu schwach, von Drogen zerfressen, misshandelt und ausgemergelt, steckte nicht genug Leben in ihm, um einen Fingerhut zu füllen. Sollte alles umsonst gewesen sein?

Lukas jedoch verzweifelte keinen Moment, eine Welt ohne Luca? Völlig unvorstellbar!

Der Anruf vor zwei Tagen klang vielversprechender. Luca war bei Bewusstsein und kam allmählich zu Kräften, zwar angewiesen auf Ersatzmittel, um den Drogenentzug ertragen zu können, jedoch wieder zum Leben bereit. Aber er würde längere Zeit zuerst medizinisch und parallel dazu psychologisch betreut werden müssen. Nun, das konnte Lukas nachvollziehen. Er steckte schließlich noch selbst mitten im Entzug.

Vincent und Gloria wachten anfangs fast Tag und Nacht an seinem Krankenbett, Luca sollte sich nie wieder allein fühlen.

Selbst die Brüder waren angereist und Franca war sowieso an jedem Tag vor Ort.

Die ständige Anwesenheit der Familie nervte Lukas, obwohl er sie verstand, doch er wollte endlich selbst mit Luca sprechen, zumindest aber ihn sehen können! Wann verdammt rief Vincent wieder an? Wann würde er als Besucher zugelassen werden?

Doch Lukas musste länger warten, als er gehofft hatte und sich lange mit Berichten aus zweiter Hand zufriedengeben.

An die akute Phase mit der Intensivbetreuung würde sich erst eine Entziehungskur, gepaart mit einer Psychotherapie anschließen, diesmal wollten die Eltern alles richtig machen.

Lukas aber hatte in diesem Plan keinen Platz, denn Luca war noch nicht bereit für eine Begegnung mit der Vergangenheit.

Der Frühling streckte vorsichtig seine zerbrechlichen Finger aus wie eine zarte Blüte im letzten Schnee, die Nächte noch durchhaucht von Winterkälte. Der März war ins Land gezogen und Lukas konnte stolz auf seinen erfolgreichen Entzug zurückblicken. Die kommenden Therapiesitzungen waren obligatorisch und Lukas verspürte längst keine Lust mehr darauf. Ihm war auch so klar, dass er keinen Alkohol, und erst recht keine anderen Drogen mehr anfassen durfte. Er hatte seinen Verstand wieder beisammen und wollte das gesamte Kapitel eigentlich nur noch abschließen.

Seine Freundschaft zu Nikol bedeutete ihm mehr denn je. Während er selbst hin und hergerissen zwischen Ungeduld, wütendem Aufbegehren und Verständnis schwankte, ihm die Angst vor einem positiven Testergebnis schlaflose Nächte bereitete, steuerte Nikol ihrer beider Leben mit pedantischer Ruhe und Ergebenheit durch diese stürmische Zeit. In einer engen, Schwanheimer Zweizimmerwohnung. Wie konnte ein Mensch so stark und geduldig sein?

Sein Vater hatte ihm seinen alten Audi überlassen, Lukas war wieder mobil und ein vollständiger Mensch. In Kelsterbach waren sie jetzt jedes zweite Wochenende zu Gast. Seine Eltern unterstützten die beiden Freunde finanziell und mit endlosen Ratschlägen. Den zweiten Teil überließ Lukas gern Nikol; er saß vorzugsweise bei seiner Oma und sprach mit ihr über alte Zeiten. Aber Nikol blühte regelrecht auf und Lukas wurde schmerzlich bewusst, wie sehr dieser Mann seine Familie vermisste. Matthias war längst nach München zurückgekehrt und Kathrin verbrachte ihre freie Zeit lieber mit Freundinnen, als an der Kaffeetafel ihrer Eltern.

Ab Mai würde Lukas an die Uniklinik zurückkehren können. Hohenheim hatte Wort gehalten. Umso begieriger lauerte er auf Informationen von den Reuthers. Aber selbst darum hatten sich seine Eltern gekümmert und Vincent und Gloria einfach eingeladen, als die Freunde ohnehin im Haus waren.

Winnie wirkte abgehärmt und Gloria blass, mit Schatten unter den Augen. Sie hatten viel durchgemacht in den letzten Monaten. Aber sie lächelten und strahlten eine Zuversicht aus, die Lukas nicht verstand.

Nikol hatte an diesem Sonntag Marouk mit Dattelfüllung gebacken, eine Leckerei aus seiner syrischen Heimat, die es dort traditionell zum Ramadan gab. Lukas war es schon fast peinlich, welche Leidenschaft und Vertrautheit seine Mutter Nikol gegenüber entwickelte. Ob ihr bewusst war, dass ihn mit diesem Mann keineswegs eine Liebesbeziehung verband? Ja, sie teilten mitunter das Lager miteinander, dies aber mehr den körperlichen Bedürfnissen geschuldet und hinterher konnten sie sich jedes Mal kaum in die Augen sehen. Seine Mutter jedoch behandelte Nikol wie einen weiteren Sohn. Lukas war sich unsicher, ob er eifersüchtig oder erfreut sein sollte. Nikol hingegen lachte seine Befürchtungen einfach weg und genoss das Familienleben.

Auf der Kaffeetafel standen die Marouk und ein Apfelkuchen von Oma.

Lukas kippte vor Nervosität den Kaffee, wie einst den Wodka, in sich hinein.

„Nun sprecht schon", bat Richard und zwinkerte seinem Sohn zu. „Wie geht es Luca, und wie kommt eure Familie mit der neuen Situation klar?"

„Es ist schwieriger, als ihr euch vermutlich vorstellen könnt", eröffnete Vincent.

„Anfangs fürchteten wir um sein Leben, jedoch ist der Bengel unglaublich zäh und überraschte die Ärzte und uns mit seinem kämpferischen Lebenswillen. Nicht, dass er es uns leicht gemacht hat. Er kämpft gegen alles und jeden. Gegen uns, gegen die Menschen, die etwas von ihm wollten, gegen die Behandlung, einfach gegen jegliche Eingriffe in sein Leben. Er schrie und tobte und musste schließlich ruhiggestellt werden, um ihn vor der Selbstzerstörung zu bewahren. Jetzt, nach all den Wochen, geht es langsam bergauf.

Er lässt nur wenige an sich heran. Uns duldet er, mehr noch nicht. Er wirkt verschlossener denn je und spricht wenig, aber er hört zu und so erzählen wir ihm von unserem Leben, wie sehr wir ihn gesucht und vermisst haben.

Zu seinem behandelnden Arzt hat er vorsichtiges Vertrauen gefasst, und, erstaunlicherweise, ein klein wenig zu Franca. Nun, es wäre fatal, in dieser Phase mehr von ihm zu verlangen. Und so lassen wir ihn, bis er bereit ist, aus sich herauszukommen, mit uns über das zu reden, was ihn doch beschäftigen muss. Er weiß, dass einer von uns jeden Tag für etwa eine Stunde zu Besuch kommt. Das muss zunächst genügen. Alles andere würde ihn überfordern und nur neuerliche emotionale Ausbrüche hervorrufen. Also lassen wir ihn in Ruhe und geben ihm die Zeit, die er benötigt."

Gloria ergänzte. „Luca hat unsere Familie auf eine harte Zerreißprobe gestellt, aber ich denke, dass wir über den schlimmsten Punkt hinaus sind. Wir sind uns alle einig, dass wir die Situation gemeinsam durchstehen wollen. Die Zwillinge haben ihre Termine abgestimmt, damit jeder aus der Familie wenigstens einmal in der Woche Luca besucht, selbst wenn wir ihn, mehr oder weniger, nur sehen können. Sogar die Großen kommen im Rahmen ihrer Möglichkeiten vorbei, um nach ihrem Bruder zu schauen."

Vincent nahm seine Frau bei der Hand.

„Für uns ist diese Situation auch aus einem anderen Grund sehr belastend. Gloria ist schwanger, zwar nicht geplant, aber doch gewollt. Ich wünschte, sie könnte die Geburt des Babys in Frieden und Gelassenheit erwarten. Aber unser Ältester gibt uns wenig Muße dafür."

Lukas und seine Familie saßen mit staunenden Augen dabei.

„Ich bewundere euren Mut", sagte Anna. „Ihr habt von den vier Kindern noch nicht mal alle aus dem Haus und Luca wird euch nach seiner Entlassung gewiss dauerhaft brauchen."

„Wenn wir etwas für euch tun können, dann lasst es uns wissen", ergänzte Richard.

Seine Mutter überraschte alle. „Nach meiner Erfahrung mit Luca braucht er jemanden, der jederzeit für ihn da ist, selbst wenn er das weder zugeben, noch ständig beanspruchen würde. Nicht umsonst hatten Albrecht und er so nah zueinandergefunden. Ich wünschte, Luca würde wieder nach Kelsterbach kommen. Matthias' Zimmer steht leer, der Platz wäre da und ich habe den Jungen immer gern um mich gehabt. Ihr alle müsst arbeiten und du Gloria, wirst dich um das Baby kümmern müssen. Ich befürchte, keiner von euch kann ihm die Zeit geben, wie ich es könnte. Aber in erster Linie muss der Junge selbst entscheiden, wo er zu Hause sein möchte. Ihn in ein Leben hineinzuzwingen, wird wieder scheitern."

„Das klingt vernünftig, Mutter. Traust du dir das wirklich zu?"

„Ihr seid doch komplett irre!", warf Lukas erregt ein und sprang auf.

„Ich meine, letztendlich habe ich uns allen das eingebrockt. Wieso gebt ihr so viel für ihn und mich? Wir haben euch doch immer nur Probleme und Schwierigkeiten eingebracht. Jede Krise in diesem Kreis ist meine Schuld. Ihr könnt nicht ernsthaft noch mehr tun wollen, ich muss das in Ordnung bringen!"

Nikol nahm ihn sanft bei den Schultern.

„Das hatten wir doch schon Lukas. Du trägst genug eigene Last auf deinen Schultern. Trag nicht auch noch die der anderen. Eure Familien sind durch eure frühere Liebe miteinander verbunden und das seit vielen Jahren. Sie sind Freunde, so wie wir. Und Freunde helfen einander. Das solltest du inzwischen gelernt haben."

Richard lächelte. „Das hast du schön gesagt, Nikol. Und es ist wahr. Aber wir greifen unserer Zeit voraus. Noch ist es nicht soweit, darüber zu entscheiden, denn Mutter hat recht. Luca muss mitentscheiden und zusammen mit seinen Eltern über seine Zukunft sprechen."

„Ihr rührt uns", warf Vincent bewegt ein. „Wenn die Zeit gekommen ist, werden wir mit ihm reden. Und dir muss ich widersprechen Lukas. Du hast mit dem Drama, um die Flucht unseres Sohnes nichts zu tun, es ist

160

nicht deine Schuld. Was aber aus euch beiden werden soll, erneut ein Paar oder Freunde, wage ich nicht zu prognostizieren. Luca war damals sehr wütend auf dich."

„Und auf uns", ergänzte Gloria. „Weil wir uns nach seiner Ansicht auf Lukas' Seite gestellt haben."

„Was sagen denn die Ärzte zur voraussichtlichen Dauer seines Klinikaufenthaltes?", fragte Anna.

Gloria wiegte bedächtig den Kopf.

„Das ist schwer zu sagen, wir rechnen mit Mitte, Ende April. Also noch etwa sechs Wochen. Dann wäre er vermutlich zumindest körperlich soweit wieder hergestellt. Aber der Befund seines AIDS-Tests wird ebenfalls zu diesem Zeitpunkt erwartet. Wir müssen uns auf schlechte Nachrichten einstellen, die Schnelltests waren positiv, aber die sind ja nicht verbindlich. Und wie er dann mit dieser Botschaft umgeht, steht in den Sternen. Psychologisch betreut wird er voraussichtlich dauerhaft werden müssen, er hat einfach viel zu viel durchgemacht."

„Entsetzlich", stimmte Richard zu. „Als ob die Situation nicht schon bitter genug ist. Nun kommt auch noch diese verfluchte Erkrankung hinzu."

Mit sorgenvollem Gesicht blickte er seinen Sohn an. Lukas rutschte das Herz in die Hose. Dieses Thema hatte er bewusst immer ignoriert. Entsetzt nahm er wahr, dass alle ihn anblickten. Nur Nikol hielt den Kopf gesenkt und kaute auf seiner Unterlippe.

„Ich weiß es noch nicht", bekannte er unsicher. „Ich bekomme mein Testergebnis in etwa drei Wochen. Es ist sehr gut möglich, dass ich positiv bin. Ich habe die Nadeln mit anderen geteilt. Na ja, und auch sonst ziemlich viel unvernünftige Scheiße gemacht. Immer ohne Schutz, wenn ihr versteht, was ich meine."

Verlegen und mit hochrotem Gesicht sank er in sich zusammen. Seine Mutter stand auf und stellte sich wie schützend hinter ihn, die Hände auf den Schultern ihres Sohnes.

„Für uns wird sich dadurch nichts ändern, Kind. Wenn du infiziert bist, dann wäre der beste Platz für dich hier bei uns zu Hause. Deine Wohnung oben steht leer, du kannst jederzeit zurückkommen. Wir werden in jeder Lebenslage für dich da sein. Auch wenn du Glück hattest und der Kelch an dir vorbei geht, bist du bei uns willkommen. Es ist dein zu Hause."

„Wir sind deine Familie", fügte sein Vater hinzu. „Und Familie bedeutet, dass wir zusammenhalten."

„Oh je", seufzte Vincent. „So viel Drama. Bitte lasst uns von anderen Dingen sprechen, sonst gibt es noch Tränen und die haben wir alle bereits genug vergossen. Übrigens Nikol, die Marouk sind hervorragend. Bitte lass dir das Rezept geben Glori, das bekommst du dann doch sicher genauso hin."

Ein befreiendes Lachen löste die gedrückte Spannung und Lukas lugte Winnie dankbar an.

„Ich werde darüber nachdenken", versprach er. „Bald sogar. Niki soll ja schließlich auch endlich wieder ein eigenes Leben führen können, ohne Dauergast in seiner kleinen Wohnung."

„Wenn du mich aus deinem nicht wieder ausschließt, wäre das tatsächlich sehr angenehm", grinste ihn der Freund verschmitzt an.

„Freunde, schon vergessen?", pöbelte Lukas vergnügt und schob sich ein Stück Apfelkuchen in den Mund. So leicht wie heute hatte er sich schon lange nicht mehr gefühlt.

„Wann wird euer Kind auf die Welt kommen?", wollte Anna wissen.

Vincent lächelte breit wie ein Honigkuchenpferd und legte seinen Arm um Gloria.

„Im September", antwortete sie. „Es ist also noch sehr viel Zeit. Wir erwarten übrigens ein Mädchen."

Vierzehn Tage später erhielt Lukas den befreienden Anruf vom Gesundheitsamt. Die neue Geißel der Menschheit hatte ihn verschont.

Der Frühling trieb nun mit aller Macht den Winter aus den Ritzen und Fugen der Stadt, eine Zeit des Aufbruchs und der Veränderung begann.

Lukas saß in der kleinen Küche in Schwanheim und sah Nikol beim Kochen zu. Es würde ihr Abschiedsessen werden, ein syrisches Reisgericht mit Pinienkernen und Gemüse. Lukas hatte sich endgültig entschieden, wieder in die Wohnung im Haus seiner Eltern zu ziehen. Er sorgte sich nicht um deren Einmischung in seinen Alltag. Sie würden auf ihn achten, wenn es notwendig war, ihn aber ansonsten mit Respekt und Achtung sein Leben leben lassen. Und wilde Partys in den eigenen vier Wänden waren nie sein Ding gewesen.

Sogar einen Dauerauftrag zur Mietzahlung an seine Oma, der das Haus im Endeffekt gehörte, hatte er eingerichtet. Diesmal endlich konnte es ihm gelingen, die Verantwortung für sich selbst zu übernehmen.

Mit Ungeduld und Sorge erfüllten ihn die Gedanken, ob er von seinen

Kollegen eine zweite Chance eingeräumt bekäme. Meisterte es Hohenheim, diese Hürde für ihn zu senken? Vielleicht lediglich, dass nicht mehr unnötiges Gerede entstand, als üblich. Und er nahm sich vor, entgegenkommender zu sein und sich nicht abzukapseln, wie er es früher selbstverständlich getan hatte. Sein Therapeut lehrte ihn, mit seinen Emotionen umzugehen, damit er auf Provokationen angemessen zu reagieren vermochte. Es schien machbar.

Blieben die Gedanken an Luca. Noch immer gab es keine neuen Nachrichten von den Reuthers.

Erst Ende April fand Vincent Zeit für seinen Begleiter aus den stürmischen Tagen der späten Siebziger.

Sie saßen sich in einem Straßenlokal der Zeil gegenüber. Vincent rührte ausdauernd Zucker in seinen Kaffee.

„Was ist?", begehrte Lukas zu wissen. „Du hast am Telefon gesagt, dass es ihm endlich besser geht und ich ihn sehen kann. Aber du druckst herum wie ein Feigling."

„Ich habe ihn gefragt, ob er Besuch von dir möchte, aber er hat nur die Schultern gezuckt. Lukas, ich weiß nicht, ob das Ganze zu deiner Zufriedenheit ausgehen wird. Luca ist nicht der Junge von damals, wie du ihn kanntest, nicht mal mehr der Sohn vom vorigen Jahr."

„Das könnte daran liegen, dass er eben kein Junge mehr ist, vielleicht solltest du das mal langsam in Erwägung ziehen."

Jetzt war es an Vincent, mit den Schultern zu zucken.

„Wahrscheinlich hast du recht. Immerhin hat er die Therapie recht gut angenommen, wirkt aber insgesamt doch eher verschlossen und ich denke, ich weiß auch, woran das liegt."

„Und woran?"

Vincent blickte Lukas aus traurigen Augen an. „Luca ist tatsächlich HIV-positiv, wir haben es gestern erfahren und er selbst weiß es auch."

Lukas schluckte. Diese verfluchte Krankheit hatte bisher immer nur wie eine Drohung im Raum gestanden, bis eben hatte es Hoffnung auf einen glimpflichen Ausgang wie bei ihm gegeben.

Sie hatte zwar unzählige Männer verschlungen, jedoch noch nie jemanden betroffen, bei dem es ihm nahe gegangen war. Und nun sollte Luca positiv sein?

„Ist das wirklich sicher?"

Vincent nickte. „Der Test ist ganz am Anfang gemacht worden, vor drei

163

Monaten. Lukas, er hat täglich angeschafft und sich Drogen gespritzt, es wäre eher verwunderlich, wenn er nicht positiv wäre. Seit wir ihn aus dieser Hölle geholt haben, rechnete ich mit nichts anderem als einem derartigen Ergebnis."

„Das klingt fast, als ob du dich damit abgefunden hast."

„Ich kann es nicht ändern, ich wünschte, ich könnte es. Aber uns wird nur bleiben, die Diagnose zu akzeptieren und Luca ein schönes Leben zu ermöglichen. Ich glaube fest, dass er noch lange bei uns sein wird. Er mag zwar schwach und schmächtig wirken, aber tatsächlich ist er ein wahrer Kämpfer, der nicht so schnell aufgibt, sonst hätte er die letzten Monate nicht überstanden. Ich bin sicher, er kämpft um sein Leben."

„Wann wird er entlassen?"

„In ein, zwei Wochen, denke ich. Die restliche Therapie kann er ambulant absolvieren und wegen HIV muss er sich ohnehin regelmäßig untersuchen lassen. Vielleicht kann man den Ausbruch der Krankheit verzögern. Und ich habe gehört, dass sie durchaus nicht bei jedem auch ausbrechen muss."

„Du hast also noch Hoffnung?"

„Ja, ich habe Hoffnung. Ich gebe jetzt nicht auf, Lukas. Es ist an der Zeit, für meinen Sohn stark zu sein. Ich werde an seiner Seite stehen und ihn begleiten, wenn er es wünscht und ihm das Leben ermöglichen, welches er sich wählt."

„Was glaubst du, hat er vor?"

„Er hat darüber noch nicht gesprochen, obwohl wir ihm verschiedene Angebote vorgeschlagen haben. Na, du kennst sie ja und vielleicht bist es doch du, mit dem er darüber reden möchte. Euch verbindet eine lange Vergangenheit. Vielleicht gibt es auch eine Zukunft für euch in seinem Kopf? Jedenfalls denke ich, dass du bald zu ihm gehen solltest. Es vermag ihm zu helfen, über sein weiteres Leben nachzudenken, zu entscheiden, wie es weiter gehen soll.

Sei aber bitte nicht enttäuscht, falls er dich zurückweist, er hat nicht die besten Erinnerungen an eure letzte Zusammenkunft."

Lukas knurrte unwillig. „Das hättest du jetzt nicht unbedingt wieder aufwärmen müssen, ich kann mich auch so sehr gut daran erinnern und auch daran, dass er meine Entscheidung damals nicht verstanden hat."

„Wirst du zu ihm gehen?"

„Ja, das werde ich, gleich morgen."

Lukas und Hannes

Die schmale Gestalt des einstigen Geliebten lehnte unscheinbar wie der Schatten einer dunstverhangenen Sonne an der Fensterfront des Besucherzimmers. Niemand sonst war in dem Raum. Auf dem Tisch lagen Servietten und Teller mit Gebäck. Gläser für Mineralwasser standen bereit, daneben eine halbleere Flasche.

„Luca!"

„Nenn mich nicht so!", fauchte der wie eine Wildkatze anstelle einer Begrüßung, wandte sich dann aber einlenkend zu dem Besucher um.

Lukas sah ihn konsterniert an. „Aber warum? Ich meine ..."

Hannes schüttelte den Kopf, als sei er fassungslos über die Unbedarftheit des Älteren.

„Was ist los mit dir? Du weißt doch sonst immer alles", stichelte er.

Dann drehte er sein Gesicht zur Seite und in einem deutlich ruhigeren Ton, jenseits jeglicher Aggressivität oder Spotts fuhr er erklärend fort.

„Ich weiß nicht, wen du hier erwartet hast, aber Luca ist schon lange tot, eigentlich hat er nie gelebt."

Er schritt gemessen auf Lukas zu und blieb unmittelbar vor ihm stehen. Seine schwarzen Augen blickten forschend nach oben. Lukas entdeckte grobe Narben in dem ehemals so vertrauten Gesicht. Spuren eines bitteren Lebens.

„Opa hat damals nicht gelogen. Erinnerst du dich? Das Kind Luca war nur ein Traum seiner Mutter, aber es hatte nie eine Chance und so starb es in all der Heimlichkeit, in der es auch auf die Welt gekommen ist."

Lukas erfasste überrascht seine entspannte Miene. Hannes war erwachsen geworden, Abdrücke einer zu intensiv gelebten Zeit lagen auf ihm wie unlöschbare Zeichen. Narben an Schläfe und Stirn, Schatten unter den Augen, tiefe Falten in zu früh gealterter Haut an Brauen und Mundwinkeln, wie eingeritzt in den einst makellosen Teint, den Lukas so gut kannte.

„Wer bist du jetzt?", fragte er.

„Hannes", sagte der, „einfach Hannes."

„Hannes Reuther?"

Er zuckte mit den Schultern. „Kann sein, ist nicht so wichtig. Es ist ohnehin alles sinnlos und zu unbedeutend, um einen Gedanken daran zu verschwenden."

Nach einer Pause setzte er hinzu. „Unsere früheren Vorstellungen von einem unbeschwerten Leben, ähnlich einer klassischen Familie, waren genauso unsinnig, wie die Annahme, dass ich einfach in den Alltag bei den Meinigen einsteigen könnte, als ob nie etwas gewesen war. Ich habe das vor Monaten bewusst hinter mir gelassen."

Er seufzte tief. „Dieses Leben klappt nicht, jedenfalls nicht für mich."

„Nicht sinnlos", entgegnete Lukas. „Ein Traum."

„Der keine Chance hatte, wahr zu werden. Weil weder du und noch viel weniger ich in dieses Dasein hineinpassen. Wir sind nicht so, wie andere Menschen. Wie zum Beispiel deine oder meine Geschwister. Sie alle verbrachten vermutlich eine halbwegs behütete Kindheit und sind in einer mehr oder weniger gut funktionierenden Familie groß geworden. Sie hatten Menschen, die sie liebten. Sie hatten Kinderfernsehen, regelmäßige Mahlzeiten und jede Menge Spielzeug und Schulfreunde. Und bei Kummer jemanden, der sie in den Arm nahm und Trost spendete. Sie haben von klein auf gelernt, wie das Leben funktioniert, ein geregelter Tagesablauf vom Frühstück bis zur Gute-Nacht-Geschichte.

Ich kann da nicht mithalten, obwohl ein Teil von mir es wünschte und versucht hat. Aber ich kann mich in dieses Leben nicht einfinden, mit all den verzwickten Regeln und Abläufen. Ich pack das nicht, jeden Tag früh aufzustehen, um irgendetwas zu schaffen, was nichts mit mir zu tun hat. Ich will selbst entscheiden, was ich wann mache. Kein anderer soll mehr über mich bestimmen."

Hannes goss sich ein Glas Wasser ein und trank in kleinen Schlucken. Dann knabberte er einen Keks.

„Die hat Franca gebacken, probiere mal."

Sie setzten sich gemeinsam an den Tisch und Lukas bediente sich.

„Ich bekomme noch eine Schwester, wusstest du das? Sie wird sogar eine richtige Schwester sein, wir haben den gleichen Vater."

„Ja, ich weiß", erwiderte Lukas lächelnd.

„Ich habe keine Ahnung, wie mein Leben weiter gehen soll", fuhr Hannes fort. „Ich befürchte, sie werden mich niemals verstehen, genauso wenig, wie ich ihre kleinlichen Nöte verstehen werde. Lukas, keiner aus meiner Familie hat je Hunger gelitten oder hat das erlebt, was mir widerfahren ist."

„Du irrst dich", entgegnete Lukas. „Dein Vater war als Kind ein Kriegsflüchtling. Er sah seine Mutter sterben und litt sehr unter Kälte und Entbehrungen. Deine Mutter ist von ihrem geschiedenen Ehemann erniedrigt und geschlagen, soweit ich weiß, auch vergewaltigt worden. Und ich selbst habe gerade erst einen Drogenentzug hinter mir. Wahrscheinlich klingt es merkwürdig in deinen Ohren, aber ich war abhängig von Alkohol und Heroin. Und die Gefahr ist noch nicht gebannt. Nur hatte ich mehr Glück als du, mein Testergebnis ist negativ.

Der einzige wirkliche Ruhepol ohne Skandale und Katastrophen ist meine eigene Familie. Wenn man von dem Chaos, welches ich dort hineinbrachte, mal absieht. Ich bin mittlerweile wieder zu ihnen ins Haus gezogen, in meine kleine Wohnung. Du erinnerst dich."

Hannes schwieg eine lange Weile. „Du überraschst mich. Warst nicht du es, der mich immer vor dem harten Zeug gewarnt hat?"

Lukas nickte. „Ich bin mit dem, was du als das alltägliche Leben bezeichnest, ebenso wenig klargekommen, wie du. Inzwischen habe ich gelernt, Hilfe einzufordern und auch anzunehmen. Und ich hatte das Glück, einen starken Freund an meiner Seite zu wissen. Einen Mann, zu dem ich eine feste Freundschaft aufgebaut habe, ohne dass es für uns eine Chance auf eine Partnerschaft geben würde. Ohne ihn hätte ich nicht überlebt.

Ich weiß nicht, ob du noch etwas für mich empfindest. Mein Freund Nikol hat mir die Augen geöffnet. Mir ist bewusst, dass du die einzige wirkliche Liebe meines Lebens bist. Früher war das so selbstverständlich für uns, aber meine Arroganz und meine abgehobenen Vorstellungen von einer erfolgreichen Zukunft haben mir die Sinne vernebelt. Ich sage nicht, dass es leicht wird für uns. Aber wenn ich eines gelernt habe aus den letzten Monaten, dann, mich zu akzeptieren, wie ich bin. Nicht als hochbegabter Überflieger, sondern als Mann mit sehr vielen Fehlern und Schwächen. In der Gesellschaft würde ich als Pädophiler verdammt, aber das will und darf ich nicht ausleben. Deine Liebe würde auch für mich eine Chance bedeuten, aber erzwingen kann und möchte ich sie nicht. Ich habe dich verletzt, heute weiß ich das und es tut mir leid."

„Wie geht dein Leben jetzt weiter?", fragte Hannes. „Wie kommst du klar mit den Menschen da draußen? Ich nämlich habe da so meine Probleme. Nachdem, was du über meine Eltern sagst, kann ich meine Erwartungen an sie vielleicht überdenken. Vielleicht haben sie mehr Verständnis, als ich glaubte. Aber sonst? Erinnere dich an die Freier, die unsere Körper gekauft haben wie eine billige Ware. Einige von ihnen waren richtig reiche Kerle, die sich aufgeregt hatten, wegen einer von Tauben vollgeschissenen Autoscheibe oder ihre Wünsche nach Luxus, dem zwanzigsten Paar Schuhe, einer neuen Rolex und protzigem Goldschmuck. Ich habe sie kennen gelernt. Ob sie nun Arno oder Tristan hießen. Dabei hieß reich für mich damals jeder, der nicht, wie wir, täglich von der Hand in den Mund gelebt hat.

Dabei war ihre ach so schöne Glitzerwelt genauso ätzend und falsch wie der Straßenstrich oder die Bordelle im Bahnhofsviertel. Viel bunte Lichter und Reklame um Liebe und Glück, die Wahrheit dahinter sind Elend, Schmutz und Heuchelei, es geht immer nur um das Scheißgeld und nicht um die Menschen."

Hannes lehnte sich nach hinten und blickte kurz nachdenklich an die Decke. Dann schüttelte er kaum merklich den Kopf und fuhr mit belegter Stimme fort.

„Wenn ein durchschnittlicher Mann, der schwer schuften muss, um über die Runden zu kommen oder der vielleicht keinen Job und damit keine Chance auf einen Anteil am Wohlstand hat, wenn solche Männer zu Drogen greifen oder sich im Bordell amüsieren, um etwas Spaß zu haben oder mal abzuschalten vom Alltag, dann kann ich das verstehen.

Aber sieh sie dir doch an, all die wirtschaftlich erfolgreichen Männer: die Aufsichtsräte, Banker, Börsenmakler, Manager, ja auch Ärzte und Anwälte. An diesen Männern läge es doch, die Welt ein klein wenig besser zu machen. Sie haben Einfluss und die Mittel dazu und doch standen sich die, die ich kennengelernt habe, häufig selbst am nächsten. Sie haben mich benutzt und dann weggeworfen und vergessen. Es kümmert sie nicht, wenn ein Mensch in bitterer Not auf dem Boden, am Straßenrand liegt. Vollgedröhnt, oder erdrückt von der Hoffnungslosigkeit. Dabei sind die unter ihren Nobelklamotten auch nur nackte Kerle, von denen viel zu viele gern mal einem Jungen ihren Schwanz in den Arsch schieben, bevor sie nach Hause zu Weib und Kind gehen. Das habe ich selbst erlebt."

„Hannes!"

Hannes drehte sich auf dem Stuhl um und sah dem Freund in die grauen Augen.

„Gerade die wirklich Vermögenden sind auch nicht das normale Leben", sagte er sanft. „Es gibt noch jede Menge dazwischen, zwischen den reichen Arschlöchern, den perversen Zuhältern und den Nutten oder Jungs von der Straße."

„Ach ja? Warum ist mir das nie aufgefallen? Weil eigentlich jeder besser war als wir Jungs vom Straßenstrich? Selbst ein Junkie genießt mehr Ansehen als ein Stricher."

„Ich weiß das nur zu gut, ich habe es doch auch erlebt. Aber hast du das andere Leben jemals versucht wahrzunehmen? Hast du je danach geschaut, was außerhalb der Szene um dich herum geschieht? Was glaubst du, wer all die Menschen sind, denen du jeden Tag auf der Straße begegnest? Denk an deine Mutter, deine Geschwister oder die Verkäuferin vom Supermarkt nebenan. Denk an den Bäcker um die Ecke, an die Krankenschwestern hier und aus all den Frankfurter Kliniken, die Feuerwehrleute, der Busfahrer und die Lehrer, Briefträger, Müllfahrer, Putzkräfte, Automechaniker und noch unzählige andere mehr. Sie alle müssen jeden Tag viel arbeiten und werden dabei niemals ein Vermögen anhäufen. Und auch unter ihnen gibt es genug widerliche Schweine, wir haben sie doch beide selbst kennengelernt. Aber die meisten haben sich einen Platz im Leben gesucht und nicht wenige von ihnen engagieren sich, ohne Bezahlung, für jene anderen Menschen, von denen du gerade gesprochen hast, für Menschen in Not. Es gibt das Gute im Leben noch, es gibt Menschlichkeit!"

Lukas war aufgestanden und lief aufgewühlt durch den Besucherraum. Dann blieb er an der Stelle vor dem Fenster stehen, an der der Freund ihn bei seinem Eintreten erwartet hatte. Nach einigem Überlegen fuhr er fort und Hannes sah ihm erwartungsvoll hinterher.

„Viele haben eine kleine, geschützte Welt für sich und ihre Lieben aufgebaut. Dabei ist es gleichgültig, ob du schwul, lesbisch, hetero, trans oder etwas völlig anderes bist.

Das frühe oder unregelmäßige Aufstehen und der Job, ob in Schichtarbeit oder nicht, sind nun mal nicht schön und oft zermürbend. Aber nach der Arbeit gehst du nach Hause und mit etwas Glück, hast du eine gute Beziehung, in der dein Nachwuchs gesund aufwachsen kann und eine schöne Bude, in der dir im Winter nicht der Arsch abfriert. Deine Frau oder dein Partner macht Abendessen, beim Essen erzählt dein Jüngster vom Kindergarten und die Große von der Schule. Hinterher guckt ihr zusammen Fernsehen oder spielt etwas und am Wochenende gibt es einen Ausflug in den Grüngürtel oder auf den Lohrberg mit Picknick und Apfelwein. Das ist das klassische Familienleben. Wir haben es beide in unserer Kindheit nur niemals kennengelernt."

Hannes wiegte nachdenklich den Kopf. Dann stand er auf und folgte Lukas zum Fenster.

„Ich habe sie nicht wahrgenommen, diese Menschen, ich war zu sehr mit dem Überleben beschäftigt. Aber was du da sagst, ist auch nichts für mich. Ich will weder Frau noch Kinder."

„Das verstehe ich. Aber was ist es, was du willst?"

„Dich", sagte Hannes nach langem Zögern. „Obwohl ich eigentlich noch immer wütend auf dich sein wollte. Schließlich hast du mich vor Jahren einfach im Stich gelassen."

Er stand unmittelbar vor Lukas und blickte ihm aufmerksam in die Augen.

„Ich hätte dich so sehr gebraucht, insbesondere, als mein Opa starb. Sein Tod hat mir den Boden unter den Füßen weggerissen. Auf einmal war niemand mehr da, dem ich vertrauen konnte und alle anderen waren viel zu sehr mit sich selbst und ihrer Trauer beschäftigt.

Aber jetzt sehe ich dich hier stehen, du erzählst mir von deinen eigenen Problemen, die meinen so sehr ähneln, dass meine Wut sich einfach in Luft auflöst. Du hast Falten gekriegt und in deinem Bart sehe ich ein paar graue Haare. Ist schon komisch, es fühlt sich doch so an, als seien wir uns erst gestern zum ersten Mal begegnet, mein starker Superheld, der mich vor den bösen Jungs beschützt hat. Aber trotz der Brille und des Barts ist der Junge von damals immer noch da. Ich sehe ihn in deinen Augen, ich kenne die Narbe an deiner rechten Braue und den Geruch deines Körpers. Du riechst wie früher nach Mann und Schweiß, trotz der Duftwässerchen auf deiner Brust, und nun guck nicht so grimmig, ich mag deinen Geruch und den Körper sowieso."

„Er funktioniert nicht mehr so tadellos wie früher, ich bin keine sechzehn mehr und ich habe auch ein ziemlich intensives Leben hinter mir. Der jahrelange Alkoholmissbrauch hat Spuren hinterlassen."

Hannes zuckte grinsend mit den Schultern. „Für ein bisschen Zärtlichkeiten wird es wohl noch reichen."

„Das mit Sicherheit, und für so einiges mehr", sagte Lukas schmunzelnd. „Aber wie stellst du dir dein weiteres Leben vor?"

Hannes lehnte sich in den Arm des Freundes.

„Ich habe dich angelogen, damals, bei unserem Streit. Ich hasse dich nicht, habe dich nie gehasst, ich war nur so verletzt, dass ich dir ebenso wehtun wollte, wie du mir. Wenn du mir vergeben kannst, machen wir vielleicht da weiter, wo wir mal aufgehört haben? Den Job in der Klinik hast du, mal wieder Dank der Beziehungen deiner Eltern, wohl behalten können. Hat mir mein Vater erzählt. Aber ich weiß nicht, was mit mir wird, wo ich leben soll. Deine Oma will mich zu sich holen, habe ich mir sagen lassen. Aber bis vorhin wusste ich nicht, dass du auch dort bist und wie es mit uns weitergehen könnte."

„Ich habe dir deine Worte nie übelgenommen, weil schon damals dein Blick die Worte Lügen gestraft hat. Es gibt also nichts zu vergeben. Und was Kelsterbach angeht ... Kathrin wohnt noch zu Hause", berichtete Lukas. „Aber ihr reicht das alte Kinderzimmer, sie will nach dem Abi ohnehin für ein Jahr nach London, zusammen mit einer Freundin und möglichst auch dort studieren. Später soll sie wohl die Praxis der Eltern weiterführen. Wenn das mit dem Studium klappt natürlich nur. Matthias scheint in München zufrieden zu sein, er hat ein Mädchen, soll was Festes sein."

Lukas zog die Stirn in Falten. „Du könntest also entweder Matthias' Kinderzimmer okkupieren, oder dich auf das Abenteuer einer Beziehung zu mir einlassen. Ganz wie du willst. Aber meinst du wirklich, du kriegst das hin, im ruhigen Kelsterbach mit den alten Arnheims im Doppelpack?"

Hannes rempelte den Freund grob an.

„Du solltest etwas mehr Dankbarkeit zeigen. Deine Eltern sind ziemlich in Ordnung, dafür, dass sie einen solchen Versager als Sohn haben."

„Eh, so schlimm bin ich nun auch wieder nicht!"

„Naja", erwiderte Hannes grinsend und zwinkerte dem Freund verschmitzt zu. „Was Kelsterbach angeht, werde ich dort besser aufgehoben sein als in Frankfurt. Ich weiß nicht, wie lange mir das Virus noch Zeit lässt, aber etwas weniger Geschwindigkeit im Leben, keine weiteren Dealer-Versuchungen im Bahnhofsviertel oder der Taunusanlage sollten helfen, denke ich. Jedenfalls habe ich keinen Bock mehr auf all den Dreck und den Abschaum hinter der bunten Reklame und den blitzenden Lichtern. Lass es uns wenigstens versuchen. Ich glaube, dass auch meine Eltern die Idee nicht schlecht finden werden. Und mir hat die Zeit damals im Haus deiner Familie ganz gut gefallen, besser als Eschersheim, um ehrlich zu sein. Zumindest seit Opa fort ist. Und deine Oma lebt schließlich noch."

Lukas nickte, lehnte sich an das Fenster und stützt den Kopf auf den angewinkelten Arm, den er mit der Linken am Ellenbogen hielt.

„Naja, wäre was in der Art wie betreutes Wohnen, das haben sie sich ja möglicherweise für dich vorgestellt, auch wenn sie es wahrscheinlich eher selbst machen wollten."

„Mama wird durch klein Hannah kaum Zeit für mich haben. Und bei dir gibt es doch auch Familienanschluss", betonte Hannes.

„Sie soll Hannah heißen?"

„Hat mir mein Vater verraten. Den Namen haben sie meinetwegen ausgesucht. Machen wir uns nichts vor, irgendwann holt mich das Virus. Ich werde sterben, eher früher, als später. Aber Hannah, da steckt ein Stück Hannes drin. Sie wird für mich weiterleben. Und sie wird ein schönes Leben haben. Meine Eltern können mit ihr all das nachholen, wozu sie bei mir nie eine Chance hatten."

Lukas lächelte.

„Vincent hatte recht. Du bist nicht mehr der Junge von früher, nicht mal mehr der vom letzten Jahr. Du bist jetzt der Mann, der du immer hättest sein sollen. Ich liebe dich."

Er umschlang Hannes sanft, küsste die vertrauten, weichen Lippen und Hannes erwiderte die Zärtlichkeiten und schloss die Arme um den Nacken des Freundes.

Lukas wollte den Geliebten nie wieder loslassen, dieser Kuss brachte alles zurück, was er so sehr vermisst hatte; die Selbstverständlichkeit ihrer Liebe, das Vertrauen, ihre Träume von einer gemeinsamen Zukunft. Er würde von nun an stets an Hanne' Seite stehen, nie wieder seine Gefühle in Zweifel ziehen und er wusste, dass ihre Familien zu ihnen halten würden. Diesmal konnte es gelingen.

„Und nun komm", entschied Lukas und strich liebevoll eine widerspenstige Strähne aus Hannes' Stirn. „Und zwar jetzt gleich. Ich habe bei deiner Stationsleitung gefragt, du darfst hier für ein paar Stunden raus. Ich habe versprochen, auf dich achtzugeben und dich auch wieder zurückzubringen. Lass uns bei meinem Freund Nikol vorbeischauen, er wird sich freuen, dich endlich kennenzulernen, von dort rufe ich meine Eltern an und wie ich meinen Vater kenne, wird er im Anschluss gleich nach Eschersheim durchklingeln. Dann sind alle im Boot und wir müssen das dann nur noch irgendwie hinkriegen, das mit dem Alltag und der gemeinsamen Zukunft."

Lukas ergriff die Hand seines Mannes. Sie fühlte sich warm und trocken an. Seine grauen Augen ruhten auf Hannes' wunderschönem Gesicht. Nichts konnte ihm dieses Gefühl des Angekommen seins mehr nehmen. Sie waren am Ziel, gemeinsam in dem Leben, welches sie sich in all den bitteren Jahren erträumt hatten. Nicht länger allein und auf einem weinfarbenem Meer würden sie zu anderen Menschen segeln.

Epilog

Hannes zog vier Wochen später zu Lukas in die Kelsterbacher Dachwohnung.

Zwischen den Familien Reuther und von Arnheim entwickelte sich im Laufe der Jahre eine enge, freundschaftliche Beziehung.

Franca hat nach dem Studium eine Tätigkeit als Streetworkerin bei der AIDS-Hilfe in Frankfurt aufgenommen. Sie und Robert blieben ein Paar und widmeten ihr Leben gemeinsam dem sozialen Engagement in ihrer Heimatstadt.

Auch Lukas arbeitete auf Nikols Bitten für einige Monate ehrenamtlich im Stricherprojekt KISS der Frankfurter AIDS-Hilfe, brach dies jedoch ab, als sich bei Hannes erste Anzeichen der ausbrechenden Krankheit bemerkbar machten.

Hauptberuflich hat er im Universitätsklinikum Frankfurt wieder Fuß fassen können und dort Ende 1988 erfolgreich seinen Facharzt für Chirurgie absolviert. Professor Hohenheim wurde im Klinikum sein größter Förderer und Unterstützer.

Mit Nikol und dessen späteren Lebensgefährten, verband Lukas eine lebenslange Freundschaft. Gemeinsam begleiteten die drei Freunde Hannes auf seinem langen, wechselhaften Weg zwischen Bangen und Hoffnung.

Gloria und Vincent haben im September 1987 eine Tochter bekommen, die sie nach ihrem ältesten Sohn Hannah nannten. Hannes hat seine kleine Schwester sehr geliebt und ihr das gesamte Erbe vermacht, welches ihm sein Großvater hinterlassen hatte.

Er starb am im Herbst 1991 an einer Lungenentzündung infolge seiner HIV-Infektion.

Yavanna Franck Barkarole 1 Die Grenzen der Freiheit
330 Seiten ISBN 978-3-86361-933-6 Auch als Ebook

Ein erfolgloser Anwalt, ein hochbegabter Student und ein ehemaliger Stricher. Drei Lebenswege, die das Schicksal unerwartet zusammenführt. Als Reuther die Pflichtverteidigung für den jungen Hannes Friedrich übernimmt ahnt er nicht, wie sehr dieser anfängliche Routinejob sein Leben verändern wird. Was lediglich als Brotverdienst gedacht war, entwickelt sich im Laufe der Zeit zu einer Obsession, alles über den geheimnisvollen stillen Jungen herauszufinden, um dessen tragisches Schicksal aufklären zu können. Längst hat Reuther die üblichen Pfade seines Berufsstandes verlassen und ermittelt auf eigene Faust, wobei er ganz unverhofft Unterstützung von dem draufgängeri-schen Lukas, Hannes' einstiger großen Liebe, erhält. Gemeinsam überschreiten die beiden die Grenzen der Legalität und stoßen bei ihren Recherchen auf einen Ab-grund, der tiefer nicht sein könnte. Obdachlosigkeit, Prostitution, Drogen und Ge-walt haben Hannes' Leben geprägt und die Zukunft birgt sowohl Ungewissheit als auch Gefahren. Doch es gibt einen Lichtblick, denn nicht alles, was wahr und un-verrückbar erscheint, entspricht der Realität.

www.himmelstuermer.de

Yavanna Franck Barkarole 2 Licht über dem Abgrund
200 Seiten ISBN 978-3-86361-942-8   Auch als Ebook

„Wer kein Risiko eingeht, kann auch nicht gewinnen. Aber ist jedes Risiko es wert, eingegangen zu werden? Und um welchen Preis?"
Hannes Herkunft hängt wie eine Drohung im Raum und wirft das Leben aller Beteiligten durcheinander. Doch als sich Lukas und Reuther endlich am Ziel glauben, beginnt ein Wettlauf gegen die Zeit, denn irgendjeman-dem steht der ehemalige Stricher im Weg. Die Zukunft scheint wieder un-gewiss und der Traum von einem normalen Leben rückt in weite Ferne. Der Weg dahin ist voller Hindernisse, denn Justiz und Medizin halten den jun-gen Mann in ihren Fängen. Aber auf wessen Geheiß? Wer zieht die Fäden im Hintergrund und welches Risiko ist Lukas bereit einzugehen, um den Freund zu befreien?

www.himmelstuermer.de

Lilly Conen
Unentbehrlichkeit der Liebe 1 Gefährliche Abhängigkeiten
332 Seiten ISBN 978-3-86361-921-3 Auch als Ebook

Mit nur 14 Jahren verliert Kai durch einen tragischen Unfall seine Eltern und verbringt daraufhin seine Kindheit in einem Waisenhaus. Dort lernt er den 17-jährigen Christian kennen, der genauso wie Kai ohne Eltern groß werden muss. Christian ist von Anfang an Kais einziger Halt in dieser tristen Welt. Sein Verbündeter, der ihn versteht. Doch als Christian 18 wird, verlässt er das Waisenhaus und damit auch Kai. Erst Jahre später treffen sie unerwartet in der Notaufnahme wieder aufeinander. Christian als Krankenpfleger und Kai als Patient. Beide jungen Männer werden durch dieses plötzliche, unerwartete Zusammentreffen aus der Bahn geworfen, doch während Christian gerne den Kontakt aufrecht halten würde, blockt Kai ab. Doch Kai taucht immer wieder bei Christian in der Notaufnahme auf und schnell bemerkt Christian, dass hier etwas ganz und gar nicht stimmt. Doch bis ihm bewusstwird, wie groß das Dilemma ist, in welchem Kai sich befindet, ist es fast schon zu spät, um noch eingreifen zu können.

www.himmelstuermer.de

Zeitfracht Medien GmbH
Ferdinand-Jühlke-Straße 7
99095 Erfurt, Deutschland
produktsicherheit@kolibri360.de